Geschichten aus einer unperfekten Zukunft

Für ein paar ganz spezielle Menschen, welche Einfluss auf meine
Autorentätigkeit hatten und haben. Ein Dankeschön an:

Patrizia für ihre Aufforderung zu schreiben, meine Mutter für
einfach alles, Stefan für seine fachkundigen Kritiken, Daniel,
Emilio, Immanuel, meinem ersten Fanclub.
Judith und Esther für ihre Hilfe, Emily und Rita für ihre
Inspiration. Roxana für ihr Verständnis, ihre Liebe und
ihre moralische Unterstützung. Carlo für seine finanzielle
Unterstützung, Lars für die künstlerische Arbeit am
Bucheinband, Radio 3fach für die ersten Gehversuche in der
Medienwelt.
Erich von Däniken und Kate Bush für ihre indirekte Inspiration
von klein auf. Und danke an die vielen Menschen, welche mir hier
und da ein wenig weitergeholfen haben.

Phil Good

Geschichten aus einer unperfekten Zukunft

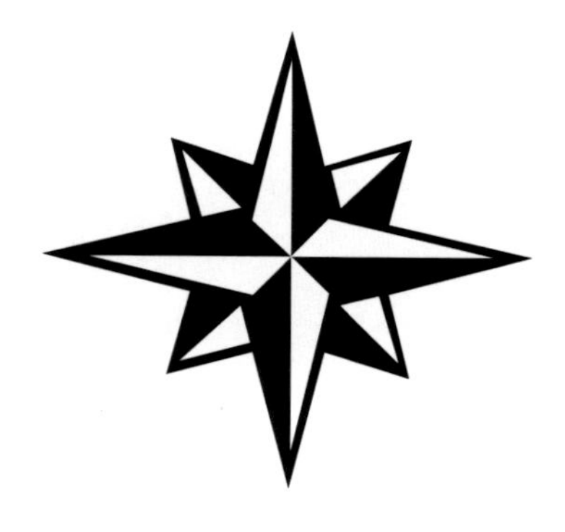

Bibliografische Information der Deutschen Nationalbibliothek:
Die Deutsche Nationalbibliothek verzeichnet diese Publikation in der Deutschen Nationalbibliografie; detaillierte bibliografische Daten sind im Internet über
< http://dnb.d-nb.de > abrufbar.

Satz, Herstellung und Verlag: Books on Demand GmbH, Norderstedt
ISBN: 978-3-8334-8664-7

Inhalt

Vorwort über Science Fiction

Obwohl ich ein Kind zweier Welten bin, des Buches und des Films, stimmt es mich nachdenklich, wenn im heutigen Zeitalter der Playstations sowie der uneingeschränkten Möglichkeiten der Filmindustrie Dinge in einer Perfektion darzustellen, die noch vor wenigen Jahren nur als Fantasie in unseren Köpfen abrufbar waren, der eigentliche Sinn des Genres Science-Fiction abhandengekommen scheint. Im Marketingwahn der Schlagworte und Abkürzungen taucht sogar der Ausdruck selber nur noch als Sci-Fi auf. Filmische Meisterwerke wie Stanley Kubricks »Odyssee 2001« von 1968 oder Fritz Langs »Metropolis« von 1928 kennt kaum noch jemand. Obwohl letzteres Werk zum UNESCO-Weltkulturerbe gehört!

Die Anfänge der Science-Fiction liegen jedoch weiter zurück als die Möglichkeit, Bilder auf Zelluloid zu bannen. Obwohl im Lauf der Jahrhunderte immer wieder fiktive Geschichten geschrieben wurden, wie etwa im 16. Jahrhundert »Planetia Utopia« von Thomas Moore, worin er eine perfekte Gesellschaft beschreibt, so beginnt doch die erste Hochzeit der Science-Fiction mit Schriftstellern wie Jules Verne oder H. G. Wells Ende des 19. Jahrhunderts.

Diese Männer waren gebildet, auf dem neuesten Stand der Wissenschaft und der soziologischen Kenntnisse ihrer Zeit. Wissenschaft, oder eben auf Englisch Science, ist deshalb die Basis für eine Science-Fiction-Geschichte. Durch diese einfache und logische Definition lässt sich bereits sagen, dass echte Science-Fiction nicht einfach ein reines Fantasieprodukt ist.

Viele der frühen Science-Fiction-Schriftsteller benutzten ihre wissenschaftlichen Kenntnisse. Sie waren sehr darauf bedacht, ihre Geschichten, wo immer es möglich war, auf diesen Kenntnissen aufzubauen. Wenn sie technologisch weit in die Zukunft blickten, so war dies immer wohl basiert auf bereits bekannten und belegten wissenschaftlichen Erkenntnissen.

Das aus dem Lateinischen stammende Wort Fiction bedeutet: etwas, das nur in der Vorstellung existiert; etwas Vorgestelltes, Erdachtes. Philosophisch gesehen ist es auch eine bewusst gesetzte widerspruchsvolle oder falsche Annahme als methodisches Hilfsmittel bei der Lösung eines Problems.

Viele Meisterwerke lassen durchblicken, zum Beispiel George Orwells 1948 geschriebenes »1984«, dass die Schriftsteller nicht nur technologisch gebildet waren, sondern auch sehr humane und sozial kompetente Menschen. Sie benutzten Science-Fiction, um aufzuzeigen, was in ihrer Zeit in der Welt schieflief, aber auch, um einfache und/oder geniale Lösungen aufzuzeigen, die zu jener Zeit, aus verschiedensten Gründen, keine Chancen hatten, sich durchzusetzen.

Von Jules Verne über Aldous Huxley bis Ray Bradbury waren sie sich sehr wohl der Machtverhältnisse und Ungerechtigkeiten dieser Welt bewusst. Sie sprachen in ihren Geschichten soziale Punkte an und versuchten den Menschen ihrer Zeit etwas über sich selber beizubringen. So sahen sie vielfach in ihren Geschichten Geschichte voraus.

Für Schriftsteller war es damals bedeutend sicherer, ihre Kritik an den damaligen Zuständen mit Science-Fiction-Romanen zu kaschieren. Heute können wir frei darüber reden, was zum Beispiel der Imperialismus der Europäer, zu Lebzeiten einiger dieser großartigen Schriftsteller, dem Rest der Welt angetan hat. Der zeitliche Abstand und die geschichtliche Aufklärung geben uns heute diese Möglichkeit.

Doch halt! Hat sich der Mensch seit den ersten großen Science-Fiction-Romanen wirklich so groß verändert? Oder gibt es nicht heute noch Tatsachen, die nicht überall auf der Welt öffentlich angeprangert werden dürfen, ohne Konsequenzen durch die Mächtigen fürchten zu müssen?

Betrachten wir die bis heute wohl bekannteste und erfolgreichste Science-Fiction-TV-Serie »Star Trek«. Sie basiert auf denselben Prinzipien wie die Romane der alten Meister. Sie kann als reine Unterhaltung angesehen werden oder bei Kenntnissen im Sozialbereich, in Politik und Geschichte der Betrachterin die Realität öfters näher bringen, als ihr lieb sein mag. Wenn auch heute die original TV-Serien von »Star Trek« aus den 1960ern bei den meisten Zuschauerinnen nur noch ein müdes Lächeln hervorrufen, so konnten sich nur offene und kühne Geister eine TV-Serie wie diese ausdenken.

Mitten in Zeiten des Kalten Krieges reiste im Fernseher eine multikulturelle Gruppe von Menschen durchs All, mit einem russischen Ingenieur in der Kommandocrew. Oder küsste während der Rassenunruhen zum ersten Mal eine Afroamerikanerin einen Weißen auf amerikanischen Bildschirmen. Zwischen allem Kommerz versteckt sich zum Glück auch heute noch der alte Geist der ersten und der großen Science-Fiction-Schriftsteller.

Science-Fiction in ihrer besten Form ist fundierter, provozierender und lösungsorientierter, als es die Gegenwart je sein kann. Auch in Zukunft. In diesem Sinn und Geist habe ich dieses Buch geschrieben. Ich hoffe, dass einige der nachfolgenden Geschichten Sie nicht nur amüsieren, sondern, wenn ich meine Sache gut gemacht habe, zum Nachdenken und Handeln motivieren.

Phil Good

Starline Mining Corporation

Jahresbericht

Jorgen Linebaker lehnte sich in die Polster des Passagierraums zurück und blickte in Erwartung einer Antwort über seinen ausnehmend fetten Bauch hinweg zu Anton Birch. An die Seitenscheibe klatschte der übliche Regen. Im Inneren waren nur Jorgens schweres Schnaufen und das leise Summen der Generatoren des Gleiters zu hören.

»Ich habe der Zentrale auch einiges über dich berichtet, Jorgen. Das kannst du mir glauben. Ich habe so allerhand über dich erfahren«, erwiderte der Mann gegenüber mit seinen langen, wirr abstehenden Haaren. Er sah älter aus, als er war. Zumindest äußerlich hatte er darauf verzichtet, die Spuren, die sein Lebenswandel an seinem Körper hinterlassen hatte, mit Implantaten zu kaschieren. Das machte ihn in den Augen von Jorgen in dessen gesellschaftlichen Kreisen unerwünscht.

»Deine Anschuldigungen können höchstens auf Gerüchten basieren, Ant! Ich glaube, meine Quellen sind da zuverlässiger, die besagen, wie viel des Umsatzes der Verkaufs- und Marketingabteilung in deiner Brieftasche landet.« Anton öffnete seinen Mund, der nie lange geschlossen blieb: »Wie willst du das wissen, Jorgen? Wann hast du dich das letzte Mal persönlich um deine Bücher gekümmert? Deine Buchhaltung wurstelt etwas zusammen und dein einziges Problem ist dein Ansehen bei den oberen Zehntausend. Eine Startup Company, die nicht so unanständig hohe Gewinne wie die SMC macht, wäre schon lange bankrott.«

Sie hatten beide recht. Was bei der Starline Mining Corporation durch die Ritzen fiel, entsprach in etwa dem Bruttosozialprodukt einer mittleren Kolonie. Aber alles, was bisher für die Hull Company zählte, die Firma am Kopf des kompliziert verstrickten Firmenkonglomerats, von dem die SMC ein Teil war, schien der Gewinn unter dem Strich.

Der Chauffeur kündigte optisch einen Richtungswechsel an. Der Gleiter wechselte von der unsichtbaren oberen Fahrbahn für Fahrzeuge mit Leitsystem hinunter auf die Straße, von wo er in eine Tiefgarage einbog. Ein schlichter Schriftzug, in Nanobeton eingegossen, verkündete, in wessen Gebäude man hier einfuhr: die »Hull Company«.

Die Manager, die hier arbeiteten, hatten alle ein bis zwei Parkfelder an der Außenseite des Hochhauses mit direktem Einstieg zu ihrem Büro. Anton und Jorgen, deren verhältnismäßig kleine Mining Corporation am Rande der Galaxis lag, mussten bei ihrem jährlichen Besuch mit dem Eingang in der Tiefgarage vorliebnehmen.

Während sie Richtung Aufzug liefen, meinte Anton: »Ich sag dir, Jorgen, wenn die nur wollten, hätten sie einen Parkplatz oben am Gebäude für uns frei machen können. Die wollen uns einfach zeigen, dass wir nicht zu ihnen gehören. Hätte unser Teil der Galaxis Systemstatus, Rechte wie andere Sternencluster und wäre nicht nur als Territorium klassifiziert, sähe es ganz anders aus.«

Linebaker verdrehte die Augen und trat in den Lift. »Es ist lange her, seit sich Starline ein System genannt hat. Außerdem sprich für dich, Ant. Ich fühle mich nicht benachteiligt. Wir können schließlich nichts dafür, dass unsere Vorväter es damals nicht geschafft haben, Mitglieder der Vereinten Systeme der Galaxis zu werden. Am besten sprichst du gar nicht mehr bis zur Präsentation. Und dann halt dich bitte an die Fakten, die ich dir aufgelistet habe. Keine Ausschmückungen dieses Jahr! Klar? Letztes Jahr hättest du uns fast um Kopf und Kragen geredet.«

Anton zog die Brauen nach oben und starrte zur Stockwerksanzeige über der Lifttüre, bevor er Jorgen vom Untergeschoss bis zum 42. Stock zuquatschte, es sei nur nötig gewesen, weil Jorgens sogenannte »Fakten« ungenau gewesen seien.

Stunden später war die ganze Aufregung vorüber. »Komm, Lini, wir machen noch die Stadt unsicher!« Ganz in Gedanken versunken saß Jorgen neben Anton an der Feierabendbar des Taj Mahal, eines der besten Hotels auf dem Planeten.

»Ich schwör dir, diesmal sorge ich dafür, dass du auch eine abkriegst«, spielte er auf ihren letztjährigen Aufenthalt an. »Diesmal eine, die sich auch poppen lässt. Na, was meinst du?« Anton redete weiter, ohne die Antwort abzuwarten.

Jorgen hörte nicht zu. Er ging die Sitzung in Gedanken noch mal durch. Anton hatte es tatsächlich geschafft, den diesjährigen Bericht nicht schlechterzureden, als er war. Der Rat hatte ihren Jahresbericht wenig kritisch gutgeheißen und mit einem »Mammon wird zufrieden sein«, abgesegnet.

Rückblickend ließ er die Ratsmitglieder passieren. Welche würden wohl zum bevorstehenden Treffen mit ihm auftauchen? Gehörte seine Kontaktperson nur einer Minderheit im Rat der Hull Company an? Oder hatte er auf die richtige Wombratte gesetzt?

Irgendwie musste er Anton für die Zeit des Treffens loswerden. Er hätte ihm natürlich sagen können, er wolle heute Abend seine Ruhe haben. Oder in Anlehnung an die Wahrheit sich entschuldigen, um an einem privaten Treffen teilnehmen zu können.

Nein, Anton würde neugierig werden. Jorgen wollte keine Fragen beantworten müssen. Da hätte er ja gleich sagen können, dass er auf ein konspiratives Treffen mit einer Geheimloge ging. Sein Plan würde besser funktionieren, ohne diese Tratschtante mit einzubeziehen. Jorgen würde schön brav mitspielen und mit Anton ins Vergnügungsviertel fahren. Er musste nur dafür sorgen, dass sie vor acht gingen. Dann konnte er sich vor neun verdrücken und wäre mit einem schnellen Taxigleiter noch rechtzeitig auf dem Landsitz seiner Kontaktperson, um am Treffen teilzunehmen.

Wie einst die alten Kolonialherren des 19. Jahrhunderts saßen sie in der beeindruckenden Bibliothek, der Villa von Adam Vanderbilt, dem konservativsten Ratsmitglied der Hull Company. Es waren nur ein halbes Dutzend Leute im Raum. Davon zwei jüngere, die Jorgen zuvor nicht gekannt hatte. Die zwei sahen aus wie Knochenbrecher in feinen Anzügen, wurden ihm aber als Geschäftsleute mit speziellen Interessen vorgestellt. Jorgen war so klug, nicht näher nach den speziellen Interessen zu fragen. Er hielt sich an Vanderbilt.

»So, Jorgen, es berät sich doch viel leichter nach einem vorzüglichen Mahl und einem guten, handgerollten Cohiba-Joint. Nun erzählen Sie uns mal von Ihrer neuen Strategie für die SMC.«

Jorgen lächelte verlegen. Er war die Art von Zigarren nicht gewohnt. Der süße, dicke Rauch reizte seine Nase. Doch als ihm eine angeboten wurde, wollte er nicht kleinbürgerlich erscheinen. Denn beim Dinner hatte er erfahren, dass diese vier wohlgenährten Herren aus dem Rat fast die Hälfte der Macht über die Hull Company besaßen. Also tat er es ihnen gleich und zog genüsslich an dem illegal importierten Naschwerk.

Jorgen hatte nur die Aufforderung Vanderbilts abgewartet. Nun stand er unsicher aus seinem Clubsessel auf, packte einen der kunstvollen Holzstühle, setzte sich vor den Anwesenden an das knisternde Kaminfeuer und zog einen Stapel Folien aus seiner Mappe.

»Ich wusste nicht, wie viele hier sein werden, deshalb …«

Vanderbilt unterbrach ihn: »Keine Beweismittel, Jorgen! Wir sind nicht, was wir sind, weil man uns alles aufzeichnen muss. Wir brauchen keine Hilfsmittel, um zu verstehen. Wirf alles in das Feuer hinter dir!«

Zögerlich warf er die Folien und ein paar Datenträger in die Flammen. Eine Folie wollte er für sich als Gedankenstütze behalten. Als Vanderbilt den fragenden Blick verstand, gestattete er es mit einer jovialen Handbewegung.

»Mein Plan basiert auf unserem gemeinsamen Interesse, unser eigenes Vermögen zu vergrößern. Wollte man für die Company das Optimale herausholen, könnte man ja alles wie bisher weiterlaufen lassen. Beziehungsweise das Ruder der SMC, weiterhin der SMC überlassen und die Gewinne einstreichen. Wohlgemerkt Gewinne, die mit der Company geteilt werden müssen! Nach meinen Berechnungen liegt aber für die hier Versammelten mehr drin, wenn wir die Firma über die nächsten Jahre aushöhlen und gleichzeitig den Druck, die gesteckten Umsatzziele zu erreichen, aufrechterhalten. Wir, beziehungsweise ich als Finanzchef werde dafür sorgen, dass gewinnbringende Teile und Strukturen der SMC günstig an Firmen ihrer Holdings verkauft werden, meine Herren. Die Kunst dabei ist, den Rat dazu zu bringen, die Teile abzustoßen. Deshalb beginnen wir zuerst damit, die Strukturen so zu verändern, dass es der SMC in gewissen Bereichen gar nicht mehr möglich ist, effizient zu arbeiten. Ein simpler Plan. Bedenken Sie jedoch: Die einfachsten Pläne funktionieren immer am besten.«

Jorgen erklärte detailliert, was in den Dossiers, die hinter ihm im Feuer lagen, aufgeführt war. Diese fassten eine Menge kleiner und kleinster Maßnahmen zusammen, die jede für sich keine große Auswirkung auf eine gesunde Firma zeigen würde. Durch die Negativsumme all dieser Maßnahmen würden sie jedoch genau das erreichen, was sie sollten.

Das Personal wird ausgelaugt oder wandert ab. Das Wissensmanagement und Networking wird vernachlässigt. Dies alles geschähe natürlich nur oberflächlich.

»... Damit Sie, meine Herren, nach den Übernahmen nicht auf ausgehöhlten Teilen der Firma sitzen bleiben, werden Ihre Unternehmen als Auffangbecken für ausgewähltes Personal und Know-how der SMC dienen. So können Sie jederzeit nach dem Kauf der Filetstücke aus der Corporation das entsprechende Fachpersonal wieder einsetzen und alles innerhalb kürzester Zeit rückgängig machen, was mit kleinen Schritten eingeführt wurde. Sie werden als weiße Ritter gefeiert werden. Ich wiederum werde dafür sorgen, dass alle Maßnahmen von Anton Birch gezeichnet werden. Die SMC wird noch eine Weile vom guten Ruf leben, bevor etwas auffallen kann. Ich profitiere offiziell nicht von der ganzen Geschichte, werde aber durch unsere Maßnahmen, die kurzfristig eine Menge Geld generieren, als Manager mit den größten Jahresgewinnen in der Geschichte der SMC im Rat der Hull gewisse Aufmerksamkeit wecken. Mein einziger Lohn besteht in Ihren Anstrengungen, mich aufgrund dieser Verdienste in den Rat aufzunehmen. Sie, meine Herren, erhalten größtmögliche Gewinne zum kleinstmöglichen Risiko. Mammon wird zufrieden sein.«

Die Männer um Vanderbilt nahmen kurz Blickkontakt miteinander auf. Dann wandte sich Vanderbilt wieder an Jorgen: »Das klingt vielversprechend. Sie werden aber verstehen, Linebaker, dass wir Ihren Plan unter uns noch mal besprechen müssen. Sie sind nicht der Einzige, der mit Ideen an unsere exklusive Gesellschaft herantritt. Nehmen Sie nicht mit uns Kontakt auf. *Wir* treten mit Ihnen in Kontakt. Wir werden Ihr Anliegen wohlwollend prüfen.«

Jorgen stand zufrieden auf und stellte den Stuhl, der unter seinem fetten Hintern begraben gewesen war, wieder an seinen Platz. Er wusste, was sich jetzt geziemte. Ohne viel Drumherum nahm er seinen Aktenkoffer, verbeugte sich in der populären Art, indem er eine kleine Bewegung nach vorne machte und dabei seinen Kopf leicht nach links drehte. Wie von unsichtbarer Hand gerufen stand ein Butler bereits in der Tür und begleitete ihn zu einem Taxi, das schon in der Einfahrt der Villa wartete.

Anderentags trafen sich Anton und Jorgen beim Morgenessen im Taj Mahal. »He, Jorgen, wo warst du auf einmal? Die Mädels und ich haben dich überall gesucht. Na ja, irgendwann nach fünf Minuten haben wir aufgegeben und sind kurz darauf in einem geilen Penthouse gelandet. Eines der Mädchen meinte, es gehöre einem Ratsmitglied der Hull. Ich hab mich natürlich zuerst ein wenig geniert.«

»Ja, sicher hast du das, Ant.« Jorgen kannte seinen Kollegen besser und er wusste auch, es war kein Zufall, dass das Penthouse einem Ratsmitglied gehörte.

»He, du kennst mich doch«, gab Anton mit einem dandyhaften Lächeln zurück.

»Und eben genau deshalb habe *ich* die Superfrau, die ich auf dem Weg zum Convenient Room aufgegabelt habe, gar nicht erst mit zurück ins Lokal gebracht, um sie von dir vergraulen zu lassen. Die war so was von scharf, Mann. Wir sind ein bisschen herumgezogen und sind dann bei ihr gelandet. Den Rest kannst du dir denken ...«

Misstrauisch sah Anton Jorgen von der Seite an. Das konnte er nicht auf sich sitzen lassen. Er trumpfte seinerseits auf: »Also, der Inhaber des Penthouses ist nicht aufgetaucht. Was dazu geführt hat, dass es eine Schweineparty gab. Mit allen Sauereinen, wenn du weißt, was ich meine. Vielleicht war es ja besser, dass du nicht dabei gewesen bist. Was würde wohl deine kleine Frau dazu sagen, wenn sie von so was erfahren würde?«

Sie wussten beide, dass Anton meinte, er hätte wieder etwas mehr gegen seinen ehemaligen Busenfreund in der Hand. Dieser nahm schnell einen Schluck Schmumilch, eine durch künstliches Kuhmilchfett angereicherte Schafsmilch, die zu Klumpenbildung neigte und lauwarm getrunken wurde. Sie war noch etwas zu heiß. Zum Glück für Jorgen unterdrückte das Brennen auf seiner Zunge ein verräterisches Kichern. Anton hatte ihm die Geschichte abgekauft.

Ankündigungen

Edward »Ned« Ludd stand in der Mitte des Halbkreises von Konsolen, Bildschirmen und Kontrollgeräten, von denen aus die Bordingenieure den 600 Meter langen Frachter überwachten und steuerten. An den gerüstartigen Lastenträgern unter dem Wohn- und Kommandomodul hingen an die 240 Container in drei Reihen, randvoll mit Nanoerz. Sie befanden sich im Hyperraum. Das hieß: bis zweifache Lichtgeschwindigkeit. Durch die klare Kuppel sah Ned die Sterne wie Schnuppen am Schiff, welches komplett aus Nanomaterie gebaut war, vorbeiziehen. Dieser Frachter war seine mobile Zentrale.

Mittels Nanotechnologie konnte man alles aus allem produzieren. Einschränkungen gab es nur durch den Aufwand. Wer wollte schon Gold in Scheiße verwandeln?

Aus dem Erz, das sie vom äußeren Rand des Starline-Territoriums, wo es abgebaut wurde, zu den zentralen Erzraffinerien transportierten, ließen sich aus dem billigstmöglichen Rohstoff in wenigen Verarbeitungsschritten die qualitativ hochwertigsten Produkte herstellen. Von Seilen, die so elastisch wie Gummi, aber so hart wie Diamanten waren, bis zu durchsichtigem Aluminium, aus dem die Kuppel dieses Raumschiffs bestand.

Ned war der verantwortliche Manager für den Produktionszyklus, von der Schürfung des Rohmaterials bis zur Verteilung an die nanoverarbeitenden Fabriken. In der Firma nannte man es kurz den Upstream. Im Gegensatz dazu waren der Downstream, vom Nanoproduzenten bis zum Endverbraucher, dem Anton Birch vorstand, und die für beide Teile der Firma verantwortliche Finanzleitung von Jorgen Linebaker. Dieses Troika genannte Führungssystem hatte sich die letzten 100 Jahre bewährt.

In den Jahren, seit Ned dabei war, hatte sich allerdings das Machtverhältnis verschoben. Downstream war mächtiger geworden und spannte auch öfter mal bei strategischen Entscheidungen mit der Finanz zusammen. Ned war daran nicht ganz unschuldig. Er spielte seine Macht in den letzen zehn Jahren, in denen er der Troika angehörte, nur aus, wenn er eine krasse Gefahr für die Firma sah. Das war so selten der Fall, dass es ihm die Möglichkeit eröffnete, im Weltraum zu reisen, anstatt sich mit den alltäglichen Ellenbogenkämpfen in der Firma abgeben zu müssen.

Er liebte es, im Raum unterwegs zu sein, auch wenn seine Ziele meist nicht aufgemotzte Feriendestinationen waren, sondern eher düstere Meteore, Monde und Klasse-X-Planeten am Rande des reichhaltigen Starline-Territoriums, wo tödliche Arbeitsunfälle und Piraten einst an der Tagesordnung gewesen waren. Die Zeiten der großen Piratenüberfälle waren zwar vorbei, aber es gab immer noch ab und an Gruppen von Randständigen, die in der Not Frachter überfielen, um über die Runden zu kommen. Deshalb besaß jeder Frachter nach wie vor eine Feuerleitstelle, die mehrere Bordkanonen unterschiedlichster Wirkung steuerte und genügend Rettungskapseln für die Besatzung.

Das gab dem Reisen im Weltraum auch in ruhigen Zeiten ein leicht verruchtes Image. Ned fühlte sich dadurch ein bisschen wie ein Admiral. Und so sah er auch aus, wie er dastand, mit hinter dem Rücken verschränkten Händen und der aufrechten Haltung. Passend dazu sein uniformartiger Anzug, die blank polierten Schuhe und der präzise Seitenscheitel der Frisur. Viele seiner Mitarbeiter nannten ihn denn auch »den Admiral«, was ihm schmeichelte. Immerhin unterstand ihm nebst den Förderstellen eine Flotte von fast tausend unterschiedlichsten Raumfahrzeugen.

Gegenwärtig kam er gerade von einer Besichtigungstour zurück. Nach der düsteren, unwirklichen Umgebung der Minenkolonie, auf einem der letzten Planeten am Ende der bekannten Galaxie, freute er sich auf die gute Luft und die wärmenden Sonnenstrahlen auf Swailan oder auch Starline Prime, wie man es heute nannte. Wenn Ned eine Schwäche hatte, dann war es die, dass er die Kälte des Weltraums nicht ausstehen konnte. ›Was soll's? Wie viele der frühen Seeleute auf der Erde konnten schon schwimmen? Und trotzdem überquerten sie mutig ganze Ozeane, um neue Ländereien für ihre Könige zu entdecken‹, dachte er.

Der Shuttletruck löste seine Andockklammern vom Frachter mit der Nummerierung 101, der sich im Orbit eines Raffinerieplaneten befand, und setzte Kurs auf Starline Prime (Swailan). Ned verfiel wieder in Gedanken. Wie oft hatte er als Junge, auf dem Schoß seiner Großmutter sitzend, Legenden von Seefahrern und ihren Abenteuern gehört? Sie kannte Legenden aus allen Epochen der Geschichte. Von den alten Babyloniern auf Galaxy Prime (Erde) bis zu den Gründern des Swailan-Systems, dem heutigen Starline-Territorium, welche geschickt alle Siedler im Cluster unter einer Führung verbunden hatten.

Schon Dekaden vor der endgültigen Durchsetzung des reinen Kapitalismus und der Abschaffung von Militärarmeen hatte dieser Sterncluster einen dauerhaften Frieden installiert. Die Hull Company war damals noch eine Transportgesellschaft, mit Sitz auf Galaxy Prime (Erde), die Schiffshüllen für Werften durch die Galaxis schipperte, bis sie mit dem Erwerb der SMC und mit dem eigenen Abbau von Nanoerz den Grundstein für ihre künftigen Wirtschaftsmonopole in der Galaxis legte.

Wie oft hatte er gebannt den Geschichten über die Gründerväter von Swailan und die Cleverness ihrer Nachkommen gelauscht! Ob die wahren Begebenheiten wirklich so spannend waren oder seine Großmutter eine geschickte Erzählerin, konnte er heute nicht mehr beurteilen. Das etwas unsanfte Andocken des Shuttles riss ihn aus seinen Tagträumen.

Bis auf die Shuttles, die den feinen, raffinierten Nanostaub von den

Dreck schleudernden Raffinerien auf toten X-Planeten nach Starline Prime (Swailan) und anderen Klasse-M-Planeten hinunterbrachten, war die ganze Starline(Swailan)-Zivilisation emissionsfrei. Das M stand für menschenwürdig. Dass diese Shuttles immer noch auf fossile Brennstoffe zurückgreifen mussten, um mit ihren riesigen Triebwerken von einem Klasse-M-Planeten wieder in den Weltraum zu gelangen, mutete in Neds Augen steinzeitlich an. Aber die Shuttledienste waren »Big Business«. Viele Leute und Jobs hingen davon und von den Leuten, denen die Shuttleflotten gehörten, ab. Diese verdienten ein Vermögen damit.

Als vorbildlicher Reisender stieg Ned im Kosmos vom Shuttle in den geostationären Lift um, der direkt bis in die Atmosphäre des Planeten hinunterreichte. Mitten in den Weltraumflughafen der Hauptstadt, von wo aus man mit einem schnellen Taxigleiter in fünf Minuten in die Zentralverwaltung der SMC gelangte. Der Lift war ein weiteres architektonisches Meisterwerk, das nur durch Nanotechnologie ermöglicht wurde. Herkömmliche Materialien hätten den Anforderungen einer geostationären Seilverbindung in den Kosmos nie genügen können. Es wäre physikalisch gar nicht möglich gewesen. Aber das war die Besiedlung der Galaxis vor 300 Jahren auch. »Keine Barriere hat für immer Bestand«, wie seine Großmutter zu sagen pflegte.

Jorgen Linebaker und Anton Birch betraten das Konferenzzimmer im Starline-Tower als Letzte. Seit ihrer Rückkehr vom Zentralplaneten der Galaxis waren einige Wochen vergangen. In dieser Zeit hatte die SMC vom Rat der Hull Company durch einen Mittelsmann und Berater neue Anweisungen bekommen, die sich mit den von Linebaker bei Vanderbilt vorgestellten Plänen deckten. Dies war die Art, wie Vanderbilt und seine Gruppe zu verstehen gaben, dass sie ihm, Jorgen Linebaker, die gewünschte Unterstützung im Rat der Hull gewährten.

Das gesamte obere Management der SMC war schon anwesend. An dem großen ovalen Tisch waren nur die Plätze neben Edward Ludd noch frei.

Die meisten in der Runde ließen erkennen, dass sie der aktuellen Mode des Zentralplaneten folgten. Das hieß dunkler Anzug, weißes Hemd, unauffällige Krawatte, übergewichtig und mit Glatze, wie es auf Galaxy Prime (Erde) üblich war. Seit einigen Jahren wurde ein fülliger Leib als Beweis dafür angesehen, dass man die Industrie unterstützte und Geschäftsinteresse für die Hull Company hatte. Weil die Hull mit ihren Monopolen am Konsumenten dann am meisten verdiente, wenn dieser sich von ihren Nahrungsmitteln ernährte. Schließlich stellte Hull Food die meisten Nahrungsmittel und Getränke in der Galaxis her. Dadurch brauchten die Leute Wellnessoasen, um sich wieder gesund zu pflegen. Sie brauchten die Medikamente von Hull Medicals, um Krankheiten aus den Folgen des Übergewichts zu kurieren. Sie fuhren teure Spezialfahrzeuge für Füllige von Hull Vessels, trugen Implantate von Hull Tech und so weiter und so fort. Menschen im oberen Management konnten es sich nicht leisten, nicht dick und groß zu sein. Es ging sogar so weit, dass viele der einfacheren Menschen versuchten, durch Nachahmung dieses Äußeren eine höhere Stellung in der Gesellschaft vorzugeben.

»Nun gut meine Herren. Nachdem wir die Tagesgeschäfte erledigt haben, kommen wir zum letzten Punkt, weswegen wir letztlich die Vollversammlung einberufen haben«, startete Linebaker die Informationsbombe für die ahnungslosen Manager. »Wie erwartet hat der Rat vor ein paar Wochen unseren Jahresabschluss gutgeheißen. Wieso auch nicht? Alle Bereiche sind in der Gewinnzone. Aber, wie einige von ihnen schon wissen, fährt die Hull Gruppe einen neuen Kurs. Es genügt nicht mehr, einfach nur Gewinn zu erzielen, wenn man zur Hull gehören will. Jede Corporation hat einen Mindestgewinn zu generieren. Unabhängig davon, wie groß die Firma ist. Wer es nicht schafft, sich über den Strich zu hieven, wird fallen gelassen oder möglichst gewinnbringend verkauft. Was das für uns heißen würde, brauche ich Ihnen ja nicht zu erklären. Nichts, aber auch gar nichts würde beim Alten bleiben«, polemisierte Jorgen, um sogleich mit einer Lösung aufzuwarten, die Wohlwollen bei den Führungskräften bilden sollte. Er schaute in die Runde der geschockten Gesichter. Irgendwo rollte ein Schreibzeug über den Tisch und fiel viel zu laut auf den Boden. »Wir haben also mithilfe eines Beraters, den uns der Rat der Hull freundlicherweise zur Seite gestellt hat, Maßnahmen entworfen, die in den nächsten Monaten eingeführt werden, um uns gewinnmäßig in die Oberliga zu heben. Ich bitte Sie alle um Ihre tatkräftige Mithilfe, damit wir auch in Zukunft die Starline Mining Corporation sein können, die wir kennen und schätzen. Schließlich wollen wir doch nicht die unfreundliche Übernahme durch eine andere Company, wodurch alle unsere lieb gewonnenen Gewinnheiten sich in Nanostaub auflösen würden. Näheres über unser Vorgehen hören Sie jetzt von Herrn Tiberian, dem neuen Berater des Rates hier im Starline Territorium.«

Der Sitzungsraum wurde dunkel und der ovale Tisch teilte sich in der Mitte. Alle blieben sitzen und wurden mit verschoben, bis die beiden geraden Kanten des Tischs ein weites V bildeten. Das gab für jeden die Sicht auf eine Projektionsfläche frei, neben der sich jetzt im Schatten eine Gestalt abzeichnete. Jorgen kannte den Herrn bereits, der ihm von Vanderbilt als Geschäftsmann mit besonderen Interessen vorgestellt worden war. Eine Punktbeleuchtung erhellte langsam die sportliche Gestalt im maßgeschneiderten samtenen Anzug und folgte ihr, als diese jetzt nach vorne trat.

Der Mann hielt seinen Krawattenknopf fest und reckte sein Kinn. Mit aufgesetztem Lächeln begann er: »Einen schönen guten Tag, meine Herren. Mein Name ist Herr Tiberian. Um es noch mal zu verdeutlichen: Ich bin für diese herausfordernde, aber interessante Zeit, die Ihnen bevorsteht, nicht nur ein Berater, sondern der oberste Manager aller Hull-Aktivitäten im gesamten Starline Territorium (Swailan-System), für alle Companies!«

Jorgen war einigermaßen verblüfft. Es war sein Plan, sich aus der Schusslinie zu nehmen, was Verantwortlichkeiten anbelangte, und er hatte natürlich damit gerechnet, dass der Rat einen Aufpasser entsenden würde. Aber dass er gleich so auftreten würde, hatte dieser Tiberian in den letzten Wochen, in denen sie viele Sitzungen zusammen durchgestanden hatten, gut verborgen. Nichts deutete auf mehr als Beraterkompetenzen hin. Mit einem diskreten Blick zur Seite kontrollierte er Anton Birchs Reaktion. Es beruhigte ihn etwas, auch diesen erstaunt zu sehen.

»Natürlich werden auch in Zukunft alle strategischen Entscheidungen in der Troika der SMC besprochen, bevor ich sie zur Bewilligung an den Rat weiterleite. Womit wir beim Thema wären.«

Herr Tiberian bediente die kleine Fernbedienung in seiner linken Hand, ohne sie irgendwo speziell hin zu richten. Auf der Projektionsfläche hinter ihm erschien das erste von vielen Diagrammen, die noch folgen sollten.

»Ah«, die Überraschung über seine Vergesslichkeit wirkte etwas zu einstudiert, »ich werde nicht immer im Haus sein können. Für diesen Fall ist Herr Anton Birch, der Leiter von Downstream, mein Stellvertreter mit allen nötigen Befugnissen und verantwortlich für die Umsetzung.«

Anton schien förmlich zu wachsen und setzte ein selbstzufriedenes Lächeln auf, während er im Dunkeln auf Jorgen hinunterschaute.

»Beginnen wir mit dem Status quo. An der Spitze der Marktwirtschaft im Territorium steht die SMC. Von ihr ist alles abhängig. Sämtliche Dienstleistungszweige, kleine und mittlere Unternehmen, Forschung, ja sogar die öffentliche Hand. Und von was hängt die SMC ab?« Die Frage war rein rhetorisch. »Natürlich vom Abbau des Nanoerzes. Nanoerz wird aber beileibe nicht nur hier am Rande der Galaxis abgebaut. Wenn man auch zugeben muss, dass es hier von besonders hoher Qualität ist. Nein, die Konkurrenz ist groß in der Galaxis. Und der Markt für Nanoprodukte ist hart umkämpft. Um die Hull Company auch in Zukunft an der Spitze zu halten, benötigt sie mehr Reserven. Eine sogenannte Kriegskasse. Um diese weiter zu füllen, wird die Mithilfe jeder einzelnen Zelle der Hull Company benötigt und erwartet. Um die gesteckten Ziele zu erreichen, wie Jorgen Linebaker schon ausgeführt hat, musste ein Minimalgewinn pro Jahr festgelegt werden. Um diesen Minimalgewinn im Fall der SMC zu erreichen, müssen wir sie schlanker machen und gewisse Dienstleistungen zentralisieren. Zentralisierung ist ab heute für die SMC nicht mehr nur ein Schlagwort aus dem fernen Zentrum der Galaxis. Nein, meine Herren, vom heutigen Tag an sind wir Bestandteil davon!« Herr Tiberian redete sich langsam in Wallung. »Und hier präsentiere ich ihnen die ersten Maßnahmen, so weit gediehen, um den Gewinn zu steigern und die Aufwände zu minimieren.«

Ein weiteres Dia erschien auf der Projektionsfläche und unterlegte seine nächsten Worte visuell: »Es gibt einen Vierpunkteplan, der sich wiederum nach unten in einzelne Maßnahmen verästelt.

1. Personal, das keine Kernfunktionen erfüllt, wird auf seine Entbehrlichkeit überprüft. Der Kostenfaktor Personal wird abgebaut. Auch Führungspositionen werden gestrichen, wo es möglich ist, das Personal von einem zentralen Manager auf Galaxy Prime (Erde) zu steuern.
2. Es werden Mechanismen eingeführt, jede noch so kleine Arbeit zu rapportieren, um herauszufinden, wo Arbeitskraft verloren geht. Es wird für jede Dienstleistung ein Ticketing eingeführt werden. Auf der Grundlage der daraus erstellten Statistiken werden wir der Firma eine ›Schlankheitskur‹ verpassen. Dienstleistungen werden ausgelagert an spezialisierte Firmen.«

Jorgen wusste, wem diese Firmen gehörten. Tiberian fuhr fort:

3. Neue Förderstellen müssen eröffnet werden. Einerseits, um die steigende Nachfrage in Zukunft decken zu können, andererseits, weil solche Erfolgsmeldungen Pluspunkte an den großen Börsen bringen. Starline Prime (Swailan) mit seinen reichhaltigen Vorkommen wird da leider keine Ausnahme bleiben können. Die Zentrale verlangt, dass auch Klasse-M-Planeten wie Starline Prime (Swailan) ausgebeutet werden.
4. Die SMC verwendet nur noch, was sie auch selber erwirtschaftet. Sogenannte ›Mitfahrgelegenheiten‹ bei anderen Companies der Hullgruppe gibt es nicht mehr. Wo solche Mitfahrgelegenheiten brachliegen, werden diese Ressourcen in Zukunft von der Zentrale auf Galaxy Prime (Erde) koordiniert. Sie werden da eingesetzt, wo sie ins große Bild passen, das nur der Rat der Hull Company mit seiner weitreichenden Übersicht und Weisheit haben kann.«

Das letzte Dia erschien. »Wir werden die SMC gewinnbringender machen, wovon alle anderen Industrien im Starline-Territorium (Swailan) profitieren werden. Für diese Umstrukturierung haben wir ein ehrgeiziges Ziel. Innerhalb eines Jahres soll sie abgeschlossen sein, damit spätestens im Jahr darauf die eingeführten Maßnahmen ihre Wirkung zeigen. Ich darf Ihnen Grüße vom Rat überbringen und die Hoffnung, dass erste Gewinnsteigerungen schon im Umstrukturierungsjahr erreicht werden.« Tiberian schloss: »Mammon wird zufrieden sein.«

Die Projektionsfläche und der Lichtstrahl erloschen und die Gestalt Tiberians verschwand, bevor das Tageslicht im Saal wieder aktiviert wurde.

Gemurmel und Unruhe machten sich im Raum breit, während sich die Managerriege unruhig im Saal umsah und nach Herrn Tiberian suchte. Jorgen und Anton gaben sich alle Mühe, die Menge zu beruhigen.

In einem Nebenraum stand der Unruhestifter hinter der einseitig durchsichtigen Projektionsfläche und beobachtete das Durcheinander. Herr Tiberian konnte sich trotzt seines eher humorlosen Charakters ein schadenfrohes Grinsen nicht verkneifen. Es würde amüsant werden zu sehen, wie jeder dieser Leute probierte, seine Schäfchen ins Trockene zu bringen. Wenn auf etwas Verlass war, dann auf den Egoismus der Menschen. Das wusste er nur zu gut. Herrn Tiberians Lächeln verschwand, als er Edward Ludd mitten in diesem Hühnerhaufen stumm dasitzen sah. Man konnte sehen, dass er sich seine eigenen Gedanken machte.

»Was denkst du?«, murmelte Herr Tiberian vor sich hin. Linebaker hatte ihm zwar versichert, Ludd würde sich herzlich wenig um die strategischen Entscheidungen der Corporation kümmern, sondern lieber den Weltraum durchreisen. Aber aus Erfahrung wusste Tiberian: Diese Ruhe, die Edward Ludd ausstrahlte, musste er in den kommenden Monaten im Auge behalten.

»Alles läuft nach Plan.« Jorgen Linebaker grinste selbstzufrieden und versuchte den raschen Schritten des Herrn Tiberian mit den Augen zu folgen. Musste der Kerl immer in Bewegung sein?

»Ja, und genau dann muss man am meisten auf der Hut sein, Linebaker. Ihr Plan ist gut. Unsere Umsetzung noch besser. Sogar Ihre kleinen Gefechte mit Anton Birch werden von Monat zu Monat seltener. Was ein Hinweis darauf ist, dass er sich für den großen Zampano hält und es nicht für nötig erachtet, Sie weiter als Konkurrenz anzusehen.«

Jorgens Wanst wackelte von seinem Gelächter: »Ja, ihn als Ihren Stellvertreter einzusetzen war clever. Das muss der Neid Ihnen lassen. Seither unterschreibt er Weisungen, fast ohne hinzusehen.«

Der stets elegant gekleidete Tiberian wandte sich von Jorgen ab, um ein uninteressantes Bild an der Wand scheinbar interessiert zu studieren. »Außergewöhnliches von Ludd?«

Jorgen verdrehte die Augen: »Nichts Außergewöhnliches. Solange er glaubt, alles laufe zum Wohl der SMC, wird *der* Hund nicht bellen. Und zum Beißen wird er nicht mehr kommen, sobald einmal alle Frachter per Künstliche Intelligenz oder von der Zentrale aus gesteuert werden.«

Jorgen rutschte unruhig in seinem Ledersessel hin und her. »Allerdings gibt es da eine Kleinigkeit ... Die KI-gesteuerten Frachter sind leichte Beute für die Piraten aus dem Äußeren Territorium.«

Herr Tiberian tat erstaunt: »Ich dachte, die gäbe es so gut wie nicht mehr?« Er kratzte sich nachdenklich am Ohr. »Wir setzen Ludd dafür ein. Das wird ihn von seinen schwindenden Kompetenzen ablenken. Kümmern Sie sich darum, Linebaker.« Damit schien die Sache für ihn erledigt zu sein. »Was hört man von den üblichen Verdächtigen?«

»Es wird ein bisschen gemurrt. Aber die Leute arbeiten nach Plan. Wir haben bereits begonnen, die älteren Semester zu entlassen. Die nachfolgenden Jungmanager haben beste Laune. Sie sind alle aufgekratzt, endlich das Sagen zu haben. Es herrscht Aufbruchstimmung.«

»Sie werden doch nicht etwa zulassen, dass die ihre eigene Ideen umsetzen können?«

»Wo denken Sie hin, Tib. Ich hab alles im Griff«, sprach ihn Jorgen mit seiner Vorliebe für Namensverkürzungen an.

Herr Tiberian stand jetzt vor der Fensterfront mit der Aussicht auf die Hauptstadt. Bis dahin hatte ein Lächeln seine Mundwinkel während der ganzen Diskussion umspielt. Nun drehte er sich um und das Lächeln verschwand aus seinem Gesicht, so abrupt, als hätte er eine Giftschlange hinter dem Pult sitzen sehen.

»Das will ich für Sie hoffen, Linebaker. Aber seien Sie bereit! Irgendetwas liegt in der Luft.« Er hielt seine Hand an ein Tableau an der Seitenwand und der Durchgang für den Einstieg zu seinem Gleiter öffnete sich. Nachdem er Platz genommen hatte, drehte er sich noch mal zu Jorgen. »Und nennen Sie mich nie mehr Tib. Für Sie *Herr* Tiberian, Linebaker. Verstanden?« Der grollende Unterton in seiner Stimme war unmissverständlich.

Jorgens fette Backen wabbelten, als er sprachlos, aber eifrig nickte. Der Durchgang schloss sich und Tiberians Gleiter stürzte sich vom 40. Stock in die Tiefe, Richtung Gleiterfahrbahn auf Level 2.

Jorgen Linebaker kannte viele negative Gefühle seine Mitmenschen betreffend. Aber vor keinem hatte er Angst. Angst, wie sie sich in den letzten Monaten gegenüber Herrn Tiberian gebildet hatte.

Kausalitäten

Lee Waldorf hatte gerade den Bericht über den neuesten Stand ihrer Informationsbeschaffungskampagne, wie sie und ihre Partnerin Ingrid Stettler es nannten, auf einer einbruchssicheren Leitung an Edward Ludd übermittelt. W & S waren seit Langem seine besten Informanten, ohne dass jemand dahingehend Verdacht geschöpft hätte.

Waldorfs halb durchsichtiges Standbild schwebte noch im Bildrahmen des Holoprojektors. Ned Ludds rechte Hand ruhte auf einer filigranen Konstruktion aus Titan, sein Handballen auf einem gelartigen Kissen und die fünf Finger auf feinen, drahtigen Ärmchen. Sein Blick hing starr an der Projektion. ›Ausschalten‹, dachte er und im Bildrahmen, vor ihm auf dem Pult, erlosch das dreidimensionale Bild.

Wie so oft trug er seinen Raumanzug ohne Handschuhe, Helm und Sauerstoffflaschen, natürlich abgesehen von der eingebauten Notversorgung. Gewöhnlich genoss er die ausgeglichene Wärme im Anzug. Das war der Grund, wieso er ihn trug, auch wenn es nicht auf eine Außenmission ging. Trotz der eingebauten Umlaufwärmeheizung des Anzuges fröstelte ihn jetzt ein wenig.

Es war nicht zu fassen, wie schnell einzutreten schien, was er schon am Tag der Sitzung mit diesem Herrn Tiberian hatte kommen sehen. Nichts konnte ihn darüber hinwegtäuschen, dass der eigentliche Zweck der Neuerungen bei der SMC nicht der war, der von den Initiatoren vorgegeben wurde.

Noch ergaben die einzelnen Puzzleteile der gesammelten Informationen keinen Sinn für ihn. Wenn er jedoch zuwarten würde, etwas dagegen zu tun, bis sich das Puzzle von alleine zusammensetzte, würde es zu spät sein. Die Verschlechterung der Verhältnisse in der Starline Mining Corporation, so wie Ned das sah, schritt unglaublich schnell voran. Er hielt seine Hand noch mal auf die Titankonstruktion. Sofort erschienen die Berichte, wie es üblich war, als Folien-Projektionen. Er brauchte nur daran zu denken, schon verteilten sich die einzelnen Folien im größer werdenden Rahmen des Bildschirms, um ihm eine bessere Übersicht zu geben.

Die von den Änderungen betroffenen Mitarbeiter wurden zu Recht unruhig, wie es in dem Bericht hieß. Das waren nicht mehr die normalen Effekte eines Change Managements. Da braute sich etwas zusammen. Eine Unruhe herrschte. Unruhe führt zu Unzufriedenheit. Unzufriedenheit führt zu Hass. Und Hass führt zu Revolte. Die SMC konnte aber keine Revolte gebrauchen. Das ganze Territorium konnte das nicht. Wenn es jedoch so weiterginge, würde das Territorium in wenigen Jahren wirtschaftlich kollabieren. Das ganze Wirtschaftssystem würde in sich zusammenbrechen, wie ein fragiles Ökosystem, wenn man das unterste Glied der Nahrungskette eliminierte. Das konnte unmöglich in irgendjemandes Interesse liegen.

Wer waren die Akteure in diesem Spiel? Was waren die Fremdfaktoren? Wen oder was, das Einfluss nahm, sah er noch nicht? Entweder waren die Verursacher unglaublich dumm oder es steckte ein viel raffinierterer

Plan hinter dem Offensichtlichen. Er persönlich tendierte zur zweiten Annahme.

Ned fing an, ein System aufzuzeichnen. Mit Feldern, Pfeilen und Werten visualisierte er Abhängigkeiten, um mittels der Kunst der Logik auf die richtige Lösung zu kommen. Je mehr Faktoren er dem Bericht von W & S entnahm und dem System zuordnete, umso mehr dehnte sich der Rahmen des holografischen Bildschirms aus. Immer verzweigter wurde das Konstrukt von Feldern, Pfeilen und Zeitachsen.

Im Zentrum des Logiksystems stand das Feld »Starline Prime (Swailan)«. Daneben »Nanofabriken werden in die Atmosphäre der Klasse-M-Planeten verlagert«. Darunter »Anzahl Shuttleflüge von den Nanoraffinerien zu den sauberen Endverarbeitern auf den M-Planeten«. Rechts davon erschien jetzt ein Feld »Veränderung der planetaren Umwelt«.

Er begann einen neuen Strang mit dem Feld »Reduktion der Mitarbeiter«, das direkt zu den Feldern »Qualität« und »Quantität der zu bewältigenden Arbeit« führte. Nahe bei diesem Feld »Umsatz von Hull Pharmaceutical« und »Handel mit legalen und illegalen Aufputschmitteln«.

Wieder ein neuer Strang. Er würde, wenn da ein gegenseitiger Einfluss herrschte, die Stränge später miteinander verknüpfen. Ein neues Feld »Einführung von Kontrollmechanismen« nahm Bezug auf das Feld »Dauer von Problemlösungen«. Ned führte das System schier endlos weiter. Normalerweise beschränkte er die Logiksysteme auf ein gewisses Umfeld, genannt Blackbox. Die Maßnahmen der Hull waren aber so weitläufig und nahmen auf so vieles Einfluss, dass die Erweiterung des Holografierahmens auf seinem Pult an die Grenzen stieß und Ned noch lange nicht fertig war mit der Aufzeichnung seines Logiknetzwerks. Es war eine langwierige und frustrierende Arbeit. Bald musste er auf sein mikroprozessorgesteuertes Gehirnimplantat zurückgreifen, um die Aufgabe zu bewältigen. Dennoch arbeitete er drei Tage ununterbrochen daran, bis sich die Lösung abzeichnete. Danach legte er sich in seinem Quartier hin und schlief zwölf Stunden durch.

»Aah, mein lieber Ned.« Jorgen bemühte sich aufzustehen, um sein Pult zu laufen und ihm die Hand zu schütteln. »Ant lässt sich entschuldigen.

Er ist zu sehr mit den Umstrukturierungen beschäftigt. Komm, setz dich. Wie geht es da draußen, im kalten Weltraum?«

Das war ein kleiner Seitenhieb auf Neds Outfit. »Ich hatte noch keine Zeit, mich umzuziehen.« Ned nahm den Halsring des Raumanzugs ab und fuhr mit der Hand über eine Druckstelle auf der Vorderseite des Stoffs. Mit leise ploppenden Geräuschen öffnete sich der Anzug bis zur Taille.

»Willst du etwas trinken?«

»Ich nehme einen Mokka.«

Jorgen verzog das Gesicht und setzte sich auch hin. »Wie kriegst du das Zeug nur runter?« Mit zwei kleinen Handbewegungen über der Kommandoplatte seines Schreibtischs bestellte er einen Mokka und ein Glas fette Schmumilch. Mit dem Nahrungstransporter hinter ihm, unter der Täfelung der Bürowand versteckt, wäre eine Zubereitung auch gelungen. Aber Linebaker hatte es aus einem bestimmten Grund lieber, wenn er bedient wurde.

»Miss Tura, meine Sekretärin, wird uns die Getränke in den nächsten fünf Minuten bringen«, meinte er ein wenig stolz.

»Sie wird wohl nicht dem Rotstift zum Oper fallen, was, Jorgen?«, fragte Ned süffisant. Sie schmunzelten zusammen, als ob sie sich oft so kollegial unterhielten. Was nicht der Fall war.

»Wir müssten öfter mal was zusammen unternehmen, Ned. Schau doch nächstes Mal bei einem meiner Empfänge auf meinem Landsitz herein. Meine Frau schickt dir eine Einladung.«

»Ich werde sehen, was sich machen lässt, Jorgen. Aber du weißt ja, meine Arbeit lässt mir nicht viel Zeit an Land.«

Jorgen kicherte: »Wie reizend, von dir immer wieder diesen Seefahrerwortschatz zu hören. Apropos, kommst du zurecht mit den Umstrukturierungen, die deine Bereiche betreffen? Oder sollte ich fragen, ob alle Segel voll im Wind stehen?«

»Na ja, Jorgen, bis jetzt können wir die Übernahme der Frachter durch die Künstlichen Intelligenzen noch mit Versetzungen und natürlichen Abgängen kompensieren. Aber wenn du schon fragst, meine Kapitäne sind etwas gereizt. Keiner wird gerne in seinem Rang zurückgestuft, um dann als Untergebener auf einem anderen Frachter Befehle auszuführen, die er vorher selber gab.«

»Wir haben niemandem, den wir bei der SMC eingestellt haben, eine Lebensstellung versprochen. Der Arbeitsmarkt wird den Abbau schon verkraften. ›Corporation first!‹, wie es so schön heißt.«

Linebaker legte seine Stirn in Falten. »Mir macht mehr Sorgen, Ned, dass die Anzahl der verschwundenen Frachter wieder zunimmt.«

»Es sind alles KI-Frachter, Jorgen …«

»Ich weiß. Wir vermuten dieselben Ursachen wie früher. Ohne Überlebende und ohne eine Spur der ›Künstlichen Intelligenzen‹ können wir natürlich nicht mit Bestimmtheit sagen, woran es wirklich liegt. Darum wollte ich dich bitten, dich darum zu kümmern«, meinte Jorgen mit ernster Miene. »Du kriegst selbstverständlich meine volle Unterstützung«, schob er schnell nach.

»Das wäre gut so. Weil, du erfährst ja nur von den verschwundenen Transporten, Jorgen. Aber es sind nicht nur die verschwundenen Frachten, die uns Probleme bereiten. Wir haben immer weniger Personal und Schiffe. Meine verbliebenen Kapitäne müssen mit ihren wenigen Schiffen zurzeit die Verluste der KI-Frachter ausgleichen. Dabei werden viele Schiffe von den neuen Hull-Expeditionsteams abgezogen, die frische Nanoerzvorkommen suchen. Jetzt muss ich im Upstream zu alldem auch noch Detektiv spielen?«

Linebaker klopfte mit der Handkante auf den Tisch. »Ned, du musst deine Leute, wie wir alle, ein bisschen härter rannehmen. Die nennen dich doch den Admiral? Das kommt ja kaum davon, weil du ansonsten die Führungszügel locker lässt.«

Ned blieb ruhig. »Ich will es dir mal so erklären, Jorgen. Mein Personal wird immer weniger und macht gleichzeitig immer mehr Arbeiten, für die es ursprünglich weder vorgesehen noch ausgebildet war. Früher hatten dieselben Mitarbeiter Zeit, ihre Arbeit zu machen *und* auf Unvorhergesehenes zu reagieren. Entwicklungen zu machen, zu testen, Fehler zu korrigieren gehört im Upstream zur Arbeit, wie für dich die Finanzzahlen in deinen Büchern. Wenn sie jetzt nicht einmal mehr die Zeit haben, ihren Job ordentlich zu machen, wann sollen sie dann die Fehler, die zwangsläufig mehr werden, wenn man eine Arbeit hinschlenzen muss, korrigieren?«

»Dann dürfen sie eben keine Fehler mehr machen. Das können wir uns in der Buchhaltung auch nicht leisten«, warf Linebaker lakonisch ein.

Edward fühlte, wie sein Anzug die steigende Körpertemperatur ausglich: »Super Vergleich, Jorgen! Sogar KI machen Fehler. Auch wenn es nur Erbschaften ihrer Basisprogrammierungen sind. Das Ganze ist eine absehbare Negativspirale, die schlussendlich zum Verlust unseres Bruttosozialprodukts führt. Mit Einzelheiten wie hoher Mitarbeiterfluktuation, Burnouts, Transport- und Supportengpässen, Suchtproblemen durch Aufputschmittel und so weiter verschone ich dich. Ich komme gerade von meinem Büro. Die haben mich da auf den neuesten Stand gebracht. Niemand will in dieser Corporation mehr freiwillig eine zusätzliche Arbeit übernehmen, wie das früher der Fall war. Teilweise landet man eher im Irrenhaus, als jemanden zu finden, der einem ein Problem lösen kann. Und wenn man mal jemanden zu fassen kriegt, ist es ein Anfänger, der nicht den Unterschied zwischen Omelett und Hamlet kennt. Wo sind die erfahrenen Leute geblieben?!«

»Entlassen. Die waren zu teuer. Du warst auch dabei, als Herr Tiberian den Vierpunkteplan vorgestellt hat«, erwiderte Jorgen, seine Verantwortung ablehnend.

Von der Tür klang ein kurzes elektronisches Geräusch. Linebaker war froh über die Unterbrechung. Das Gespräch verlief nicht so, wie er es geplant hatte. »Kommen Sie herein, Nura!« Die Tür öffnete sich automatisch und mit einem kleinen Tablett in der Hand betrat Linebakers und Birchs Sekretärin das Zimmer. Für einen kurzen Zeitraum unterbrachen die beiden Manager ihre Diskussion.

»Ich hoffe, die Milch ist fett genug, Herr Linebaker«, säuselte Nura. Jorgen musste sich beherrschen, ihr nicht in die Lücke zu starren, welche sich im Overall unterhalb ihres Halses auftat, während sie sich nach vorne beugte, um das Glas auf seinen Schreibtisch zu stellen. Sie drehte es so hin, dass der reliefartige Firmenname am Glas von ihm gelesen werden konnte.

Ned lehnte sich in seinem Sessel auf die rechte Lehne, um an ihrem Hintern vorbei zu beobachten, wie Jorgen beflissen war, ihr nicht auf die Brüste zu starren.

Sie drehte sich um, setzte ein Lächeln auf, nahm den Mokka vom Tablett und gab ihn Ned in die Hand. »Ich hab ihn so stark gemacht, dass der Löffel darin steht. So mögen Sie es doch, Herr Ludd?«

Ned zog einen Mundwinkel nach oben und nickte ein Dankeschön. In dem kurzen Augenblick, in dem sich ihre Blicke trafen, vermeinte er ein kaum wahrnehmbares Zwinkern in ihrem Auge zu erkennen. Dann drehte sie sich um und schwebte mehr als sie lief aus dem Raum. Mit dem leisen Zischen der schließenden Türe verschwand ihr Anblick aus dem Sichtfeld der beiden Männer im Büro.

Ned riss Jorgen aus seinen Tagträumen: »Was ist geschehen beim letzten Jahresbericht auf der Erde? Sind die neuen Ratsmitglieder zu gierig? Stehen sie unter dem Druck von Großaktionären? Dieser Herr Tiberian kommt doch nicht aus dem Nichts hierher, um uns die Fahrt vorzumachen! Und was ist mit Anton? Er war schon immer Verkäufer. Der trinkt doch sogar mit Strohhalm, damit er dabei weiterreden kann. *Davon* versteht er etwas. Aber er hat nicht mehr Verstand als ich Spucke im Mund. Und jetzt unterschreibt er für sämtliche strategischen Änderungen in der Corporation? Verkauf mich nicht für dümmer, als ich es bin, Jorgen!«

Aus Erfahrung wusste Linebaker, wann der Zeitpunkt gekommen war, einen kleinen Teil der Wahrheit zuzugestehen, um die große Lüge zu decken.

»O. K., hör zu, Ned. Ich muss dir etwas gestehen.« Er kratzte sich kurz mit der rechten Hand an der linken Brust. »Ich wusste schon früh von den bevorstehenden Änderungen. Aber ich durfte nichts sagen.« Verlegen nahm er die Milch in die Hand und fuhr mit dem Daumen über das Relief im Glas, bevor er einen langen Schluck nahm.

Ned wurde ungeduldig: »Und? Kommt da noch was?«

»Ich konnte *nichts* gegen die Neuerungen machen. Also spielte ich mit.

Immerhin konnte ich bis jetzt verhindern, dass Nanoerz auf Swailan abgebaut wird«, versuchte sich Jorgen zu retten und machte damit sein Gegenüber erst recht sauer.

Ned roch förmlich, dass da mehr dahintersteckte. »So weit wird es nicht kommen, Jorgen. Swailan ist tabu. Es ist unser Zuhause, Mann! Wie kann jemand ernsthaft in Erwägung ziehen, hier Nanoerz abzubauen? Da können wir das Zeug gleich mit diesen Dreckschleudern von Shuttles durch die ganze Atmosphäre zu den Frachtern im Orbit transportieren. Nein! Noch besser, wir sparen uns den Transport zu den extraswailanischen Raffinerien und killen unser Ökosystem gleich, indem wir hier auf Swailan raffinieren!« Sein Gesicht war rot angelaufen.

Linebaker schwieg und studierte sein Milchglas. Ned begann zu verstehen. »Bei Mammon! Die wollen das wirklich tun, nicht wahr? Du weißt es! Sag es mir!«

Jorgen sah seine Chance, das Gespräch wieder herumzureißen und von den äußerst unangenehmen Fragen abzulenken: »Je länger die Verluste durch das Verschwinden der Nanoerzfrachter anhalten, umso schwieriger wird es werden, es zu verhindern. Früher oder später werden die darauf drängen, dass es billiger kommt, hier abzubauen und alles zu zentralisieren. *Deswegen* habe ich dich ursprünglich für diese Besprechung angefragt, Ned. Wir müssen jetzt zusammenhalten!«, beschwor er ihn.

Edward kühlte ein wenig ab. »Dieser Plan darf nie umgesetzt werden, Jorgen. Es ist so schon schlimm genug. Oder soll es bei uns so weit kommen wie auf Galaxy Prime (Erde)? Wollen wir eine Selbstmordrate wie auf der Erde, wo der Dauerregen die Leute in den Wahnsinn treibt?«

Linebaker seufzte. »Nein, Ned, das will ich doch auch nicht. Wir werden beide unseren Teil dazu beitragen, dass es nicht so weit kommt. Wirst du nun den verschwundenen Frachtern auf den Grund gehen?«

Ned griff nach dem Halsring seines Anzugs, den er auf Linebakers Schreibtisch gelegt hatte. Er ließ ihn eine Weile zwischen seinen Händen rotieren. Keiner der Männer sagte etwas.

»Also gut, Jorgen. Ich vertraue darauf, dass du mich auf dem Laufenden hältst. Und keine Spielchen mehr. Mein Urgroßvater war einer der ersten

Mitarbeiter nach der Gründung der SMC. Ich hoffe, der Pioniergeist deiner Vorfahren steckt auch in dir noch genauso wie in mir. Ich für meinen Teil werde nicht einfach zusehen, wie alles vor die Hunde geht, was sie aufgebaut haben.«

Der metallene Halsring blieb stehen. Ned nahm ihn in die linke Hand. Dann spannte er an der Rechten den Mittelfinger mit dem Daumen und ließ ihn an die Druckstelle am Kragen seines Anzugs schnellen. Dieser schloss sich mit leisen Geräuschen. Ned schwang den Ring über seinen Kopf und rastete ihn mit einer geschickten Handbewegung am Kragen ein.

»Es ist spät geworden, Jorgen. Ich bin noch zum Abendessen bei der Präsidentin eingeladen. Wenn ich schon da bin, werde ich sie auch gleich über unser Vorgehen informieren und die entsprechenden Bewilligungen beantragen. Schließlich geht es Swailan nur so gut, wie es der Corporation geht. Nicht war?«

»So gefällst du mir, Ned. Und grüß die Präsidentin. Du weißt schon, mit allen nötigen Anstandsfloskeln. Immerhin ist sie das höchste Regierungsmitglied.« Das klang nicht ganz so respektvoll, wie es angebracht gewesen wäre. »Hast du einen Reiseplan, den du mir zukommen lassen kannst? Nur für alle Fälle.«

»Ja, ich veranlasse, dass du ihn erhältst.«

Ned stand auf. Er wartete nicht, bis sich Linebaker aus seinem Sessel gehievt hatte, sondern lief um den Schreibtisch und verabschiedete sich mit einem kräftigen Händedruck. Die Bürotür schloss sich und fast zur gleichen Zeit öffnete sich die Wandtäfelung hinter Linebakers Sitzplatz.

Das Anwesen war alt. Es hatte den gewählten Führern von Swailan schon immer als Wohnsitz gedient. Auf der Terrasse standen Ned und die Präsidentin des Territoriums und nippten an ihren Drinks. Der zweite Mond des Planeten war voll und gerade am klaren Sternenhimmel aufgegangen. Sie hatten beim Essen über die Probleme der SMC gesprochen.

Ned nahm einen tiefen Atemzug der kühlen Nachtluft. »Das Essen war exzellent, Lilian.« Er schaute sich im Park um, der zum Haus gehörte. Hier und da hörte man ein Rascheln von nachtaktiven Tieren im Schatten des Dickichts, wo der Mondschein nicht hinkam.

»Das Rezept ist von deiner Großmutter, Edward. Natürlich hast du es erkannt!«, spielte sie die Entrüstete.

»Na ja, es ist lange her, seit ich dieses spezielle Gericht von ihr aufgetischt bekommen habe. Wir beide waren noch Kinder.« Er rieb sich am Kinn und schielte zu ihr hinüber: »Kannst du dich noch an die Geschichten erinnern über die Heldentaten unserer Großväter, die Urmele uns immer erzählte, wenn sie uns hütete?«

»An so einige. Ja. Aber was hat das mit dem Verschwinden der Frachter zu tun?«

Ned zögerte. »Nichts, du hast recht. Es gibt dringendere Themen.« Und doch nahm er das Thema wieder auf, von dem sie beim Nachtessen gesprochen hatten. »Es entstehen einfach zurzeit zu viele künstliche Probleme in der SMC. Hatte nicht eine Geschichte, die Urmele uns erzählte, die Moral ›Wechsle nie ein gut laufendes System gegen ein ungewisses‹?«

Sie überlegte einen Moment. »Ja, daran kann ich mich erinnern.« Lilian schaute argwöhnisch zu ihm hoch. »Ich glaube, ich muss dir im Gewächshaus etwas zeigen.«

»Eine neue Züchtung?«

»So was Ähnliches. Komm!«

Sie schlenderte in Richtung des Gewächshauses los, das einer ihrer Vorgänger im Amt hatte bauen lassen. Ned leerte sein Glas, stellte es auf einen Beistelltisch und beeilte sich, sie einzuholen.

Lilian schloss die Glastür hinter ihnen. Die kunstvoll verschnörkelten Rahmen des wellenförmigen Gewächshauses umfassten quadratische, rhomben- und trapezförmige Scheiben. Innen konnte man noch die Wärme des Tages spüren. Der Geruch von frischer Erde stieg Ned in die Nase. Lilian schloss die Oberlichter mit der Automatik und drückte auf etwas, das aussah wie ein Lichtschalter.

»Also, Edward, ich habe dieses Gewächshaus umbauen lassen, als ich hier vor fünf Jahren eingezogen bin. Die Scheiben sind in eine Masse im Rahmen eingelassen, die sie in einer bestimmten Frequenz vibrieren lässt.

Das macht es unmöglich, uns mit Richtmikrofonen oder Lasern abzuhören. Ich habe den Mechanismus eben eingeschaltet. Willst du die Scheiben auch noch verdunkeln oder sagst du mir jetzt endlich das, weswegen du dich schon die ganze Zeit windest? Rück raus damit! Hast du vergessen, dass ich dich besser kenne als die meisten?«

Ned war etwas verlegen. »Lilian, als wir uns zum Abendessen verabredet haben, hatte ich noch keine Ahnung, um was ich dich jetzt bitten werde. Aber gewisse Informationen und Gespräche, die ich geführt habe, lassen mich annehmen, es könnte Verheerendes geschehen, wenn wir einfach nur tatenlos zusehen. Ich brauche deine Hilfe und einige Vollmachten, von denen niemand außerhalb deines engsten Vertrautenkreises wissen darf. Die Hilfe ist nicht für mich. Das ganze Swailan-System könnte betroffen sein.« Er benutzte absichtlich die alte Bezeichnung des Starline-Territoriums.

Lilian Lauper lehnte sich zu ihm hinüber und senkte ihre Stimme: »Jetzt hast du mich faustisch gemacht, Edward.«

Eine Woche danach stand Ned auf der Brücke neben dem Kapitän des Frachters 101. »Wann ist die nächste Hilfslieferung an die Randständigen geplant, Kapitän Valiant?«

Der Angesprochene lief zu einem Crewmitglied, beugte sich zu der Frau, die vor einer Kommunikationskonsole saß und gab die Frage weiter.

Ned blickte ihm direkt ins Gesicht, als der Kapitän wieder neben ihm stand. »Die meisten Frachter stehen schon bereit. Sobald die Sammelschiffe von den Planeten Roxana und Esternye eintreffen, was in etwa einer Woche sein wird, startet der Konvoi Richtung Äußeres Territorium. Stimmt etwas nicht?« Kapitän Valiant war fast irritiert ob des starren Blicks seines Chefs.

»Ich denke nur nach, Valiant. Kann man Ihren Leuten trauen? Ich meine, sind sie loyal gegenüber der SMC, der Hull, Ihnen oder was?«

Jetzt war Valiant wirklich irritiert. ›Was für eine seltsame Frage.‹ Er überlegte eine Minute. Ned drängte ihn nicht zu einer Antwort.

»Seit ich Sie kenne Admiral, haben Sie sich immer für Ihre Leute eingesetzt. Jeder, der Sie etwas länger kennt, weiß, Sie sorgen dafür, dass Ihre Leute sich nicht mit peripheren Problemen rumschlagen müssen, sondern sich auf ihren eigentlichen Job konzentrieren können. Wir Kapitäne folgen diesem Beispiel. Jedenfalls die meisten. Deshalb würde ich sagen, die Leute beziehen zwar ihren Lohn von der Corporation, aber ihr Respekt und ihre Loyalität gelten größtenteils ihren Kapitänen. Hier auf der 101 gibt es keinen, der nicht für sie über heißen Teer gehen würde. Und auf den meisten anderen Schiffen der Flotte dürfte es auch so sein.«

»Gut! Hängen Sie trotzdem nichts an die große Glocke von dem, was ich Ihnen jetzt sage, Valiant. Sobald wir entladen haben, setzen Sie Kurs auf den Sammelpunkt des Hilfskonvois. Informieren Sie die Kapitäne, dass wir nicht auf die restlichen Sammelschiffe warten. Sobald die 101 am Sammelpunkt eintrifft, machen wir einen fliegenden Start. Lassen Sie Achmed wissen, dass wir früher in der Neutralen Zone auftauchen als sonst.«

»Marchio Achmed Massud hatte vor zwei Monaten einen tödlichen Unfall, Admiral. Seine Tochter Marchia Arancha Massud hat jetzt das Sagen.«

»Mist!«, brummte Ned. »Ist sie wie ihr Vater?«

Valiant hob die Schultern zu einer entschuldigenden Geste. »Keiner kennt sie wirklich. Sie war ein paarmal mit ihrem Vater in der Neutralen Zone. Sie nahm Hilfsgüter entgegen. Ich habe sie darüber hinaus nie mit jemandem sprechen sehen. Sonst weiß man nichts von ihr.«

»Gehen Sie vor, wie Sie es bei ihrem Vater getan hätten. Versuchen Sie einen Mann von uns in ihrer Nähe zu platzieren. Ich werde dafür sorgen, dass jemand mit Ihnen Kontakt aufnimmt, der dabei behilflich sein wird. Ansonsten halten Sie sich bedeckt. Wenn jemand Fragen stellt, lassen Sie es mich wissen. Ich werde mich dann darum kümmern.«

Stolz, mit einer offensichtlich außergewöhnlichen Sache betraut zu werden, machte sich Kapitän Valiant ans Werk.

Die Folie mit Edward Ludds Reiseprogramm lag auf dem Schreibtisch vor Jorgen Linebaker. Er starrte darauf, während in seinem Innern ein

Kampf tobte, den er, das wusste er jetzt schon, verlieren würde. So weit hätte es nicht kommen dürfen.

Direkt nach der Besprechung mit Ned Ludd vorletzte Woche war Herr Tiberian aus dem kleinen Geheimzimmer, hinter der Täfelung von Jorgens Büro, getreten und hatte gekocht vor Wut. Anfangs vermochte Tiberian seine Geringschätzung für den dicken Mann noch zu unterdrücken.

»Können Sie mir erklären, was da eben passiert ist, Linebaker? Sie hatten sich doch mir gegenüber geäußert, klar und deutlich, dass es bei der Durchführung unserer Operation mit niemandem größere Probleme geben würde. Insbesondere nicht mit diesem Ludd.« Die Luft knisterte geradezu, als Herr Tiberian diese Worte aussprach. Er beugte sich, neben dem Sessel stehend, zu Jorgens Ohr hinunter. »Und was haben wir jetzt mit diesem Möchtegernseefahrer?«

Seine Stimme war definitiv zu nett. Jorgen wollte aus seinem Sessel aufstehen, um mit Tiberian auf gleicher Augenhöhe zu kommunizieren. Auf halber Höhe, zwischen wieder nach hinten kippen und genug Gewicht nach vorne verlagern, um seinen fetten Wanst aufzurichten, hob Tiberian gekonnt seinen rechten Fuß, setzte ihn auf Jorgens Bauch und drückte diesen wieder in den Sessel zurück, wo er, hilflos wie ein Käfer auf dem Rücken, sitzen blieb.

Er schluckte einmal leer und sah zu Tiberian hoch. »Wir ... haben ein Problem?«

Tiberian lächelte. Ein falsches Lächeln. Für ihn gab es keinen Grund mehr, respektvoll mit Jorgen umzugehen. »Es gibt keine Probleme Linebaker! Es gibt nur gegenwärtige Zustände, die man ändern kann.« Mit einer geschickten Gewichtsverlagerung hob Tiberian sein Bein hinter die Lehne und stieß Linebaker samt Sessel an den Korpus. »Leg deine Hand auf das Tableau und sorge dafür, dass wir nicht gestört werden. Was wir jetzt zu besprechen haben, geht nicht aus diesem Raum! Verstanden?«

Jorgen nickte hilflos. Er schob das Milchglas zur Seite, um mit der Hand ein paar Zeichen auf der Kommandoplatte ausführen zu können. »Die Türen sind verschlossen.«

Herr Tiberian zog zufrieden den Fuß von Jorgens Lehne zurück, ließ ihn zwei Sekunden scheinbar schwerelos in der Luft schweben und stellte ihn dann wieder auf den Boden neben seinen anderen, ohne das geringste Anzeichen, das Gleichgewicht zu verlieren.

»Nun, da ich deine volle Aufmerksamkeit habe, Jorgen, werde ich dir erklären, wieso Leute wie unser Auftraggeber Leute wie *mich* damit beauftragen, solche Projekte durchzuziehen, und es nicht Leuten wie *dir* überlassen. Wenn du jemanden warnst, der droht, deine Pläne zu durchkreuzen, wird derjenige danach vielleicht nicht aufgeben. Er wird nur noch vorsichtiger vorgehen, weil er jetzt weiß, wo du stehst und was passieren könnte. Stattdessen kannst du bei *meiner* Lösung davon ausgehen, dass du nie mehr von der Zielperson belästigt wirst. Deshalb merk dir Folgendes: Erstens wirst du das Reiseprogramm, das du von Ludd erhältst, gründlich studieren. Zweitens wirst du dir überlegen, wo auf der Route sich«, er überlegte kurz, »Unfälle ereignen könnten. Zum Beispiel Annäherungen an instabilen Raum, das Äußere Territorium, X-Planeten mit einer gefährlichen Atmosphäre und dergleichen. Drittens lässt du dir einfallen, was an diesen Orten einem einzelnen Mann zustoßen könnte, von dem er sich nicht wieder erholen kann.«

Jorgen krallte seine wulstigen Finger in die Lehnen des Sessels, um seine zitternden Hände zu verbergen. »Aber Herr Tiberian. Würde eine Warnung fürs Erste nicht doch genügen? Ich meine …«

»Linebaker. Keine Sorge. Das wird doch eine Warnung. Eine Warnung an alle anderen, die auf die Idee kommen sollten, sich gegen uns zu stellen. Deine Meinung ist in solchen Belangen irrelevant! Mach, was man dir sagt, Linebaker, und Mammon wird zufrieden sein. Du bist noch kein Ratsmitglied der Hull. Verstehen wir uns jetzt unmissverständlich?«

Mit einem letzten bisschen Selbstachtung verhinderte Jorgen das Versagen seiner Stimme: »Ja, Herr Tiberian.«

Schalkhaft reckte Tiberian ihm ein Ohr entgegen: »Wie bitte?«

»Ja, Herr Tiberian. Wir verstehen uns«, kam es etwas kräftiger aus Jorgens Mund.

»Gut, Schwabbel! Geht doch«, erwiderte Tiberian scheinbar gut gelaunt. Er machte ein Zeichen auf des Schreibtischs glänzende Kommandoplatte und verließ das Büro fast tänzelnd durch das Vorzimmer. Ohne sich umzudrehen meinte er lakonisch: »Übrigens, Sie haben im Geheimzimmer nur noch das Nötigste in Ihrem Kühlschrank. 25 Schnitzel, 33 Beefburger, drei Säcke Pommes …« Die Bürotür schloss sich hinter dem Rest der Aufzählung.

Linebaker starrte auf die geschlossene Tür. Eine einzelne Schweißperle rann langsam von seiner Schläfe über die Seite des Gesichts. Als sie in der Falte zwischen Wange und Hals ankam, wischte er sie weg. Dann benutzte er das Tableau auf seinem Schreibtisch und sprach über eine unsichtbare Gegensprechanlage: »Nura, bitte räumen Sie mein Büro auf. Ich bin für den Rest des Tages außer Haus und nicht zu erreichen.«

Wenige Sekunden später, Jorgen wollte gerade zum Durchgang, wo an der Außenseite des Büros sein Gleiter hing, öffnete sich die Bürotür und Nura kam herein, um abzuräumen.

Doch dem schenkte er keine weitere Beachtung mehr. Er hatte andere Probleme. Nura stellte das leere Milchglas und die Mokkatasse auf das Tablett und wollte gerade den Raum verlassen, als sie hinter dem Schreibtisch einen kleinen Spalt in der Täfelung entdeckte. Sie blickte zur Glasfront des Büros. Ihr Chef saß schon im Gleiter und ließ sich gerade in die Tiefe stürzen. Sie lief um den Schreibtisch herum und zog die Geheimtür auf.

Nun saß Linebaker also da. Er konnte seine Entscheidung nicht länger hinauszögern. Wie sich herausgestellt hatte, war Herr Tiberian kein sehr geduldiger Mensch. Also machte er seine Vorschläge und war zumindest froh, dass er diese nie selber würde umsetzen oder gar dafür Verantwortung übernehmen müssen. Er zeigte ja nur die Möglichkeiten auf, mehr nicht, beruhigte er sein Gewissen. Eines hatte er auf jeden Fall gelernt. Keine Notizen. Er prägte sich seine Erkenntnisse aus dem Reiseprogramm ein und würde diese beim nächsten Auftauchen von Herrn Tiberian mündlich an diesen weitergeben.

Attentat

Zur selben Zeit, wie Jorgen seine Hausaufgaben machte, versuchten Waldorf und Stettler in einem anderen Teil des riesigen SMC-Handelszentrums verzweifelt Verbindung mit Ned Ludd aufzunehmen. Vor zehn Tagen war es ihnen gelungen, direkt hier im Gebäude der SMC ein Gespräch aufzuzeichnen, aus dem hervorging, dass das Leben des Admirals in Gefahr sei.

Die Sitzungszimmer und Büros des Managements wurden eigentlich jeden Tag auf Wanzen untersucht. Das machte es schwierig, an gesprochene Informationen zu kommen. Es sei denn, man konnte ein Mikrofon nur dann kurz einschleusen, wenn es gerade benötigt wurde, um es gleich darauf wieder zu entfernen. Da man nicht genau sagen konnte, wann relevante Gespräche stattfanden, war das gar nicht so einfach. Aber es gab jemanden in ihrer Runde, der das ziemlich gut beherrschte.

Es hatte sie einige Zeit und Aufwand gekostet. Keine Tat ist so einfach getan wie gesagt. Eigentlich hätte Nura das Milchglas mit dem Reliefmikro nur wieder einsammeln müssen und noch in derselben Stunde hätten sie gewusst, was an diesem Tag in Linebakers Büro besprochen wurde.

Eigentlich! Denn gerade als Nura mit dem Geschirr auf dem Tablett ins Vorzimmer trat, rammte sie ein hektisch aus seinem Büro stürmender Anton Birch von der Seite. Das Tablett flog mitsamt dem Geschirr in hohem Bogen durch das Vorzimmer.

Voller Schuldgefühle bot er sich an, die Katastrophe aufzunehmen, und schnappte sich den kleinen Schmutzfink neben dem Müllschlucker. Er fuhr über das Zerbrochene und aktivierte das Gerät, welches die Form eines Schlagstocks hatte. Die Scherben und Sonstiges sprangen an den Schmutzfink und blieben hängen. Anton steckte den Stock in den Müllschlucker, deaktivierte ihn, bevor Nura etwas sagen konnte, und weg war der Abfall.

Nura hätte ihm am liebsten eine reingehauen. Doch sie bedankte sich artig für die Hilfe. Danach hatte sie den Lauf der Müllentsorgung verfolgt, um die Scherbe mit dem Mikro wiederzufinden.

Jetzt löste Nura vorsichtig den reliefartigen Aufkleber von einer Glasscherbe und legte ihn in die dafür vorgesehene Nische des Sicherungsgerätes. Alle drei waren sie gespannt, ob sich die ekelhafte Suche durch das swailanische Müllentsorgungssystem, die ihnen Nura beschrieben hatte, jetzt auszahlte. Nura fuhr zärtlich mit den Fingern über das Teil. Es sah immer noch so aus und fühlte sich so an wie echtes Glas. Sie schloss den Deckel des Geräts und aktivierte die Sicherung des Gesprächs, das zwischen Jorgen Linebaker und Herrn Tiberian in dessen Büro stattgefunden hatte.

Mit dem Admiral auf seinen früheren Fahrten Verbindung aufzunehmen war leicht. Das Interstellare Solnet ermöglichte es, sogar bis in Teile des Äußeren Territoriums hinein zu senden und fast ohne Zeitverzögerung von jedem Raumschiff Antwort zu empfangen.

Nun hatte die Hull Company die Benutzung des Solnet unterbunden, weil die SMC es sich jetzt, da sie nicht mehr »Trittbrettfahrerin« sein durfte, nicht mehr aus eigenem Antrieb leisten konnte, die enorm hoch angesetzten Beiträge zu bezahlen. Lee Waldorf wusste natürlich, dass die Gewinne aus der Umstrukturierung der SMC längst genügt hätten, um den entsprechenden Anteil am Solnet zu begleichen. Die Gewinne wurden jedoch direkt an die Hull weitergeleitet. Linebaker *musste* mehr Gewinn ausweisen, wenn er sich als Finanzchef hervortun wollte. Sie hatte den Kerl noch nie gemocht.

Zuerst war es nur ein Verdacht. Doch es passte zu gut in die Kariere eines Linebaker, als dass es Zufall sein konnte. Waldorf kannte sich aus in Finanzdingen und war eine gute Spionin, weil sie nicht an Zufälle glaubte. Den Anfang des roten Fadens, der sich durch diese ungeheuerliche Intrige flocht, fand sie auf einer Kreditkartenabrechnung von Jorgen Linebaker. Er hatte ein Speedtaxi auf Galaxy Prime mit der Geschäftskreditkarte bezahlt. Die Zieladresse war ihr bekannt vorgekommen. Danach ergab bei ihren Nachforschungen eines das andere.

Und jetzt das noch! Ein Mordanschlag auf den einzigen Mann der SMC-Führung, der den Mumm hatte, sich gegen die Verschlechterungen zu wehren, ja sogar schon einen Plan zu haben schien, wie das zu bewerkstelligen sei.

Sie konnten ihn erst tagelang nicht aufspüren, und jetzt, wo sie die 101 erreicht hatten, saßen sie vor der altertümlichen Hypernetkonsole und warteten auf die zeitverzögerte Bestätigung ihrer abgesetzten Warnung an den Admiral. Seine Aufenthaltsorte waren zu potenziellen Anschlagszielen geworden!

Zur selben Zeit auf einem kleinen M Klasse Planeten am Rande der Galaxis: »... als kleiner Junge das erste Mal wahrnahm, gehörte sie schon zur Gruppe der Hull Company. Diese war immer weit weg gewesen. Gesteuert von der Erde, dem Zentralplaneten der Galaxis. Es hat funktioniert, weil die SMC ihren Chefs in der Ferne die guten Zahlen liefern konnten. Schon zu Zeiten unserer Väter war das so. Dessen ungeachtet genügt das jetzt nicht mehr. Die Hull-Spitze verlangt mehr. Nicht nur das! Der Gewinn muss auch noch auf *ihre* Art erwirtschaftet werden. Die vielen kleinen Umstrukturierungen, die zu diesem Zweck vorgenommen werden, sind aber keine Verbesserung. Sie sind eher wie Nadelstiche. Das merken zwangsläufig alle Mitarbeiter, vom Generatorreiniger bis zum Manager. Sie sehen zwar nicht über den Rand ihrer eigenen Abteilungen hinaus. Das ist aufgrund der offiziellen Informationspolitik nur der Troika möglich. Trotzdem erhebt sich ein gewisser Missmut bei den Mitarbeitern und einigen Managern des mittleren Kaders. Wissen Sie, Marchia Massud, in den Leuten steckt immer noch ein wenig von den Gründervätern. Die SMC ist wie ein wildes Tier, das instinktiv merkt, wenn etwas nicht stimmt. Es wird noch eine Weile dauern, bis dieses Tier zum selben Schluss kommt wie ich. Aber dann wird es zu spät sein. All die kleinen Maßnahmen wirken darauf hin, das Überleben der Abteilungen und Subkontraktoren zu torpedieren. Mit so viel Sand im Getriebe kann keine Maschine ewig weiterfunktionieren. Der Einfluss der Maßnahmen beschränkt sich leider nicht nur auf die Corporation. Das ganze Starline-Territorium wird in Mitleidenschaft gezogen. Seine Wirtschaft ist davon abhängig, wie gut es der SMC geht. Am meisten tut es mir leid um meine Heimat, Swailan oder Starline Prime, wenn Ihnen das geläufiger ist. Das gesamte Ökosystem von Swailan wird innerhalb weniger Jahre irreparable Schäden davontragen. Nur um des Profits willen. Für Hilfslieferungen wird dann keiner mehr Zeit haben. Wenn Sie also mehr von Ihrem Vater ›geerbt‹ haben als den Titel vor Ihrem Namen, dann kommen wir jetzt zu dem Teil, der für Sie interessant ist.«

Marchia Arancha Massud, die rechtmäßig gewählte Führerin der Randständigen, hörte dem Admiral konzentriert zu. Als sich Ned dessen sicher war, fuhr er fort.

»Es ist lange her, dass Ihr Vater und ich Feinde waren. Die besten Zeiten der Piraten waren schon vorbei und ich war noch ein junger Kapitän damals. Dennoch habe ich ihn als integren Feind und später als zuverlässigen Verhandlungspartner kennengelernt.« Er trommelte mit seinen Fingern gedankenverloren auf dem Köcher, in dem die Folien mit den Informationen lagen, die W & S mit ihren Beziehungen zum Äußeren Territorium für ihn zusammengetragen hatten, bevor er ins kommunikative Niemandsland Richtung Äußeres Territorium gereist war.

Die Idee, einen neuen Spion von Kapitän Valiant bei den Randständigen zu etablieren, um von den erhöhten Aktivitäten des bereits etablierten Informanten abzulenken, hatte funktioniert. Dennoch mussten die Informationen vor seinem Abflug von W & S innerhalb kürzester Zeit auf den neuesten Stand gebracht werden. Deshalb waren sie, was die Einstellung der Randständigen betraf, vermutlich nicht komplett und das, was Ned Arancha Massud jetzt sagen wollte, daher immer noch ein hohes Risiko. Außerdem musste er noch den Kopf des armen Kerls retten, der sich beim Spionieren mehr oder weniger absichtlich von Arancha hatte erwischen lassen.

Was hauptsächlich aus dem Bericht hervorging, war, dass Marchio Achmed Massuds Tochter keine Thronfolgerin war, sondern ihr hohes Amt durch eine demokratische Wahl hatte bestätigen lassen. Außerdem hatte schon ihr Vater einen Ältestenrat eingerichtet, der als Parlament fungierte. Nach dem Motto: pro Kolonie eine Stimme.

Demokratie war in der Galaxis außerhalb von Swailan heutzutage schon suspekt genug, eine im Volk breit gestützte Regierung bei den Randständigen vorzufinden, gelinde gesagt, überraschend. Zudem musste sich Ned immer wieder an die Tatsache gewöhnen, dass die Randständigen in einem Zeitsystem lebten, in dem es zehn Tage pro Woche gab anstatt sieben. Dafür gab es nicht einen Tag frei pro Woche, wie in allen kapitalistischen Systemen der Galaxis, sonder in etwa die Hälfte der Erwerbstätigen arbeiteten fünf Tage in der Woche und die anderen hatten fünf Tage frei. Alternierend. Die Systeme mussten nie heruntergefahren werden. Es waren immer gleich viele Mitarbeiter im Einsatz. Mehr oder weniger. Das war faszinierend. Was würde wohl passieren, wenn sie so etwas im *ganzen* Swailan-Territorium einführen würden?

Edward schüttelte seine Gedanken ab. »Ich habe eine Botschaft für Sie, von der Präsidentin des Swailan-Territorium, Lilian Lauper«, wandte er sich an Marchia Massud.

Nach ein, zwei Tagen, die er mit Arancha und ihrem Stab auf dem kleinen, aber schönen Klasse-M-Planeten verbracht hatte, war er überzeugt, dass die Bedingungen von Arancha Massud wie frisches Blut auf das Swailan-Territorium wirken würden. Er verließ das Äußere Territorium mit einem Versprechen der intelligenten jungen Frau und einem Geheimabkommen im Koffer. Die computergesteuerten Frachter würden bis auf Weiteres nicht mehr gekapert, auch wenn diese weiterhin leichte Beute waren. Was Arancha als Entgegenkommen verlangte, war seiner Meinung nach akzeptabel. Jorgen, und wer immer hinter ihm stand, wäre durch den Stopp der Überfälle auf ihre geliebten KI-gesteuerten Frachter zufriedengestellt. Mehr würde er sie nicht wissen lassen. Ihre Aufmerksamkeit würde auf andere Ereignisse gelenkt, die Randständigen in der nächsten Zeit in Ruhe gelassen. Seine offizielle Reiseroute führte ihn entlang den großen Schürfgebieten und Kolonien vom Äußeren Territorium Richtung Starline Prime (Swailan). Was er nebst den angekündigten Inspektionen in diesen Kolonien tun würde, stand nicht im offiziellen Reiseprogramm, das er Jorgen Linebaker hatte zukommen lassen. Nun konnte Ned, sobald er wieder in Kommunikationsreichweite des Hypernets war, Phase zwei seines Plans in Angriff nehmen.

Der Saal im Haupttrakt der Bergarbeitersiedlung auf diesem unwirklichen X-Planeten war ausgebucht bis auf den hintersten und letzten Platz. Die Siedlung lag am Rande einer Schlucht, so groß wie der Grand Canyon. Wie ein Steinbock stemmte sie sich mit ihren Stahlgerüsten in die Schräge vor dem Abriss, von dem es einige hundert Meter senkrecht in die Tiefe ging. Liftschächte führten von hier zum Grund des Canyons, wo das Nanoerz abgebaut wurde. Auf der Bergseite erstreckten sich Tunnel waagerecht ins Erdreich, bis zu den Landeplätzen der Shuttletrucks, die das Erz in die Umlaufbahn zu den großen Transportschiffen brachten.

Es hatte sich gerüchteweise herumgesprochen, dass Edward Ludd, der »Admiral«, in allen größeren Bergarbeiterkolonien persönlich Reden für eine Veränderung bei der SMC halten solle. Es gab viele Gerüchte über revolutionäre Ideen. Während die Leute bis unter die Türen und bis hinaus auf die Gänge vor dem Saal standen, herrschten auf der anderen Seite der Nanostahlwände und Kuppeln aus durchsichtigem Aluminium die menschenfeindlichsten atmosphärischen Verhältnisse. Die Mineure, die unter der Oberfläche arbeiteten, trugen deshalb Druckanzüge, wie man sie einst als Erstes für die Weltraumfahrt eingesetzt hatte. Ein Mensch bleibt ein Mensch bleibt ein Mensch. Darum sahen die Anzüge, abgesehen von der verfeinerten Technologie, auch heute nicht viel anders aus als damals. Abgesehen von miniaturisierten Funktionen wie zum Beispiel einem Notvorrat an Sauerstoff, dessen Behälter direkt in die Wände des Anzugs eingebaut waren. Ohne Anzug würde ein Mensch nur wenige Sekunden überleben. Seine Körpermasse würde fast sofort um ein Drittel zusammengepresst. Er hätte nicht mal Zeit, in Ruhe zu ersticken. Möglich, dass er bei den vorherrschenden Minustemperaturen in einem defekten Anzug vorher erfror. So genau wollte das eigentlich niemand wissen.

Drinnen kamen die Leute langsam zur Ruhe, nachdem sie Ned mit Applaus am Rednerpult auf der Bühne des Allzwecksaals begrüßt und dieser das herzliche Willkommen erwidert hatte.

»Wie würde es euch gefallen, fünf Tage in der Woche Freizeit zu haben?«, begann Ned in die Stille hinein zu sprechen. Verdutzte Gesichter schauten sich im Publikum um. So etwas gab es in der ganzen kapitalistischen Galaxis nirgendwo. »Nein, ich bin nicht verrückt, wie einige von euch jetzt denken mögen. Wie das möglich sein soll? In der ganzen Galaxis haben wir die Siebentagewoche. Sechs Tage arbeiten und einen Tag frei, das macht in der ganzen Galaxis sieben Tage! Nicht mehr und nicht weniger. Ihr werdet mich für noch verrückter halten, wenn ich euch frage: Möchtet ihr zugleich nur noch fünf Tage in der Woche arbeiten?«

Einige lachten geradeheraus. Andere wollten schon eine Diskussion darüber anfangen, was man mit so wenig Arbeitstagen und so viel Freizeit für ein Leben führen würde, während einige ganz Helle irgendetwas an ihren Händen abzählten. An dieser Stelle war Ned immer wieder amüsiert, obwohl er am besten wusste, was jetzt kam.

»Wenn ihr jetzt zu denen gehört, die etwas schmunzeln mussten, weil ihr Nachbar die Finger zu Hilfe genommen hat, haltet euch fest. Er oder sie ist genau auf der richtigen Spur. Wie viele Finger haben wir?« Er öffnete seine Hände und hielt sie etwas dramatisch offen Richtung Zuhörer in die Höhe. »Richtig! Wir, das heißt mein Planungsstab und ich, haben uns ein grundsätzlich neues Modell der Arbeitszeiten ausgedacht. Wir erweitern das seit Jahrtausenden bestehende System um drei Tage.«

Mit einem Knopfdruck auf die kleine Fernbedienung an Neds Hand erschien eine Projektion, die jeder im Saal bis zuhinterst sehen konnte. Ned begann zu erklären, wie man das in der Galaxis verbreitete Modell des Jahreskalenders, der auf Galaxy Prime (Erde) zurückging, exakt so einteilen konnte, wie man es für eine Zehntagewoche brauchte. Als er die meisten überzeugt hatte, wie das astrologisch und mathematisch möglich sei, begann er darüber zu referieren, wie man die neue Zeiteinteilung so nutzen könne, dass Arbeitnehmer und Arbeitgeber etwas davon hätten. Der Saal kochte. Er hatte ihre volle Aufmerksamkeit.

»Für viele von euch, ja fast alle, sind die heutigen Arbeitsbedingungen kompliziert geworden. Noch vor einem Jahr galt in der Corporation »Best Practice«: Jede Arbeit wurde so ausgeführt, wie sie sich über die Jahre als optimal für eure Arbeitsumgebung herauskristallisiert hat. Innovationen wurden in kleinen Schritten bis zur Perfektion eingeführt. Jetzt versucht die Hull Company unsere SMC im großen Stil umzubauen. Vieles von Technokraten auf dem Zentralplaneten Erdachtes muss von uns, wider besseres Wissen, übernommen werden. Ihr kennt selber Beispiele aus eurem Arbeitsumfeld. Das weiß ich. Und wir bitten euch, mit unserer neu gegründeten Gewerkschaft in Zukunft Verbindung aufzunehmen, wann immer ihr findet, man könnte etwas besser machen. Unterlagen dazu könnt ihr am Saalausgang nach der Veranstaltung herunterladen. Wir freuen uns auf eure Vorschläge. Und vor allem nehmen wir sie ernst. Wir werden jeden auf seine Machbarkeit überprüfen. Genau wie die Pläne, die wir bereits haben, wie man unakzeptable Schlamperei und arbeitsbehindernde Maßnahmen wieder rückgängig machen oder unserer swailanischen Tradition entsprechend verbessern kann.«

Seine weiteren Worte wurden von 3-D-Holografien unterstützt. »Die Veränderungen müssen vom Upstream-Geschäft aus kommen. Wir fördern die großen Mengen Nanoerz und machen dabei so kleine Gewinne, dass uns ein krankes System zuerst betrifft. Denken wir nur an die KI-Frachter, die immer wieder verschwinden. Oder die Shuttletrucks, die seit Kurzem übertrieben viel in der Atmosphäre von Klasse-M-Planeten eingesetzt werden. Die Anzahl Starts und Landungen mit Brennstoffraketen von den großen Erzfrachtern zu den neuen Raffinerien auf den Planeten sind ungleich höher. Das Erz ist voluminöser als der raffinierte Nanostaub, den sie früher transportierten. Dies führt zu einer größeren Anzahl von Flügen in der Atmosphäre und zu noch mal höherer Umweltverschmutzung. Trotzdem werden weniger Shuttletrucks eingesetzt und somit weniger Arbeitsplätze benötigt. Nanoraffinerien: Es gibt keine Filtersysteme dafür. Nicht umsonst sind Nanofabriken und Raffinerien, die enormsten Dreckschleudern des Universums, seit jeher auf unwirtlichen Monden und X-Planeten betrieben worden. Sie haben nichts auf Klasse-M-Planeten verloren. Habt ihr Lust, beim nächsten Urlaub auf eurem Heimatplaneten Verhältnisse wie auf Galaxy Prime (Erde) vorzufinden?«

Ned wartete ab, bis die Nein-Rufe verhallt waren, um dann fortzufahren. »Wenn wir also nichts unternehmen, wird nichts passieren. Downstream stößt sich die Hull Company satt. Da können wir nichts machen. Da haben sie durch ihre eingesetzten Manager und Verkäufer alles unter Kontrolle. Wenn wir den Stress, die Burnouts, höheren Medikamentenverschleiß, Überstunden und so weiter und so fort stoppen wollen, dann fängt das bei uns an. Die vergessen eines: Das Rohmaterial, die Ware, auf der ihr Erfolg und damit ihre Arroganz basiert, kommt von Upstream! Kommt von euch Leuten, die malochen und ihr Leben dafür riskieren.«

Zustimmendes Gemurmel und Rufe aus der Menge bestätigten Ned.

»Der Druck für Veränderungen muss von uns kommen! Die Zellen im Downstream werden sich uns nach und nach anschließen. Denn auch die kleinen Leute im Downstream haben ihre Probleme mit dem zentralistischen Gebaren der Hull. Immer mehr Verwalter verwalten immer weniger Umsatz generierende Mitarbeiter. Das führt mittlerweile dazu, dass simple Anliegen nicht mehr innerhalb der Abteilungen von Mensch zu Mensch gelöst werden dürfen. Man muss die Erdzentrale anfragen und bekommt dann ein Ticket. Die Abteilung, die womöglich im gleichen Gebäude ist, meldet sich dann zurück. Dinge, die wir uns Upstream mit unseren kleinen Margen einfach nicht leisten können.«

Er machte eine Kunstpause.

»Wie viele von euch gehen auf die fünfzig zu? Wie viele kennt ihr in eurem Alter, die eine Kündigung gekriegt haben?«

Wieder einige Zwischenrufe.

»Die Company entlässt auch die Älteren im Downstream. Erfahrene Mitarbeiter mit guten Beziehungsnetzwerken werden entlassen mit der Begründung, sie seien ein zu hoher Kostenfaktor. Langfristig ein Blödsinn! Aber das interessiert die Spitze nicht. Wer kurzfristig Gewinn machen will, interessiert sich nicht dafür, was auf lange Sicht passiert. Die über 40 Jahre alten Mitarbeiter werden entlassen. Sie würden zu viel Lohn verlangen und immer noch zu viele Nebenkosten verursachen. Was für Nebenkosten? Da gibt es ja praktisch nichts mehr, was der Arbeiter nicht selbst finanziert. Viel Know-how geht dadurch verloren und das Networking fällt zusammen. Apropos, seit Kurzem dürfen wir das Solnet nicht mehr benutzen. Wir wurden auf das alte Hypernet zurückgestuft. Es gibt aber nach den Entlassungswellen keine älteren Mitarbeiter mehr, die in der Materie des Hypernet tief genug Bescheid wissen, um es in Schuss zu halten. Die jungen überqualifizierten Mitarbeiter tun ihr Bestes. Aber ihnen fehlt die Erfahrung der Älteren. Das und vieles, vieles mehr wird geflissentlich übersehen. Diese Verwalter verhalten sich wie jemand, der in der Tubebahn einem anderen Passagier auf den Fuß tritt. Der Täter fühlt keinen Schmerz und wundert sich höchstens über das schmerzverzerrte Gesicht seines gepeinigten Gegenübers.«

Die Stimmung im Saal war aufgeheizt. Ned hatte sie da, wo er wollte. Er war dabei, das wilde SMC-Tier zu reizen. Nun würde er dazu übergehen, diesem Tier aufzuzeigen, wie der Dorn aus seiner Seite entfernt werden konnte.

»Missstände anprangern kann nun aber jeder. Ob es berechtigt ist oder nicht. Doch wir können das wieder in Ordnung bringen, Leute! Mit unseren Ideen. Mit euren Ideen und Erfahrungen. Nicht via Sorgenonkel-Briefkasten hinter dem ein Beantworter steckt mit der Kompetenz eines Esternischen Mohrhuhns. Wir machen uns aufrichtige, integre Gedanken im Sinne beider Sozialpartner. Gegen ein bisschen Profitdenken ist nichts einzuwenden! Aber die Lösungen, um auf diesen Profit zu kommen, dürfen nicht nur einige wenige entlasten, während die Mehrheit am Verrecken ist! Das Wohl vieler wiegt mehr als das Wohl weniger oder eines einzelnen Profiteurs! Wenn ihr Kameraden, Teamleiter, Abteilungsleiter, Kapitäne, Kolonialdirektoren und schlussendlich uns allen helfen wollt, dann macht ihr das ab sofort mit passivem Widerstand. Tut nicht nur Dienst nach Vorschrift. Nehmt euch die Zeit, Verbesserungen vorzunehmen oder Altbewährtes wieder einzuführen. Nehmt direkt mit meinem Stab Kontakt auf, wenn ihr einen Vorschlag zu machen habt! Und wenn euch dann einer fragt, wer es euch erlaubt hat, sagt einfach: ›Die Bewilligung kommt von Admiral Ludd.‹ Mit eurer Hilfe wird die SMC neu durchstarten und Erfolgsgeschichte schreiben. Das wird kein Zuckerschlecken, Leute! Viele werden am Anfang keinen Unterschied merken. Sie werden für eine gewisse Zeit weiter nur das verdienen, was sie gerade zum Leben brauchen. Aber ab sofort werdet ihr bei jeder Effizienzsteigerung einen

Anstieg eurer Freizeit bemerken. Alle werden innerhalb kürzester Zeit mehr Freizeit haben und alle, die wollen, werden Arbeit haben. Abläufe werden automatisiert. Nicht um Arbeitsplätze zu sparen, sondern um schneller zu sein als die behäbige, große Hull-Konkurrenz. In der Zeit, in der die Hull ihre Einzelteile für einen neuen Frachter aus der ganzen Galaxie angeliefert bekommt, werden wir ohne Überstunden lokal eine ganze Flotte bauen! Durch die gewonnene Zeit, in der die Frachter schon im Einsatz sein werden, werfen sie Gewinn ab. Die Einsparungen durch Teileproduktion, wie sie die Hull über die halbe Galaxis verteilt, werden von uns um das Hundertfache überboten werden.

Die Supporttrupps werden wieder lokal aufgebaut und rapportieren an die Zentrale auf Swailan. Die Reaktionszeit wird dadurch um das Sechzehnfache gesenkt, obwohl wir mit Hypernet arbeiten müssen. Chefs vor Ort fühlen den Puls der Abteilungen und reagieren individuell und schnell auf Schwächen oder Vorschläge im Team. Die Produktivität wird sich steigern. Downstream werden wieder mehr Kundenbesucher eingeführt, die das Bedürfnis am Markt vor Ort aufnehmen und unbürokratisch umsetzen. Es wird in Zivilisationen investiert und Entwicklungshilfe geleistet, wo die Hull-Zentrale noch nie daran gedacht hat. Zum Beispiel werden wir auf Klasse-M-Planeten geostationäre Lifts einführen. Es wird keine Verschmutzung der Atmosphäre durch Shuttletrucks mehr geben. Ja, ihr hört richtig. Die Raffinieren werden wieder von den M-Planeten abgezogen und an ihre alten Standorte versetzt. Das erspart teure Starts in der Atmosphäre und führt zu wirklichen Reduktionen der Kosten! Und ist auch noch ökologisch verträglich.«

Die Zuhörer überschlugen sich mit Zustimmungsrufen. Ned bedeutete ihnen, sich wieder zu beruhigen. Als die Lautstärke ein Weiterreden zuließ, fuhr er fort.

»Vor Kurzem war ich Gast im Äußeren Territorium. Die Randständigen verhandeln unter Einhaltung ihrer Autonomie mit Swailan, weil wir sie in Zukunft bei systemweiten Entscheidungen mit einbeziehen. Uns eröffnen sich zusätzlich von den Randständigen schon erschlossene Schürfgebiete.

Und es werden keine Frachter mehr überfallen! An Kleinstunternehmer werden Mikrokredite vergeben werden. Wie viele intelligente, geniale Ideen gibt es, von Einzelunternehmen, die sich nie durchsetzen, weil die Großen mit ihrem alten System verdienen wollen, ohne zu teilen? Teilen! Das ist das Schlüsselwort. Wir werden dem Ausspruch ›Teile und herrsche‹ eine völlig neue Bedeutung geben!«

Ned machte eine kleine Pause, um Luft zu holen. Danach fuhr er, wieder mit gesenkter Stimme, fort.

»Die Liste lässt sich unendlich fortführen. Die kollektive Intelligenz der Corporation, zu der ihr in Zukunft gehören werdet wie zu einer großen Familie, zusammen mit all den Subkontraktoren im System, wird davon nur profitieren!«

Nach einem Schluck Wasser gab Ned die Fragerunde frei.

»He, Ned, ist Ihnen kalt?«

»Nein.«

»Warum tragen Sie dann diesen Anzug?«

»Weil, mein Lieber, mir kalt wäre, würde ich ihn *nicht* tragen.« Mit einem Blick in die Runde fragte er: »Gibt's auch Fragen zum Thema Erneuerung der SMC?«

Es war heiß in der kleinen Kommunikationszentrale von Waldorf und Stettler. Waldorf rannen kleine Schweißperlen den Rücken hinunter. Nicht nur wegen der Wärme im Raum. »Das Problem mit diesem bekackten Hypernet ist, du kannst Meldungen empfangen, die Fragen stellen, die du schon zuvor beantwortet und gesendet hast. Das ist einfach zu viel. Diese Verzögerungen bin ich mich einfach nicht gewohnt. Für die Leute vor 20 Jahren mag das normal gewesen sein. Ich bin anders aufgewachsen. Ohne Solnet fühle ich mich voll ausgebremst.«

Stettler checkte den Printer, der am Decoder hing und streng vertrauliche Informationen direkt auf Folie brannte. »Mich macht es auch nicht glücklich, Waldi. Gib einfach dein Bestes. In der Minenkolonie, in der ich aufgewachsen bin, mussten wir andauernd etwas improvisieren.« Sie hebelte am Folienprinter herum. »Wir müssten Edward, wenn er sich an den Reiseplan hält, mittlerweile erreicht haben. Eine Antwort von ihm muss also jederzeit eintreffen.«

Der Empfänger begann in dem Augenblick anzuzeigen, dass er etwas entgegennahm. W & S warteten gespannt auf das Brennen der Folie.

Es war nicht die erwartete Bestätigung des Erhalts der Warnung. Keine beruhigenden Worte, es wäre alles in Ordnung. Nichts dergleichen. Was da vor ihren Augen aus dem Brenner kam, war die Kopie eines Antrags auf **L**ogistik **D**isposition **T**ransport. Das Original war an die SMC-Zentrale abgesetzt worden, zu Händen Anton Birch.

»Wir senden eine Attentatswarnung und erhalten eine Kopie eines verfluchten Antrags, um das bestehende Transportnetz zu neuen Förderquellen zu erweitern?!« Lee sah Ingrid mit großen, fragenden Augen an.
»Ich glaube, wir müssen davon ausgehen, dass dieses veraltete Hypernet nicht sicher genug ist, um Klartext zu senden. Das würde heißen, Edward will uns mit dieser Kopie etwas mitteilen. Der Antrag scheint wichtig zu sein.«

»Lass uns Nura hinzuziehen. Sie kennt sich mit solchen Anträgen aus. Das Original dürfte sowieso durch ihre Hände gehen. Inzwischen probieren wir weiter, den Admiral zu erreichen. Egal ob die Kommunikation sicher ist oder nicht. Wir müssen es schaffen!«

Ingrid Stettler stimmte ihrer Kollegin zu.

Auf dem Weg zur Besichtigung der Förderstollen liefen sie durch die Bergbauniederlassung zu den Liftterminals, die in das Innere des X-Planeten führten. In den Stollen wollte Ned mit Kumpels sprechen, um Probleme vor Ort in Augenschein zu nehmen. Er wollte nicht einfach durch eine rosarote Optik vom Schreibtisch aus Entscheidungen fällen.

Die kleine Gruppe um Ned unterhielt sich über die Reaktionen bei seiner Rede, über Fragen und Vorschläge aus dem Publikum.

»Ist der Antrag auf Logistik Disposition Transport weg?«, fragte Ned seinen hinter ihm folgenden persönlichen Assistenten.

»Noch nicht Edward. Die …«, fing dieser kleinlaut an.

Ned blieb ruckartig stehen. Der Assistent wurde abrupt von dem auf einmal vor ihm stehenden breiten Rücken gestoppt. Ned drehte sich kurz, um sich zu vergewissern ob der Zusammenprall Folgen hatte. Hatte er nicht. Dann lief er zügig weiter. Die Gruppe hielt sofort mit. Der Assistent musste kurz rennen, um ihn wieder einzuholen.

»Es gibt Weisungen, Bitten, Empfehlungen und weiß Mammon was noch. Und es gibt Befehle. Diesen Antrag umgehend zu senden war ein Befehl. Was hast du daran nicht verstanden, Pino?«, brummte er.

»Lass mich erklären Edward ...« Der kleine Pino stolperte und musste sich ranhalten, um Schritt zu halten. »Die Formulierung ist etwas ungewöhnlich. Es gibt für diese Art von Antrag eine Schablone.«

»Richtig, Pino. Und ist der Titel dieser LDT der Schablone entsprechend?«

»Ja.«

»Und weiß jeder in der Firma, was die Abkürzung LDT bedeutet?«

»Ja.«

»Und jeder weiß, was dieser Antrag auslöst?«

»Ja.«

»Also, was für ein Roxanischer Lustmolch reitet dich? Du wirst sofort auf die 101 zurückgehen und tun, was ich dir befohlen habe, oder ich lasse dich hier auf diesem mammonverlassenen X-Planeten zurück. Vielleicht findest du ja eine Arbeit im Stollen, die du nicht hinterfragen musst! Habe ich mich klar ausgedrückt?«

»Ja, Boss!«

Zwei Schritte später fragte Ned: »Bist du noch hinter mir, Pino?«

»Ja, äh, nein ... Edward. Eigentlich bin ich schon unterwegs.«

Pino drängte sich durch die Gruppe und lief in die entgegengesetzte Richtung davon, um zu tun wie ihm geheißen. Ned mochte die Korrektheit des kleinen Kerls. Es gab ihm die Sicherheit, dass er jetzt, nachdem er ihn angeschnauzt hatte, genau nach seinem ursprünglichen Befehl handeln würde. Er konnte sich in dieser Phase der Operation keine Fehler erlauben.

Die Gänge, die sie durchschritten, waren fast gänzlich aus dickem, durchsichtigem Nanoaluminium. Wenn nicht die Halterungen und Gerüstpfosten gewesen wären, hätte man fast das Gefühl gehabt, über dem Abhang, auf der Seite der Schlucht, durch die Luft zu laufen. Außer dass da draußen keine Luft war und ein Überdruck herrschte, der für Menschen tödlich war. Je näher sie dem Abgrund kamen, desto mehr Liftstationen passierten sie.

Zwischen jedem Lift und dem Rest des Gebäudekomplexes waren Räume, Zonen, in denen sich die Arbeiter umkleiden konnten. Hier wurden die Druckanzüge montiert, die einen vor der menschenfeindlichen Umgebung des Planeten schützten. In der Liftkabine passte sich die Atmosphäre während der Fahrt nach oben dem Inneren der Station an. Sobald einer dieser Lifts, die rund 50 Personen mit Schutzanzug und Helm fassten, von unten ankam, verriegelte er sich mit der Umkleidezone. Erst dann öffneten sich die Lifttüren und fast gleichzeitig die Türen aus dicken Panzerplatten, die sonst die feindliche Atmosphäre vom Inneren der Umkleidezone fernhielten. Wenn der Lift mit seiner durch Schutzanzüge gesicherten Fracht beladen wieder nach unten stürzte, passten sich die Druckverhältnisse, bis man am Grund ankam, der des Planeten wieder an. Und die Arbeiter ergossen sich wie fleißige Ameisen in die Stollen, wo das Nanoerz abgebaut wurde.

»Was sagt einem Mammon? Kapitalismus funktioniert nur so lange, wie er sich ausdehnen kann. Was also an der Weisung, neue Schürfstellen zu eröffnen, hast du nicht verstanden, Ant?«

Anton Birch versuchte seine Sicht der Dinge zu verteidigen. Das fiel ihm nicht ganz leicht. Seine Redseligkeit hatte in den letzten anstrengenden Monaten gelitten. Er fühlte sich ausgelaugt.

»Na ja, Jorgen, ich bin mir sicher, dass ich in den letzen Monaten einiges abgezeichnet habe, was ich genauer hätte anschauen sollen. Aber dies hier konnte ich nicht übersehen. Wir wissen, dass die von uns aktuell ausgebeuteten Minen noch für Generationen Nanoerz liefern werden. Selbst wenn der Bedarf steigt. Jetzt sollen wir auf einmal *alle* Quellen im Territorium anzapfen? Sogar diejenigen auf Klasse-M-Planeten? Du weißt, wo wir hier sind, Jorgen. Swailan ist ein Ökoplanet, wie er einst in den Schulbüchern stand. Den Leuten wird es nicht gefallen, wenn wir die Natur durch Tagbau verschandeln und die Luft durch Nanoraffinerien verschmutzen.«

Er tippte energisch auf eine Folie auf seinem Schreibtisch. Dabei versuchte er Jorgen in die Augen zu sehen. Dieser wich seinem Blick aus und setzte sich ihm gegenüber hin.

»Das ist schlecht für den Verkauf. Unser Image beim Endverbraucher ist schon angekratzt. Außerdem würden wir für viele der neuen Schürfgebiete neue, sichere Routen durch den Weltraum benötigen, um all das Erz sicher zu unseren Raffinerien zu bringen. Edward hat es gerade mal geschafft, die Überfälle auf den herkömmlichen Routen zu stoppen. Da ist noch gar nichts sicher.«

Jorgen konnte es nicht fassen: »Ant! Es geht um Quoten von neu erschlossenen Gebieten. Diese Quoten beeinflussen den Börsenstand der Hull Company. Es ist unerlässlich, neue Minen zu eröffnen, wenn man weiterhin Aktiengewinne machen will. Da herrscht ein Zusammenhang. Wir müssen ja auch an Expansion denken. Deine Leute sollten sich besser schon mal daran gewöhnen, neue Absatzmärkte für das Nanoerz zu finden, das aus den neuen Schürfgebieten kommen wird. Ich sag's noch mal: Kapitalismus funktioniert nur so lange, wie er sich ausdehnen kann. So kompliziert ist das doch nicht. Selbst für einen Verkäufer!«

Anton ließ sich nicht anmerken, ob er beleidigt war: »Aber die Koordination der durch künstliche Intelligenzen gesteuerten Frachter funktioniert lange nicht so gut wie der traditionelle Transport mit Mannschaften an Bord. Auch dann, wenn die KI-Frachter nicht gerade von Piraten entführt werden. Engpässe häufen sich. Die freien Raffinerien beginnen bereits, sich nach anderen Lieferanten umzusehen, die sie nicht auf dem Trockenen sitzen lassen. Man munkelt von Kontakten ins Äußere Territorium. Als Folge brechen die Upstream-Umsätze ein.«

Jorgen schob seinen Oberkörper auf dem Sessel nach vorne. Sein Bauch schob sich ein Stück zwischen die Beine und er setzte die Hände so auf die Knie, dass sich seine Ellen angriffslustig nach außen bogen.

»Das weiß ich auch. Ist das dein Problem? Konzentrier dich auf Downstream, Ant. Die Verantwortung für Upstream liegt bei Ned. Was geht es dich an, wenn da etwas schiefläuft? Wenn, dann muss er den Kopf dafür hinhalten.«

Anton hatte Bedenken: »Was, wenn die KI-Steuerungen auch für die Shuttletrucks eingeführt werden, bevor sie fehlerfrei funktionieren? Die Möglichkeit besteht doch, bei der derzeitigen Geschwindigkeit der Umstrukturierungen. Was, wenn alle Transporter bei der SMC in Zukunft von Maschinen gesteuert werden? Wenn Kurse nur noch von einer kleinen Elite der Hull-Zentrale von Galaxy Prime (Erde) aus eingegeben werden?«

»Bevor das passiert, werden wir den ganzen Transport einfach outsourcen. Es gibt genügend Firmen, die sich die Finger lecken würden nach solchen Transportaufträgen.« Dabei dachte Jorgen natürlich an Firmen, die von Vanderbilt und seinen Kumpanen beherrscht wurden. »Wenn wir das tun, da gibt es Berechnungen, werden sich die Transportkosten sofort senken, und die Provision für die Vermittlung an die Transportfirmen teilen wir uns. Hä? Was meinst du, Ant? Das klingt doch gut! Das würde dir Wein, Weib und Gesang sichern bis zu deinem nicht allzu fernen Ableben. Das ist es doch, wovon wir früher immer geträumt haben. Weißt du noch?!«

Anton fuhr sich durch die wirren Haare. »Ja klar …« Er hatte einfach nicht mehr die Kraft zu argumentieren.

Der Türsummer erklang und gleich darauf trat ihre Sekretärin Miss Tura ein. »Oh, ich wusste nicht …«

»Kein Problem, Nura. Bringen Sie mir die Unterschriftenmappe?«

Nura setzte ihr bestes Lächeln auf: »Ja, Herr Birch. Die Originalfolien sollten mit dem heutigen Kurierschiff noch raus.«

»Selbstverständlich, Nura. Ich werde sie gleich nachher durchgehen und Sie rufen, sobald ich damit fertig bin.«

Sie wandte sich kurz an Jorgen: »Herr Tiberian lässt noch ausrichten, dass er mit Ihnen zu Mittag zu essen wünscht, Herr Linebaker. Er hat für 13 Uhr im ›Peninsula‹ reservieren lassen. Werden Sie da sein oder soll ich Sie entschuldigen?«

Jorgens Kehle wurde auf einmal trocken. Er räusperte sich. »Nein. Nein,

Nura. Ich werde da sein. Danke.« Nura lächelte artig und verließ den Raum auf gewohnte Art und Weise.

»... was noch?«, nahm Jorgen den Faden wieder auf. Anton blätterte gedankenverloren in der Unterzeichnungsmappe. »Da gäbe es noch so einiges, was nicht mehr stimmig läuft. Die neuen Führungskräfte sind unerfahren. Sie setzten ihre Energie zu sehr dafür ein, ihre neu erhaltenen Posten zu verteidigen, anstatt ihr Manko an Führungserfahrung wettzumachen. Wir haben Mühe, das alte Hypernet wieder in den Griff zu kriegen. Keiner will sich so recht mit der veralteten Technologie befassen. Die hoffen alle, wir hätten bald wieder Anschluss ans Solnet. Es wird überall viel Dynamik vaporisiert, weil die alten Mitarbeiter, die wussten, wie es läuft, und ein enormes Beziehungsnetz hatten, entlassen wurden. Andauernd werden Anfragen und Probleme weiterverwiesen. Keiner will zuständig sein. Wer zuständig ist, ist nicht erreichbar, weil überlastet. Es gibt Abteilungen, da weiß keiner mehr wirklich, was abgeht.«

Jorgen war immer wieder zufrieden zu hören, wie gut sein Plan offenbar funktionierte, sah aber auch, dass er Anton den Wind aus den Segeln nehmen musste. Er stand auf und setzte sich auf den Rand des massiven Schreibtischs. Sein Blick fiel auf den Titel der obersten Folie von Antons Unterzeichnungsstapel.

»Anton, ich möchte von dir mehr positive Meldungen hören. Schau mal da, ein Antrag auf LDT von Ned. Das ist doch großartig! Das zeigt doch, dass wir uns an die Weisungen der Company halten können. Sie werden erfreut sein, neue Schürfgebiete bekannt geben zu können. Das treibt die Aktien in die Höhe. Und unsere Boni. Ist die Meldung für die neuen Schürfgebiete auch dabei?« Er reckte seinen Hals, um mehr Einsicht auf den Stapel zu bekommen.

Anton runzelte die Stirn. Eigentlich hätte es Jorgen besser wissen müssen: »Nein. Es müssen zuerst Verkehrswege erschlossen werden, bevor man eine neue Kolonie gründen kann. Die Meldungen von neuen Kolonien werden schon noch kommen.«

Linebaker zeigte seine Missbilligung offen: »Mit dieser Einstellung wirst du aber nicht sehr weit kommen, Ant. Möchtest du sie vielleicht persönlich Herrn Tiberian mitteilen? Ich kann dich zum Mittagessen mitnehmen, wenn du willst«, pokerte er.

»Ich glaube, es ist besser, wenn ich nicht mitkomme, Jorgen. Er hat nur dich zum Mittagessen eingeladen. Und irgendetwas sagt mir, er hätte keine Freude daran zu sehen, dass du seine Einladung erweitert hast.«

Jorgen wusste besser als Anton, wie recht er hatte. Es war nicht empfehlenswert. Niemand konnte sagen, wie Herr Tiberian auf solche Überraschungen reagierte. »Nun gut. Ich grüße ihn von dir. Er sieht dich vielleicht nicht so oft wie mich, aber ich bin mir sicher, er hat genauso ein wachendes Auge auf dich und deine Tätigkeiten wie auf mich. Vielleicht machen wir danach noch einen Ausflug nach ›Sun City‹. Du weißt schon ...«, ließ er den Satz über die Vergnügungsstadt unbeendet, um Anton neidisch und sich selber ein wenig Mut zu machen. Er hievte seinen breiten Hintern von Antons Schreibtisch und imitierte beim Rausgehen den Gang ihrer Sekretärin. Die Türen schlossen sich hinter der massigen Gestalt.

»... Ich beneide dich nicht darum, Jorgen«, murmelte Anton. Dann unterzeichnete er den Antrag auf Logistik Disposition Transport, LDT. ›Alles nach Vorschrift‹, dachte er. ›So wird mir nie jemand etwas vorhalten können, sollte die ganze Scheiße den Ventilator treffen.‹

Die Schiebetüren zum durchsichtigen Gang schlossen sich hinter dem letzten Begleiter des Admirals. Einer der Männer, die von Kapitän Valiant zu Neds Schutz abkommandiert waren, lief ganz nach vorne zu einem Fenster neben der Lifttüre und schaute in die Tiefe. Der Lift war noch nirgends zu sehen. »Wow! Seht euch das an. Es geht einfach runter, ohne Ende. Die Tiefe scheint in einem dunklen Nichts zu enden.«

In einer Phalanx zur Rechten und Linken fassten die offenen Liftschächte wie endlose Finger in die Tiefe. Alle waren rege in Betrieb. Der Leibwächter schaute noch mal in die Tiefe. Ihre Kabine schien da irgendwo zu stehen. Bevor der Mann noch länger darüber nachgrübeln konnte, hörte er von jemandem hinten im Raum: »Komm, Peter, zieh dir einen Anzug an. Sonst müssen wir nachher auf dich warten. Uns ist wohler, wenn wir so bald wie möglich wieder auf der 101 sind«. Peter drehte sich schmollend um und lief zurück.

Genau in diesem Moment sog eine Sprengung aus mehreren präzise an den Stahltoren platzierten Sprengsätze diese aus ihren Führungen nach außen und gab den Zugang zum Umkleideraum frei. Die Außenwelt schien einen kurzen, saugenden Atemzug zu nehmen.

Peter wurde durch die frei gewordene Öffnung ein Stück nach außen gesogen. Seine Augen waren von Panik geweitet, als wollte er fragen, was das zum Teufel noch mal sollte.

Bevor er von der Anziehungskraft nach unten in die Tiefe gezogen werden konnte, atmete die Außenwelt heftig aus und schleuderte ihn mit unerwarteter Heftigkeit durch die Öffnung, zurück in die Umkleidezone. Keiner der anwesenden Beobachter war fähig, seinen Schock zu überwinden, als der unglückliche Peter vom eintretenden Außendruck durch den Mittelgang der Umkleideschränke geschleudert wurde und wie eine weiche Tomate an der Türe zum Gang zerplatzte.

Fast gleichzeitig wurde der Rest der Gruppe in alle Richtungen des Raums geschleudert. Ned wurde einigermaßen weich aufgefangen, weil er in einen begehbaren Schrank mit Druckanzügen, genau wie er einen trug, geschleudert wurde. Bereits fühlte er den Druck auf seinen Kopf und Körper zunehmen. Mit aller Kraft rappelte er sich auf und hob sich direkt in den Helm eines bereithängenden Anzugs. Sobald er den Helm verriegelt hatte, sollte der Anzug mithilfe des Überlebenspakets auf dem Rücken den Druck ausgleichen.

Sein Kopf dröhnte. Der Blick war verschwommen. Er schüttelte den Kopf, um etwas klarer zu werden. Doch der Druck verschwand nicht. Sein Blick fiel auf die bereitliegenden Handschuhe. Ned kippte nach vorne und stürzte genau in die Öffnungen der Handschuhe. Diese schlossen sich von selber. Endlich begann das Anzugsystem zu arbeiten. Ihm wurde klarer vor Augen. Der Druck wich von seinem Körper. Vorsichtig wollte er einen Schritt nach vorne machen. Einen Meter von der Schrankwand hielt ihn etwas zurück. Ein orangefarbenes Band sicherte den Helm an der Wand. Da er jetzt nicht mehr an die Befestigung am Helm herankam, löste er den Karabinerhaken an der Wand. Dann fasste er an den Rand des Schranks und zog sich nach draußen. Der Anblick war grauenvoll.

Die Augen seiner Begleiter wurden als Erstes nach innen gedrückt. Wo er hinsah, schrien sie lautlos. Einige versuchten, an Schränke mit Druckanzügen zu kommen. Vergebens. Die Zeit reichte nicht mehr, um einen ganzen Anzug zu montieren. Dann musste er zusehen, wie die Körper zusammengedrückt wurden wie Milchtüten in einer Müllpresse. Die Schädel gaben nach, brachen nach innen wie angeschlagene Ostereier. Selbst wenn er es probiert hätte, die Zeit war zu kurz, um noch einen Kameraden mit Druckanzug zu versehen.

Hilflos musste er zusehen, wie die Körper im ganzen Raum verteilt in sich zusammensackten. Torkelnd lief Ned in die Mitte des Gangs. Seine Hilflosigkeit ließ ihn kaum auf den Beinen stehen. Mal wollte er hierhin, dann wieder dahin, um einem Teammitglied zu helfen, bevor er kehrtmachte, um wiederum vergebens einem anderen zu Hilfe zu eilen.

Seine Verwirrung wurde von einem leichten Zischen abgelenkt. Das Notsystem setzte endlich ein. Er konnte das Geräusch nicht zuordnen, verspürte aber gerade noch, wie er den Boden ganz unter den Füßen verlor, bevor er von der einströmenden Luftblase des Notsystems durch die gesprengte Toröffnung nach draußen katapultiert wurde.

Ein paar Meter unterhalb der Öffnung brachte er es irgendwie fertig, seine Arme um eine Querstrebe zu wickeln, auf die er prallte. Mit dem Rücken zum Gerüst des Fahrstuhls blieb er hängen. Etwas oberhalb verschloss das Notsystem die Öffnung zum Umkleideraum, unter ihm führte der Liftschacht in die Tiefe.

Der Raumanzug war nicht sehr beweglich, wenn er unter Druck stand. Nachdem Ned sich halbwegs sicher fühlte, ließ er einen Arm los, um die immer noch am Helm baumelnde Sicherungsleine mit ihrem Karabinerhaken an einem leeren Nietenloch des Liftgerüsts einzuhängen. Als er sicher war, es würde halten, ließ er mit schwindenden Kräften langsam den anderen Arm los und baumelte am Band.

Der Versuch, nach unten in die Tiefe des Liftschachts zu schauen, machte ihm zwei Sachen bewusst: Erstens, der Lift kam auf ihn zu, und zweitens, durch die Drehung seines Körpers bohrte sich jetzt etwas Spitzes durch den Anzug unterhalb des Schulterblatts. Zu schwach, um sich hochzuziehen oder dem Stechen im Rücken auszuweichen, gab er langsam auf. Die Spitze bohrte weiter, Ned spürte sein Blut auslaufen. Die Augen schlossen sich trotz Gegenwehr, während ihn das Bewusstsein verließ und der Schmerz im Rücken immer größer wurde. Die Ohnmacht überwältigte ihn. Seine Energie reichte nicht einmal mehr, den Tod mit offenen Augen zu begrüßen.

Alles nach Plan?

Das »Peninsula« war in den einschlägigen Kreisen bekannt für seine Diskretion. Herr Tiberian und Jorgen Linebaker saßen in einem von mehreren abhörsicheren Räumen, die es hier gab. Die Ausstattung war die eines Salons, versehen mit Tischen und Stühlen, die an die Feudalzeit von Galaxy Prime (Erde) erinnerten. Auf der einen Seite gab der Raum die Sicht auf eine Meeresbucht frei, auf den anderen drei Seiten war er von Wänden mit Seidentapete eingefasst. Dass eine Tür in den Rest des Hotels führte, sah man nur, wenn man nach der Platte suchte, mit der man sie aus der Wand schob, in die sie eingelassen war. Ein wenig abgelegen von den anderen Publikumsaktivitäten, waren diese Räume dazu gedacht, gesonderte Treffen abzuhalten.

»Wieso wollten sie mich hier sehen, Herr Tiberian, und nicht wie gewohnt im SMC-Gebäude?«, zischte Jorgen leise.

»Sie brauchen hier nicht zu flüstern, Jorgen.« Gelangweilt blickte Tiberian in die Ferne, übers Meer. Dann, als wäre er gerade von einem anderen Ort geistig wieder hierher zurückgekehrt, fragte er: »Wie läuft es in der Company?«

»Das wissen Sie selber wahrscheinlich besser als ich, Herr Tiberian.«

»Ich wollte Sie an einem neutralen Ort treffen«, beantwortete dieser die eingangs gestellte Frage von Linebaker. »Wissen Sie eigentlich, wieso die Leute das Peninsula auch die kleine Schweiz nennen?«

Jorgen schnaufte: »Ich kenne die Bedeutung, weiß aber nicht, woher der Name kommt.« Herrn Tiberians Schweigen nahm er als Aufforderung, den Sachverhalt zu erklären: »Man sagt, was in der kleinen Schweiz kommuniziert wird, bleibt auch hier. Es gelangt nie nach draußen.«

»Das hat man mir auch gesagt.« Mit dem Ellenbogen auf dem Tisch platzierte Tiberian sein Kinn über den schlanken Fingern seiner Hände. Leicht nach vorne gebeugt sprach er mit sanfter Stimme weiter: »Und?«

Jorgen versuchte seinem Blick auszuweichen. Bis: »Ach so! Ich komme gerade von einer Sitzung mit Anton Birch.«

Tiberian gab sich kumpelhaft: »Ja, Anton. Wie geht es dem alten Haudegen?«, setzte sich wieder gerade hin und ließ seinen linken Arm über die Rückenlehne baumeln.

»Er wird langsam misstrauisch. Ich meine, ich hab das natürlich alles im Griff. Ich war gerade dabei, als er den ersten LDT von Ned abgezeichnet und an die Zentrale weitergeleitet hat. Er unterschreibt das eigentlich alles ungelesen.«

›Zuerst immer die gute Nachricht‹, ging es Jorgen durch den Kopf, ›dann erst die schlechte.‹

»Ich weiß, dass es größtenteils meiner Liste von Vorschlägen entsprungen ist, was jetzt überall eingeführt wird. Aber vielleicht, vielleicht nur ist das Tempo«, druckste er rum »etwas zu hoch, mit der wir die Änderungen platzieren. Sie werden dadurch so … erkennbar.«

»Jorgen! Ich bin erstaunt! Es ist doch Ihr Plan. Wir setzten ihn nur so schnell um, wie es nötig ist, um in brauchbarer Zeit zum gewünschten Resultat zu kommen. Hatten Sie je das Gefühl, die Ihnen wohlbekannten Herren würden lange zaudern, wenn der Startschuss für die Umsetzung des Plans einmal beschlossene Sache wäre? Wenn ja, sind Sie naiver, als ich dachte, Linebaker.«

»Sicher habe ich damit gerechnet. Aber ich dachte, Sie würden sich an meinen Zeitplan halten. Zu viel Druck erzeugt Gegendruck.«

»Ja, Linebaker. Aktion und Reaktion. Bla, bla, bla … wir kennen das.«

»Ja, wirklich? Aber mit dem gegenwärtigen Tempo ist Anton nicht der Einzige, der stutzig wird. Auch Ned scheint seinen eigenen Fahrplan aufzustellen. Wussten Sie, dass er in allen größeren Mienenkolonien Reden schwingt? Er war seit Wochen nicht mehr in der Zentrale. Und als ob er uns verhöhnen wollte, kehren die Arbeiter danach zu alten Arbeitsmethoden zurück, die sich in der Vergangenheit als am besten zu praktizieren herausgestellt hatten. Wenn man einen fragt, heißt es nur: ›Der Admiral hat es bewilligt.‹«

Herr Tiberian zeigte sich unbeeindruckt: »Hauptsache, Sie haben Birch im Griff. Das genügt. Was Ludd betrifft, wir haben schon mal darüber gesprochen, wie man solche Zustände löst.«

Aber Jorgen wollte wenn immer möglich kein Blut an seinen Händen. »Ich bitte Sie, Herr Tiberian. Unter uns: Wir sind ja noch nicht einmal sicher, ob da wirklich noch mehr ist, was eine so drastische Lösung rechtfertigen würde. Können wir ihn nicht doch zuerst zur Rede stellen? Ich werde das übernehmen, sobald er wieder hier in der Zentrale ist.«

»Edward Ludd wird nicht gewarnt, Jorgen. Er *ist* die Warnung. Machen Sie sich keine Sorgen mehr wegen Ludd. Da gibt's nichts mehr zu bereden. Soviel ich informiert bin …«, er rieb die Finger der linken Hand an Daumen und Ballen und neigte seinen Kopf mit zusammengekniffenen Augen, als ob er daraus hören könnte, wie er formulieren sollte, um dann fortzufahren: »… stand er kurzfristig unter starkem Druck. Die Frage, ob Ned ›der Admiral‹ noch mehr in petto hatte, ist für mich obsolet geworden. Mir stellt sich vielmehr die Frage, ob Ned ›die Warnung‹ Ludd von den entsprechenden Leuten auch als solche wahrgenommen wird.«

Jorgens Gesicht veränderte seine Färbung von rosig zu blass. Seine Hände fühlten sich auf einmal feucht an: »Sie haben …?«

Sein Gegenüber ließ ihn nicht aussprechen. Fürsorglich sagte er: »Nehmen Sie einen Schluck und beruhigen Sie sich. Wir haben ein viel größeres Problem.«

Jorgen versuchte das angebotene Glas Schmumilch zu fassen, ließ es aber sein. Es war ein hoffnungsloses Unterfangen mit seinen dicken, schweißigen Fingern, unkontrolliert und zitternd.

»Ihr Plan, Linebaker, war es, dass die entlassenen Fachkräfte in Firmen der uns wohlbekannten Herren ›zwischengelagert‹ werden. Die Starline Prime (Swailan) Regierung hat aber durch die Gründung eines Arbeits- und Bildungszentrums diesen Teil des Plans bisher erfolgreich durchkreuzt. Die Meinung war, die unter der Kontrolle unserer kleinen Gruppe stehenden Firmen könnten bei den arbeitslosen Fachkräften aus dem Vollen schöpfen. Das funktioniert nicht! Ich glaube zwar nicht, dass sie einen Plan B für diesen Fall haben. Aber überraschen Sie mich, Jorgen. Die nötige Motivation habe ich Ihnen hoffentlich gegeben.« Sein Blick schweifte wieder durch das Fensterglas auf die Bucht, wo gerade ein Schwarm Gleitvögel seine Kreise über einem Fischschwarm zog. »Ich werde für eine Weile weg sein. Ich erwarte von Ihnen, dass Sie das Problem gelöst haben, bis ich wieder hier bin. Seien Sie kreativ!«

Ein kurzer Kontrollblick genügte Herrn Tiberian, um sich zu vergewissern, dass sie immer noch alleine in dem Raum waren. Er stand ansatzlos und schnell auf und rückte gleichzeitig den Tisch zwischen den beiden mit unerwarteter Kraft Richtung Jorgen. Es brauchte nicht viel, um den dicken Mann zwischen dem Tisch und der Mauer hinter ihm einzuklemmen.

»Haben wir uns verstanden?«

Der solchermaßen seiner Atemluft beraubte Jorgen röchelte ein leises, gepresstes »Ja«. Herr Tiberian ließ los und lief ohne weitere Worte mit zügigen Schritten aus dem Raum.

Mit dem Gedanken, noch einmal davongekommen zu sein, schob Jorgen den Tisch von sich weg und rückte den Stuhl wieder gerade. Sein Körper stellte die Schweißausbrüche ein. Um aufzustehen, waren seine Beine dagegen noch zu schwach. Noch lange nachdem Herr Tiberian ihn verlassen hatte, saß er da und machte einen geistigen Rundblick, um vielleicht zu entdecken, wie er unbescholten wieder aus dieser Sache herauskommen könnte.

Eines seiner elektronischen Implantate meldete sich. Er schloss die Lider, um das Bild vor seinem inneren Auge zu sehen. Es war Nura. Mit verweintem Gesicht und zittriger Stimme sprach sie ins Videofon: »Herr Linebaker.« Ein kurzes Zögern. »Edward Ludd ist tot. Die Meldung ist eben hereingekommen. Eine Explosion auf einem der Schürfplaneten. Mehr weiß man noch nicht. Es ist so schrecklich!«

Das Standardzeichen, ein paar Zentimeter über dem Glas ausgeübt, führte dazu, dass sich das Fenster langsam nach oben schob. Frische Luft wehte mit einer Brise in den Raum. Lilian Lauper hielt den Mief nicht mehr aus. Damit meinte sie nicht den Geruch im Zimmer. Seit Tagen diskutierte das oberste Regierungsgremium des Swailan-Territoriums den Plan, den Lilian ihnen aus Gründen ihrer Sorge um die wirtschaftlichen Entwicklungen im Territorium erörtert hatte. Der Plan hatte Anklang gefunden. Vor der schrecklichen Meldung über den tragischen Tod von Edward Ludd waren alle Regierungsmitglieder so gut wie überzeugt gewesen. Doch die Meldung über den Tod des Mannes, der als Garant dafür stand, dass die Randständigen sich ruhig verhielten, hatte einige Konservative unter ihnen wieder zurückkrebsen lassen.

Die Neinsager hatten jetzt wieder Bedenken, was passieren würde, wenn die ergriffenen Maßnahmen nicht verfingen und Swailan vor der ganzen Galaxis alleine dastand. Sie dachten, auf der sicheren Seite zu stehen, wenn sie sich neutral verhielten. Lilian hätte die Sache auch mit einer Zweidrittelmehrheit durchbringen können. Aber sie wollte ein einstimmiges Resultat. Wenn sie den Plan, den sie und Ned aufgrund ihrer Kenntnisse über die Gründungszeit der SMC entwickelt hatten, in die Tat umsetzen wollte, brauchte sie die Unterstützung aller Ministerien. Ohne Ausnahme.

Sie beugte sich nach vorne und lugte über den Sims in die Tiefe. Der Anblick von Gras und kleinen blühenden Blumen verwirrte jedes Mal ihre Sinne fürs Gleichgewicht, obwohl sie sich mittlerweile an den Anblick der Grasdecke auf den Außenwänden des Ökogebäudes gewöhnt haben sollte. Von Weitem sah das Regierungshochhaus aus wie ein Würfel voll blühender Wiesen in der städtischen Landschaft. Es war gleichzeitig Symbol und Regierungssitz des Starline-Territoriums, das gerade darüber beriet, ob es möglich wäre, wieder ein unabhängiges Swailan-System auszurufen, um die Herrschaft über die eigene Wirtschaft zurückzuerlangen. Trotz der Probleme bei der SMC als dominierendes Unternehmen im Territorium, die noch nicht bis zur Allgemeinheit vorgedrungen waren, hatten die Regierungsmitglieder genügend Quellen, die sie informierten, was alles schieflief bei der Corporation. Lügen, Vertuschen und Einschüchtern waren seit einiger Zeit bei vielen Managern an der Tagesordnung. Dennoch hatte Lilian noch nicht alle Ratsmitglieder für den Plan gewinnen können, obwohl Verwandte und Bekannte die brutalen Veränderungen am eigenen Leib zu spüren bekamen; und dies, obwohl Prestige und Glaubwürdigkeit der SMC, seit Beginn der Umstrukturierungen vor acht Monaten, in den Augen der Arbeitnehmer enorm gelitten hatte. Die SMC schien Gefangene ihrer eigenen Weltanschauung. Vielmehr der Anschauungen der Hull Company, die die Veränderungen »angeregt« hatte. Auf eine Selbstregulierung der Probleme des größten Arbeitgebers im Territorium wollte und durfte Lilian einfach nicht bauen. Sie beschloss, ihren letzten Trumpf auszuspielen.

Das Fenster schloss sich hinter Lilian und fing unhörbar an zu vibrieren. Die zwölf Männer und Frauen am ovalen Tisch stellten ihre Diskussionen ein, um zu vernehmen, was ihre Präsidentin, die auf ihren Platz am Kopf des Tisches zusteuerte, zu sagen hatte.

»Geehrte Ratsmitglieder. Ich darf Sie daran erinnern, dass Sie immer noch unter Geheimhaltungspflicht stehen. Was ich Ihnen jetzt hier anvertraue, darf diesen abhörsicheren Raum nicht verlassen. Ich setzte voraus, dass dies kein Versuch von mir ist, Sie vor vollendete Tatsachen zu stellen.« Sie musste sich räuspern, bevor sie fortfahren konnte. »Wie Sie alle in den vergangenen Jahren am eigenen Leib erfahren haben, hält sich die Hull Company selten an ein nicht belegbares Versprechen. Wohl schon gar nicht an ein hundert Jahre altes Abkommen, wie ich es Ihnen vorgelegt habe. Wir könnten natürlich aufgrund unseres eigenen Staatsarchivs beweisen, welches Abkommen unsere Vorfahren mit der Hull getroffen haben. Durch unseren Status als Territorium sind die eigenen Archive jedoch nicht so rechtskräftig am obersten Handelsgericht der Galaxis wie die von Systemregierungen oder jene von Galaxy Prime (Erde). Wir brauchen also eine faktische Anerkennung unserer Verträge von damals durch die Hull selber, damit unser Plan auf sicherem Fundament steht. Wie Sie alle wissen, will die Hull-Spitze bei gewissen Entscheidungen immer das letzte Wort haben. Diese vermeintliche Macht der Hull haben wir, damit meine ich den Admiral und mich, zu unseren Gunsten ausgenutzt. Noch vor dem tragischen Unfall, ich will es vorerst so nennen, bis wir für etwas anderes genügend Beweise haben, konnte der Admiral einen Ablauf in Gang bringen, der dazu führen wird, dass unserem Antrag auf Einhaltung des vor hundert Jahren geschlossenen ›Legal Democratic Treaty‹, dem Zugelassenen Demokratischen Vertrag, stattgegeben wird. Unser Abkommen von vor hundert Jahren wird von der Hull-Spitze eigenhändig erneuert und so wasserdicht gemacht werden. Aus zuverlässiger Quelle weiß ich, dass die Bestätigung bereits die erste Hürde genommen hat. Es kann sich also nur noch um ein paar weitere Tage handeln, bis wir das Original dieser Erneuerung des Legal Democratic Treaty in unseren Händen halten und auf der sicheren Seite der universell gültigen Handelsgesetze sind.«

Allgemeines Erstaunen und Gemurmel erhob sich im Raum.

›Gut, wenn sie reden, ist das schon die halbe Miete‹, dachte Lilian. Sie lief um den Tisch herum und nahm jeden, der noch nicht zugestimmt hatte, noch mal einzeln in die Pflicht. Als sie wieder an ihrem Kopfende des Tisches angekommen war, erhob sie die Hand zum Zeichen der Ruhe.

»Wir müssen den Plan nicht zwangsläufig ausführen. Wenn die Erneuerung bei uns eintrifft, können wir immer noch zurück. In dem Fall würde nichts geschehen. Ich sage aber, wenn wir dereinst ein so mächtiges Instrument in Händen halten werden, dann sollten wir es auch benutzen. Ich eröffne also erneut die Abstimmung.«

Um Missverständnisse auszuräumen sprach sie langsam und deutlich: »Unter Vorbehalt, dass die Erneuerung des Legal Democratic Treaty sicher in unsere Hände gelangt, wer ist dann damit einverstanden, den Plan bis zu seinem für uns positiven Ende durchzuführen?« Die üblichen Hände waren schnell zu einem Ja erhoben. Die letzten Ratsmitglieder, die zuvor noch nicht ganz überzeugt waren, folgten etwas zögerlich. Aber schlussendlich hob auch das verstockteste Regierungsmitglied die runzlige Hand zu einem Ja. Die Revolution hatte offiziell begonnen!

Monate nach dem Geheimabkommen mit Edward Ludd saß Marchia Arancha Massud auf einem Teppich vor einem niedrigen Tisch, wie alle in dem Zelt. Die Planetenseite, auf der sie sich befanden, war vor einer Stunde in die Nachtphase eingetreten. Die traditionellen Tarnlampen beleuchteten gerade mal die Tischchen. Die höchsten Vertreter von Swailan und dem Ältestenrat der Randständigen saßen im Halbdunkel.

Wichtige Sitzungen in einem großen Zelt abzuhalten gehörte zur Tradition der Randständigen. Zur Zeit der Piratenüberfälle wurden sie von der offiziellen Polizei von Swailan gejagt und von der inoffiziellen der Hull Company aufgespürt und vernichtet. Einen festen Tagungsort zu haben stellte sich für ihre Führer als tödlich heraus. Infolgedessen ging man dazu über, die Tagungsorte kurzfristig anzukündigen und auf irgendeinem Klasse-M-Planeten da und dort in einem großen Zelt abzuhalten. Luxus war irrelevant, um Entscheidungen zu fällen.

Wenn man bedachte, dass es hier um den Anschluss einer Region des Weltraums von der Größe eines Territoriums ging, hatten die Verhandlungen, die Ned Ludd seiner Zeit bei seinem Besuch initiiert hatte, nicht sehr lange gedauert.

Dafür hatte es der Rat der Randständigen den drei Repräsentanten, die Swailan bei diesem Geheimtreffen dienten, nicht einfach gemacht. Die Verhandlungen arteten stellenweise in harsche Streitereien aus. Wie sich herausstellte, waren die Randständigen aber absolut konfliktfähig. Wenn man erst einmal begriffen hatte, wie friedlich sie wieder waren, sobald man in einem Punkt zu einer Einigung gekommen war, half das, die Verhandlungen enorm schnell voranzutreiben, ohne sich in Details zu verlieren. Absprachen über Grenzen, Aufbauhilfen, Mikrokredite, Eigenständigkeit, Befehlshierarchien, Zusammenarbeit mit der Regierung von Swailan, eigene Flottenverbände, Rechte zur Selbstverteidigung, Stationierungen und so weiter konnten im Eiltempo durchgezogen werden. Zu schnellen Einigungen trug auch bei, dass die Vertreter von Swailan einige Zugeständnisse machten, um den Zeitplan einzuhalten, den ihnen die swailanische Regierung vorgab. Zeit war ein wichtiger Faktor. Deshalb schauten jetzt alle im Zelt gespannt auf den Leitenden Repräsentanten von Swailan, der nur noch seine Unterschrift auf die Folien brennen musste, die ihm von einem kleinen wirbeligen Mann gereicht wurden.

Seine Hände nahmen den Stapel entgegen und legten ihn auf das Tischchen vor ihm. Der Kleine hielt auch sofort einen Stift parat, mit dem der Zeichnungsberechtigte der swailanischen Regierung seine Unterschrift neben die von Frau Massud einbrennen konnte. Im Lichtkegel der Tarnlampe fasste seine rechte Hand nach dem Stift, zögerte eine Sekunde und begann die wichtigen Dokumente zu unterschreiben. Nach der letzten Zeichnung fasste der kleine Mann den wichtigsten Stapel Folien, den er je in seinem Leben in Händen gehalten hatte, zusammen. Eher untypisch für ihn, hielt er den Stapel mit beiden Händen in die Höhe und wandte sich an alle Anwesenden: »Es ist vollbracht! Wir werden ein System sein in gegenseitigem Respekt füreinander. Lang lebe das Vereinigte Swailan-System!« Jubel brach unter den ehemaligen zu Emotionen neigenden Randständigen aus, der direkt in eine Feier überging, wie sie hier zu jeder möglichen Gelegenheit stattfand.

Revolution

Auf Galaxy Prime (Erde) saß der Chef, des vom Verwaltungsrat der Hull bemächtigten Ausschusses für Bewilligungen, an seinem Arbeitsplatz im Zentralgebäude, wo Jorgen Linebaker und Anton Birch ihre letzte Jahresbilanz präsentiert hatten. Nur noch ein paar Unterschriften unter die letzten von Hunderten von Anträgen, die er diese Woche zeichnen musste, und dann würde ein freies Wochenende mit seiner Familie beginnen, auf das er sich schon lange gefreut hatte. Verdient hatte er es. Diese Tage hatte er Dokumente von mehreren Wochen Rückstand aufgearbeitet. Das heißt, er las sie nicht kleinlich durch, sondern unterschrieb großzügig, was in Ordnung schien.

Er setzte seinen Stift an und unterschrieb die Folien mit dem Antrag auf LDT. Die Unterschrift brannte sich unauslöschlich in die Folien und segnete die Dokumente ab. Der letzte Stapel Folien auf seinem Pult nahm danach den üblichen Dienstweg.

Das eine Original des LDT ging direkt ans nächste Kurierschiff, das andere ins Archiv, wo es schlussendlich fein säuberlich abgelegt würde, während der, der es unterzeichnet hatte, sich auf einem Schönwetterplaneten schon beim Segeltörn mit seiner Familie vergnügte.

Der Verwalter, der all die Folien ablegte, die ach so wichtige Leute in der Führungsspitze unterzeichnet hatten, war nur ein kleines Rädchen im riesigen Archiv der Hull Company. In einem Punkt unterschied er sich aber von anderen Verwaltern. Schon oft war er von seinem Vorgesetzten angeschnauzt worden, schneller zu arbeiten. Genauso oft war er knapp an einer Kündigung vorbeigeschrammt. Aber er konnte es einfach nicht lassen, immer wieder Dokumente genauer anzuschauen, anstatt sie direkt in die Kisten abzulegen, wohin sie gehörten.

So las er den Antrag auf LDT, der den langen Weg von Ned bis in seine Hände zurückgelegt hatte, mit wachsendem Erstaunen. Die Abkürzung des Titels machte eigentlich für jedermann in der Company klar, um was es ging. Man musste sich nicht die ganzen Seiten durchlesen, außer es interessierte einen wirklich, was für ein neuer Transportweg denn jetzt durch dieses Logistik-Disposition-Transport-Dokument eigentlich beantragt werden sollte. Was üblicherweise haarklein beschrieben wurde und die meisten Leute im Detail nicht interessierte, was der Verwalter aber nach ein paar universellen Einführungssätzen zu lesen begann, war weit entfernt von dem, was der Titel einen glauben ließ. Am Ende des Dokuments angekommen, war er erst einmal perplex. Dann fing er leise an zu lachen und wurde immer lauter, bis es durch die weitläufigen Räume des Archivs hallte.

Jeder andere hätte das Dokument ungesehen und somit am falschen Ort abgelegt. Dieser Verwalter aber sah eine Möglichkeit, sich bewusst an seinen bürokratischen Vorgesetzten zu rächen. Er schrieb einen Vermerk, den er auf dem üblichen Weg an seinen Vorgesetzten leitete, der erst am Montag wieder hier sein würde. Dienst nach Vorschrift. Dem Admiral hätte es gefallen.

Vor mehr als einem halben Jahrhundert hatte man die letzten militärisch organisierten Armeen und Flottenverbände in der Galaxis abgeschafft. Jahrelang hatte sich zuvor abgezeichnet, dass Konflikte durch den Einsatz von militärischer Gewalt dem Sieger mehr Verlust als Gewinn brachten. Dies zeigte den galaxiebeherrschenden Planeten, dass sie mit dem Einsatz einer starken Polizeitruppe weniger Ausgaben hatten. Der teure Rüstungswettlauf der Armeen nahm ein Ende. Und die Polizeieinheiten setzte man hauptsächlich für die Durchsetzung des obersten Galaktischen Handelsgerichts ein, dessen Urteile mittlerweile von allen Parteien in der Galaxie akzeptiert wurden. Die Gewinner waren die großen Konzerne mit ihren allgegenwärtigen Lobbyisten. Nicht jeder Planet wollte aber die wenigen Gelder der öffentlichen Hand für teure Polizeieinheiten einsetzen.

Mammon hatte ihnen gezeigt, wie kapitalistische Marktwirtschaft ohne das Korsett sozialer, politischer Leitplanken Machtansprüche in sich selber regulierte. Die meisten Polizeieinheiten waren demnach verkauft und unter privater Kontrolle der Konzerne. Eine der schlagkräftigsten Truppen war die Polizei von Galaxy Prime (Erde), die natürlich in letzter Konsequenz der Hull Company gehörte. Es war ein Leichtes, diese für Firmeninteressen einzusetzen, ohne dass die Öffentlichkeit etwas davon mitbekommen hätte. Das wusste auch der Rat der Hull Company. So stimmten sie per Videokonferenz kurzfristig einem Antrag von Adam Vanderbilt zu, einen Jagdtrupp der Polizei zu entsenden, um ein finanzielles Desaster zu verhindern, wie es die Hull Company noch nie erlebt hätte.

Adam Vanderbilt hob seine Hand von der filigranen Titankonstruktion und das letzte Bild der anderen Ratsmitglieder blieb im holografischen Rahmen seines Projektors stehen. Von der Türe erschall ein Ton, der ihm

sagte, dass jemand Einlass begehrte. »Herein!« Die Türe öffnete sich automatisch und Herr Tiberian trat ein.
»Das Kurierschiff ist schon unterwegs. Es ist am Samstagmorgen Richtung Swailan aufgebrochen. Der Rat will eine Untersuchung einleiten, wie es so weit kommen konnte. Fürs Erste haben sie den Einsatz einer Schnellen Eingreiftruppe genehmigt. Sie fahren in einer Stunde, Tiberian! Und kommen Sie mir nicht ohne diese verfluchten Dokumente zurück. Verstanden? Wie konnten Sie nur so etwas übersehen?! Sie werden nach Abschluss der Aktion zur Verantwortung gezogen werden. Abhängig davon, wie erfolgreich diese Ihnen unterstellte Polizeiaktion sein wird. Ich erwarte stündliche Berichte von Ihnen via Solnet. Das ist alles. Machen Sie sich vom Planeten!« Herr Tiberian verbeugte sich leicht und verließ, ohne ein Wort zu sagen, im Stechschritt die Villa.

Es hätte nie so weit kommen dürfen! Obwohl er jetzt, da es so weit war, eine leichte Erregung verspürte. Die Aussicht, in Kampfaktivitäten verwickelt zu werden, löste bei ihm eine eifrige Vorfreude aus. Dieses ganze schleimige Geschäftsgebaren, das er im vergangenen Jahr wie ein Korsett um seine wahren Fähigkeiten hatte legen müssen, kotzte ihn schon lange an. Der einzige Lichtblick war das Attentat auf diesen »Admiral« gewesen. Und das hatte er nicht mal selber ausführen dürfen. Endlich hatte ihn Vanderbilt von der Leine gelassen. Er gedachte, in der Manier eines seinem Herrchen ergebenen Kampfhundes, Folge zu leisten.

Nach Wochen, in denen der Hyperlichtantrieb des Kurierschiffs 501 heißgelaufen und etliche Male über seine Belastungsgrenzen beansprucht worden war, musste das Schiff, bedingt durch die Gravitationsverzerrungen in diesem Teil des Weltraums, aus dem Hyperraum austreten und mit herkömmlichen Ionentriebwerken weiterfliegen. Am anderen Ende dieser Zone war es noch ein Hüpfer von wenigen Minuten mit Lichtgeschwindigkeit bis zu den Grenzen des Starline-Territoriums. Das war auch dem Kapitän des swailanischen Kurierschiffs 501 bekannt. Von Kapitän Valiant wusste er, dass er auf diesem Flug eventuell verfolgt werden würde. Was es genau war, was sie an Bord hatten, wollte oder konnte Valiant nicht sagen. Er hatte ihn nur gewarnt: »Du musst es bis an die Grenzen des Starline-Territoriums schaffen, mein alter Freund. Ab da können wir dir Geleitschutz geben, der jeden Jagdtrupp abwehren kann, den dir irgendjemand hinterherschickt. Ich würde dich nicht darum bitten, wenn es nicht lebenswichtig wäre. Deine Fracht muss um jeden Preis im Starline-Territorium (Swailan) ankommen!«

Bis jetzt war noch kein Verfolger auf dem Schiffsscanner gesichtet worden. Wenn sie es durch diese Gravitationsverzerrungen schafften, wären sie fein raus. Nicht einmal die schnellsten Schiffe der Hull Company würden sie noch einholen können. Des Kapitäns angestrengte Nerven begannen sich zu entspannen, als sie gerade den Mond eines riesigen Klasse-X-Planeten passierten.

»Piraten!«, schrie der Scanexperte vor seiner Konsole und sprang vom Stuhl hoch. »Alle ruhig bleiben! Wir sind ein Kurierschiff. Sie werden es nicht wagen, ein Kurierschiff anzugreifen. Kommunikation, setzen Sie die Flagge des Obersten Handelsgerichts. Sie sollen denken, dass wir unantastbare Fracht an Bord haben.« Der Kommunikationsspezialist setzte ein Dauerfunksignal, das die entsprechende Aussage machte. Jetzt hätte der Kapitän viel gegeben für die Verteidigungsmöglichkeiten eines Starline-Erzfrachters.

Ein einzelnes wendiges Jagdschiff löste sich aus der Corona des Mondes und kam längsseits. Seine Verteidigungsschilde waren aktiv. Alles, was noch zwischen dessen schwerer Bewaffnung und ihnen stand, war die Tradition der Unantastbarkeit von Kurierschiffen mit relevanten Botschaften des Obersten Handelsgerichts.

»Wir sollen anhalten und einen Komm-Kanal öffnen«, wandte sich der Mann an der Kommunikation zu seinem Kapitän. Dieser machte ein entsprechendes Zeichen und deutete auf seinen Bildschirm. Das Bild einer Pilotin erschien. »Willkommen, Kapitän. Ich bin Kommandeurin Massud. Soviel ich weiß, haben wir einen gemeinsamen Bekannten. Kapitän Valiant hat mich gebeten, Sie hier abzufangen und sicher bis an die Grenzen des Starline-Territoriums zu begleiten.«

Der Kapitän überlegte noch, ob er einfach so diesen Worten vertrauen sollte, als das Schiff der Kommandeurin wie aus dem Nichts von einer Rakete getroffen wurde. Anstatt das Jagdschiff zu zerstören, katapultierte die Detonation es, geschützt von seinem massiven Verteidigungsschild, davon. Der Treffer schleuderte den Jäger, um die eigene Achse drehend, in Richtung des Mondes, wo er von der Schwerkraft um den Mond gezogen wurde. Er verschwand aus dem Blickfeld des Kapitäns, der unter der durchsichtigen Aluminiumkuppel der 501 stand. Am anderen Rand seines Blickwinkels tauchte ein beeindruckendes Schiff aus dem Hyperraum auf. Es sendete die Signatur der Polizei von Galaxy Prime (Erde).

Ein Audiosignal erklang im Hörknopf des Kommunikationsspezialisten. »Hier spricht Tiberian vom Polizeischiff ›Little Helper‹. Sie sind in Sicherheit. Die Piraten werden Sie nicht länger belästigen. Machen Sie Ihre Luke klar! Wir kommen an Bord.«

Das Polizeischiff steuerte langsam Richtung Andockluke des Kurierschiffs, als hinter ihm kleinere Polizeijäger aus dem Hyperraum auftauchten. Dem alten Kapitän der 501 war gar nicht wohl dabei. Als Veteran hatte er gedacht, noch ein paar Jahre mit dem friedlichen Job als Kapitän eines Kurierschiffs verbringen zu können. Und jetzt das. Auf der einen Seite würde er unbescholten davonkommen, wenn er sich dumm stellte. Auf der anderen Seite verband ihn so einiges aus der Vergangenheit mit Kapitän Valiant. Und er hatte seinem ehemaligen Executive Officer etwas versprochen. Er war noch hin- und hergerissen, als aus der Corona des Mondes eine kleine Flotte von Jägern auftauchte.

Wie eine Perlenkette kleiner aufgehender Sterne lösten sie sich von der Silhouette des Mondes und stachen wie Hornissen aus allen Roheren feuernd auf die Polizeischiffe zu. Die »Little Helper« musste ihr Andockmanöver abbrechen. Tiberian befahl, sofort eine Kampfformation mit seinen Geleitschiffen zu bilden.

Das Bild der Kommandeurin erschien wieder auf dem Bildschirm des Kapitäns der 501. Sie schien von den rasch abfolgenden Manövern ihres Jägers hin- und hergerüttelt zu werden: »Kapitän! Ich schlage vor, Sie starten Ihre Motoren und machen sich Richtung Swailan davon. Einen

Klick von hier werden Sie eine winzige Dunkelwolke passieren. Es ist ein besonders dicker Nebel aus Gas und Staub, leuchtet nicht und absorbiert das sichtbare Licht dahinterliegender Sterne. Ein Bereich absoluter Schwärze. Wir werden versuchen, Ihnen den Rücken frei zu halten, bis Sie sich darin verstecken können. Sämtliche Schiffssensoren werden innerhalb des Nebels gestört. Machen Sie sich keine Gedanken um uns. Wir haben die Möglichkeit, Sie trotzdem zu finden. Die Polizei nicht. Los, machen Sie!«

Die innere Stimme des erfahrenen Mannes empfahl ihm, der Kommandeurin zu vertrauen. Die Triebwerke der 501 heulten auf, spien blaue Flammen und das Raumschiff setzte sich in Richtung des Nebels aus Gas und Staub in Bewegung.

Herr Tiberian befahl mit hasserfülltem Gesicht die Verfolgung und Vernichtung. »Nur ein toter Feind ist ein guter Feind!«, schrie er seine Mannschaft an. Doch die Piratenjäger verwickelten das Polizeischiff und sein Geleit immer wieder in Gefechte. Die 501 gewann langsam an Vorsprung.

»Das Kurierschiff sollte schon lange hier sein. Wir haben keine Antwort auf unsere Kommunikationsversuche bekommen.« Lilian hasste es, wenn jemand eine gefällte Entscheidung wieder zum Diskussionsthema zu machen versuchte.

»Es ist aber auch nicht als vermisst gemeldet«, antwortete sie dem Minister für Inneres bissig. Der ließ sich dadurch nicht beeindrucken: »Vielleicht war Ihr Plan doch nicht so gut, Frau Präsidentin.«

»Ich weigere mich, jetzt schon darüber zu diskutieren, ob der Plan gescheitert ist, Harald. Wir haben vor Kurzem eine einhellige Regierungsentscheidung gefällt. Akzeptier das oder halt den Mund. Solange unser Plan nicht nachweislich gescheitert ist, gehe ich davon aus, er wird funktionieren. Und bis jetzt, mein Lieber, habe ich noch keine anderen Informationen.«

Jetzt erkannte der Innenminister, sie wusste mehr, als sie ihm zugestand. »Also gut, Lilian. Ich werde mein Misstrauensvotum fürs Erste zurückstellen. Aber du rückst lieber bald mit der ganzen Wahrheit raus. Oder du sorgst dafür, dass der Plan funktioniert.«

»Genau das tue ich schon. In dieser Sekunde, da wir hier unnütze Gespräche führen, nimmt das Schicksal seinen Lauf. Und weder dein Misstrauensantrag noch meine Worte können jetzt noch etwas daran ändern. Ich werde Sie zu gegebener Zeit informieren, Minister. Sie dürfen gehen!«

Lilian drehte ihm den Rücken zu. Sie war schon angespannt genug. Dieses Gespräch musste jetzt enden oder sie würde mit dem antiken Folienbeschwerer auf ihn losgehen, den ihr eine ihrer Töchter zum Geburtstag geschenkt hatte. Der Minister verbeugte sich und ging.

»Wir sind endlich durchgekommen. Durch die Langsamkeit des Hypernets müssten sie jetzt, da wir die Bestätigung unseres Hilferufs haben, schon zu uns unterwegs sein«, meldete die Kommunikationsstation des zehn Mann kleinen Versorgungsschiffs an Arancha Massud.

»Wie sehen unsere Positionen aus?«, wollte sie vom Versorgungsschiff wissen.

»Wir haben euch kugelförmig im Abstand eines halben Klicks um uns verteilt. Das Kurierschiff liegt längsseits von uns. Die ›Little Helper‹ liegt mit ihrem Gefolge direkt vor uns, knapp außerhalb der Dunkelwolke.«

»Danke, Versorgungsschiff. An alle: Ab jetzt wieder Funkstille, bis ihr von mir oder von unserem ›Wachhund‹ etwas hört!«

Infrarotstrahlen. Altertümlich und ungenau, funktionieren sie auch in einer Dunkelwolke. Diese hier war winzig. Wobei winzig immer noch astronomische Größe bedeutete. Mit den aktuellen Technologien war eine Orientierung innerhalb nur auf wenige Meter möglich. Arancha konnte sich ein breites Grinsen nicht verkneifen. Sie fuhr die Systeme ihres Jägers herunter. Die Positionslichter gingen aus und im Cockpit gab es nur noch Schlummerlicht. Sollte sie sich etwas hinlegen? Ausgeruht in eine Schlacht zu ziehen war ein Vorteil. Andererseits konnte jeden Augenblick wieder etwas Unvorhergesehenes passieren.

Herr Tiberian musste gleich nach Verstärkung von nahen Verbündeten verlangt haben, nachdem der letzte Jäger ihres Geschwaders hinter dem Kurierschiff im Nebel verschwunden war. Denn inzwischen war Verstärkung eingetroffen und zwei Schiffe hatten damit begonnen, einen Minengürtel um die Dunkelwolke zu legen. Wegen der Größe des Nebels und der begrenzten Anzahl konnten sie aber nicht so nahe beieinander platziert werden, um mit ihren Explosionen die Verteidigungsschilde der Piratenschiffe zu durchdringen. Dennoch eng genug, damit sich die Sensorenreichweite ihrer Auslöser überlappte. Egal wo entlang dem Nebel ein Raumschiff nach der Vollendung den Gürtel würde durchbrechen wollen, eine Explosion würde dessen Standort verraten.

In ihrem Hörknopf knackte es. »Wen haben wir denn da? Eine unwachsame Geschwaderführerin?« Die Stimme riss Arancha aus ihren Gedanken. Sie kam ihr bekannt vor. Da sie sich offensichtlich nicht mehr auf ihre Instrumente verlassen konnte, schaute sie hastig durch die Kuppel ihres Cockpits um sich und sah auf allen Seiten nur Schwärze. In der Hoffnung, keiner Täuschung zu unterliegen, brach sie die Funkstille auf demselben Kanal: »Wie ist Ihnen das gelungen?«

»Keine Zeit für Erklärungen«, ertönte die Stimme wieder in ihrem Ohr. »Sagen wir einfach, wir sind das letzte Stück gesurft.«

Fast gleichzeitig kam über den Lautsprecher auf dem Staffelkanal eine Warnung vom Versorgungsschiff: »Kommandantin, außerhalb der Dunkelwolke tut sich etwas. Die ›Little Helper‹ bekommt noch mal Verstärkung. An die 50 Schiffe. Alle bis an die Fänge bewaffnet, soweit wir das mit unseren primitiven Mitteln beurteilen können.«

»Ich hab das auch mitgehört«, erklang die bekannte Stimme aus der umgebenden Dunkelheit. Nicht nur in Aranchas Ohr, sondern jetzt im Lautsprecher, auf dem der Staffelkanal hereinkam. »An alle! Wir warten noch fünf Minuten ab, ob das die ganze Verstärkung ist. Danach folgen mir alle bis an die Grenze des Nebels, außer dem befohlenen Schutz für das Kurierschiff und denjenigen mit Sonderaufträgen. Meine Formation tritt zuerst aus der Dunkelwolke aus. Die anderen folgen, unter Führung von Arancha, erst auf mein Zeichen.«

Herr Tiberian betrachtete die mannshohe Projektionsfläche von seinem Kommandostand aus. Sie zeigte ihm dreidimensionale Bilder des Weltraums um sich herum. Er konnte jeden Ausschnitt wählen, in jede Richtung, ohne dabei den Hals zu drehen, wie es unter einer Kuppel aus durchsichtigem Aluminium der Fall gewesen wäre. Er rückte mit einer Handbewegung in der Luft die Ansicht der Dunkelwolke ins Zentrum der Projektionen.

»Wenn wir die Dunkelwolke eingekleidet haben, werden wir sofort mit der Kontraktion beginnen! Ich will sie im Zentrum des Nebels zermalmen. Es darf keiner durchbrechen oder ausweichen, bevor sich die Minen um sie zusammengezogen haben!« Seine Nasenflügel bebten vor Erregung: »Ich weiß, dass sie noch da drin sind. Ich kann es buchstäblich riechen.«

Der Lautsprecher in Aranchas Cockpit knackte erneut. »Ladies and Gentlemen, starten Sie die Motoren!« Noch bevor Arancha ihren Jäger hochfahren konnte, sah sie durch die Cockpitkuppel über sich eine Beleuchtung nach der anderen angehen. Alle vom selben Schiff. Die Positionslichter an den Ecken des Gefährts deuteten auf ein Objekt hin, das von vorne bis hinten mindestens 600 Meter lang war. Ganz hinten flammten die Ionentriebwerke kurz bläulich auf und das massige Schiff schob sich langsam an Aranchas Cockpit vorbei.

An dem umgebauten Frachter hatte man die 240 Container, die sonst seinen Rumpf bildeten, mit Waffenmodulen, gepanzerten Einheiten und den typischen kleinen Piratenjägern der Randständigen ersetzt. Die 101 war zum Basisschiff geworden. Kurz vor dem Ende des Schiffs erschien die Kommandokuppel aus der Dunkelheit.

Arancha konnte deutlich Leute durch die aufgeklarte Kuppel der 101 sehen. »Wow! Jemand steht hier kopf. Fragt sich nur wer«, entfuhr es ihr. Sie konnte dem Impuls nicht widerstehen, den Leuten über ihr, die scheinbar an der Decke hingen, durch die Cockpitkuppel zu winken, da war das Schiff auch schon vorbei. Die Kommandokuppel verdunkelte sich und das riesige Schiff drehte um die eigene Achse, um auf dieselbe Ausrichtung mit der vor dem Nebel liegenden Polizeiflotte zu gelangen. Als es im Lot war, flog es Richtung Nebelgrenze auf Herrn Tiberian und seine Armada zu. Einige Begleitschiffe, alles Shuttletrucks, formierten sich mit der 101. Das kleine Versorgungsschiff von Aranchas Einheit dirigierte den Rest in eine Formation, die innerhalb der Dunkelwolke zurückblieb.

Die explodierenden Mienen zuckten auf dem Projektionsschirm. Herr Tiberian reagierte sofort. »Sie versuchen durchzubrechen! Wie sieht es auf der anderen Seite des Nebels aus? Patrouillenschiffe? Wie sieht es bei euch aus?« Er wandte sich hierhin und dahin. »Nichts Neues im Westen, Herr Tiberian«, erklärte ein Kapitän auf dem Empfangsmonitor vor ihm. Herr Tiberian war zufrieden. »Diese Idioten wollen alle an derselben Stelle durchbrechen. Alle Schiffe bereit zum Feuern! Die kleinen Mistkerle haben starke Schilde. Also voll draufhalten. Keiner schießt, bevor ich es sage! Ich will diesen Piraten in die Augen sehen, bevor wir diese Farce ein für alle Mal beenden!« Die letzten Worte spie er giftig aus.

Jetzt wurde die Spitze eines Frachtschiffs sichtbar. Sein Schutzschild leuchtete überall da auf, wo Minen rund um das Schiff explodierten. Geschützmodule und Jäger in ihren Halterungen wurden sichtbar, da wo sonst nur Container mit Nanoerz befestigt waren. Länger und länger schob sich die Schnauze des Schiffs aus dem Nebel. Weitere Mienen im Umfeld des Schiffs explodierten in größerem Abstand. Aufgerüstete Shuttletrucks brachen rund um das Frachtschiff aus dem Nebel. Ihre Schilde schienen beträchtlich strapaziert von den explodierenden Minen, aber sie hielten alle die Position, bis der Frachter gegenüber der kaum ein Drittel so großen »Little Helper« zum Stillstand kam. Wie die Nabe eines Wagenrads thronte die 101 inmitten ihrer Begleitschiffe vor der Polizeiflotte.

»Sie verlangen, dass wir einen Videokanal öffnen, Herr Tiberian.« Der Angesprochene rieb seine Finger und Handfläche der linken Hand aneinander und überlegte laut: »Sie verlangen? Huh, ich mach mich gleich nass. Sollen wir? Hmm. Ich könnte das Weiße in ihren Augen sehen, bevor ich sie terminiere. Sollen wir ihnen Hoffnungen auf eine Verhandlung machen? Vielleicht denken sie, sie kämen davon, wenn sie uns die Dokumente jetzt noch übergeben. Auf den Schirm!«, befahl er dem Kommunikator. »Das wollte ich schon immer mal sagen.« Ein gepresstes Lächeln kam durch seine geschlossenen Zahnreihen. »Wollen wir doch mal sehen, wer sich hier als Retter aufspielen will.«

Der Mann stand in der Mitte des Halbkreises von Konsolen, Bildschirmen und Kontrollgeräten auf der Kommandobrücke seines Raumschiffs. Er fühlte sich mehr denn je wie ein Admiral. Und so sah Edward »Ned« Ludd auch aus, wie er dastand, mit hinter dem Rücken verschränkten Händen und der aufrechten Haltung. Passend dazu sein uniformartiger dunkelblauer Anzug, die blank polierten Schuhe und die präzise, seitlich gescheitelte Frisur.

»Du!« Tiberian spuckte das Wort mit allem in ihm steckenden Hass aus. »Du bist tot!«, schrie er den Projektionsschirm mit dem Bild von Ned an. Dieser hob den Zeigefinger und bewegte ihn hin und her. »Noch nicht.« Tiberian weigerte sich, das zu glauben: »Das muss eine Täuschung sein. Du existierst nicht. Du bist nicht mehr als ein Trugbild! Taktik?«, wandte er sich an seinen Leitoffizier, der sich sofort von seiner Überwachungskonsole erhob, um zu antworten: »Es deutet nichts auf eine Aufzeichnung hin, Herr Tiberian.« Die Augen Tiberians funkelten ihn an. Man konnte förmlich den Angstschweiß des Offiziers riechen. Scheinbar wusste dieser, wozu Tiberian imstande sein konnte. Doch er stand tapfer, bis sich dieser wieder zum Schirm wandte. »Trägst du eine Maske? Was ist das für ein hinterhältiger Trick? Gib dich zu erkennen, Wurm, bevor ich dich zertrete!« Er machte ein paar Zeichen über den spiegelnden Tableaus auf seinem Kommandopult. Gleich darauf waren Dutzende leiser Hydraulikgeräusche zu hören, die von rund um die Schiffshülle kamen. Mündungsklappen von Torpedorohren wurden geöffnet, Geschütztürme ausgefahren, Lasergeneratoren von ihren Schutzverdecken befreit.

Unbeeindruckt fuhr Ned fort: »Es gibt jetzt genau zwei Möglichkeiten. Erstens: Sie fahren Ihre Waffen wieder ein, übergeben Ihr Kommando und die ›Little Helper‹ an uns. Ihren Begleitern wird gestattet, sich zurückzuziehen. Wir wollen kein unnötiges Blutvergießen. Sie kommen mit nach Swailan und erhalten einen fairen Prozess. Unsere Gefängnisse sind gar nicht so schlimm. Oder zweitens: Sie machen von diesen Waffen Gebrauch.« Ned deutete vage in Richtung des schwer bewaffneten Polizeischiffs. »Sie werden unsere Schilde nicht gleich durchbrechen. Dafür wird eine Armada von Piratenjägern aus dieser Dunkelwolke hinter mir stechen, Ihre Flotte in einer Zangenbewegung angreifen und aufreiben. Die Shuttletrucks um die 101 herum werden von mir zentral und gleichzeitig bedient werden. Das sieht so aus: Anstelle von Containern werden die Shuttletrucks Containereinheiten aus ihren Eingeweiden gleiten lassen. Bei den Rohren, die Sie darin entdecken werden, handelt es sich um Kanonen mit multiplen Läufen. In jedem Lauf stecken unzählige Geschosse hintereinander. Diese werden elektronisch gezündet. 5x3-Meter-Kanonen, Rohr an Rohr. Pro Shuttle eine Million Schuss pro Minute. Im Fokus die Little Helper. Bumm! Sobald jedes Rohr frei liegt, werden *Sie* sterben, Herr Tiberian.« Ned erklärte die Situation ruhig wie ein Störkoch die Zubereitung eines Rezepts seinen Gästen.

Tiberian zog seine Hand der Länge nach frustriert übers Gesicht: »Au contraire, mon ami. Sie bluffen! Dies ist eine der stärksten Polizeikräfte in der Galaxie. Mir ist niemand bekannt, der es nur im Entferntesten mit uns aufnehmen könnte. Und ich habe jetzt keine Lust mehr zu reden. Ich will lieber – vernichten!« Mit ein paar Gesten setzte er das Waffenarsenal der ›Little Helper‹ in Gang. Die verbündeten Polizeischiffe warteten noch. »Macht sie fertig!«, herrschte er die Komm-Station an. Der Mann gab das Signal an alle Schiffe weiter: »Dies ist ein direkter Befehl von Herrn Tiberian. Feuern Sie nach eigenem Ermessen!«

Die Shuttletrucks wurden trotzt ihrer Schilde durchgerüttelt. Ein paar Sekunden später richteten sich alle, wie an unsichtbaren Fäden gezogen, auf die ›Little Helper‹ aus und es passierte genau das, was Ned angekündigt hatte.

Epilog

Der zentrale Stern schien warm und das Regierungsgebäude von Swailan stand in voller Blüte, als die drei Frauen es betraten, um der Regierung ihren Abschlussbericht zu erstatten. Sie durchschritten die von Blumenduft erfüllte Lobby Richtung Lift, der direkt in den obersten Stock zum Sitzungszimmer des Kabinetts führte. Eine Empfangsperson eilte ihnen voraus und drehte den Schlüssel.

»Meine Damen und Herren. Wenn diese drei vertraulichen Mitarbeiterinnen des Admirals ihren Bericht beendet haben werden, sind hoffentlich alle Fragen beantwortet und Sie werden sehen, dass in – und das meine ich wörtlich – *unserer* Starline Mining Corporation eine neue Troika eingesetzt werden muss. Nachdem das oberste Handelsgericht der Galaxie unseren Anspruch auf die SMC ohne Einschränkungen gutgeheißen hat, ist es nur noch eine Formalität, den Rückkaufpreis von einem Kredit an die Hull Company zu überweisen. Der Souverän des Swailan-Systems kann also ohne Lug und Trug behaupten, dass die SMC sein Eigentum ist.«

Lee Waldorf, Ingrid Stettler und Nura Tura wechselten sich gegenseitig ab. Lee begann damit zu erklären, wie es der Admiral schon vor längerer Zeit für nötig gehalten hatte, während seiner Reisen in den Weiten des Swailan-Systems auf dem Laufenden zu bleiben über das, was im Zusammenhang mit der SMC wichtig war.

»›Geschäft ist Krieg. Und das Wichtigste im Krieg sind Informationen‹, zitierte er einmal seine Großmutter. Deshalb hat er uns damals akquiriert und eine bescheidene Informationsgruppe aufgebaut. Jede von uns hat ein Fachgebiet. Downstream, Upstream und Finanz. Als Herr Tiberian auftauchte, waren wir schon lange ein eingespieltes Team. Der Admiral ließ uns Nachforschungen anstellen, was es mit der plötzlichen Umstrukturierung auf sich hatte. Wir fanden aufgrund einer Speedtaxifahrt, die von Herrn Linebaker auf Galaxy Prime (Erde) mit seiner Firmenkreditkarte bezahlt wurde, heraus, dass es eine Verbindung gab zum Ratsmitglied der Hull, Adam Vanderbilt. Dieser leitet eine Geheimloge, die mehr Macht und Geld anstrebt. Dabei wollten sie nach einem Plan vorgehen, der ihnen von Jorgen Linebaker vorgestellt worden war. Die Hull Company bekam davon nichts mit. Zumindest lässt sich das für niemanden außerhalb der Geheimen Gruppe nachweisen. Bis zum Anschlag auf den Admiral blieb uns auch unklar, ob Herr Tiberian an die Loge oder an den Rat der Hull rapportierte. Der Anschlag auf den Admiral, war etwas, das auch er nicht voraussah. Es erwies sich jedoch im Nachhinein in zweierlei Hinsicht als Glücksfall: »Ned Ludds bevorzugter Frachter, die 101, hielt sich zu der Zeit in einer geostationären Umlauflaufbahn über der Bergbausiedlung auf. Die Explosion des Anschlags wurde von den Schiffssensoren registriert. Die Aufklärung der 101 stellte schnell fest, dass es außerhalb des zerstörten Tors der Liftanlegestelle, etwas weiter unten im Liftschacht, ein einzelnes schwaches Lebenszeichen gab. Ein von Kapitän Valiant schnell zusammengestellter Rettungstrupp rettete Ned, noch bevor einer der offiziellen Helfer der Siedlung davon Wind bekam. Ned hatte lediglich eine Verletzung, von einem Trümmerteil, das bei dem Attentat in seinen Anzug geraten war. Er wurde zu Marchia Arancha Massud gebracht und gesund gepflegt. Für eine Weile offiziell tot zu bleiben erwies sich als erfolgreiche Taktik. Immer noch ausgestattet mit den Vollmachten, die *sie* ihm gegeben haben«, Lee hob den Arm und deutete in die Runde, »schloss er Abkommen mit den Randständigen und baute unbemerkt die Verteidigung von Swailan auf. Diese lässt sich – jetzt, da wir wieder als System anerkannt sind – einfach wieder abbauen oder der Regierung von Swailan unterstellen.«

Stettler fuhr fort: »Zum anderen konnten wir die Spur der Attentäter aufnehmen und durch diese einiges über Herrn Tiberian in Erfahrung bringen. Der Admiral war überzeugt, Vanderbilt würde ihn früher oder später seinen wahren Fähigkeiten entsprechend einsetzen, was für Swailan zu großen Verlusten an Menschen und Material hätte führen können. Wir vermochten geeignete Gegenmaßnahmen zu ergreifen. Was, wie Sie wissen, in der kritischen Phase unseres Planes von Nutzen war. Sonst wären wir letztendlich doch noch von der Hull Company übervorteilt worden. Ein weiterer Schachzug im Plan von Jorgen Linebaker war es, die besten Leute aus der SMC zu ekeln und sie von Firmen, die dem Umfeld von Adam Vanderbilt angehören, aufzufangen und sie später, wenn die gewinnbringendsten Teile der SMC in ihren Händen gewesen wären, wieder einzusetzen. Mit der staatlichen Bildung eines ›Arbeits- und Bildungszentrums‹, das den Fachkräften eine Beschäftigung und akzeptables Einkommen in der Heimat bot, wurde dies größtenteils verhindert. Die Unternehmen der Geheimgruppe konnten die scheidenden Fachkräfte nicht an ihre Firmen binden. Vielen Arbeitern zählte die Lebensqualität im Swailan-System mehr als die verlockenden Angebote von weit entfernten Firmen der Loge. Nicht jeder ist nur auf Mammon aus!«

Nun übernahm Nura: »Anton Birch, das absehbare Opferlamm von Jorgen Linebaker, ist, nachdem ihm das Ausmaß seiner weitgehenden Sorglosigkeit vor Augen geführt wurde, in tiefste Depressionen verfallen. Der äquivalent zum Stress gestiegene Speedkonsum hat wohl auch seinen Beitrag dazu geleistet. Er ist zurzeit unzurechnungsfähig und weilt in einem Sanatorium, wo man hofft, seinen Realitätssinn trotz seines großen Drogenkonsums wiederherzustellen. Da Vanderbilt als graue Eminenz in der ganzen Affäre aufgrund unserer gesammelter Beweise nicht um eine Gefängnisstrafe herumgekommen wäre, hat er beschlossen, als Kronzeuge der Anklage Jorgen Linebaker in den Nahrungszubereiter zu hauen. Vanderbilt wird leider nicht weiter verfolgt. Er muss lediglich seinen Sitz im Rat der Hull räumen. Er bekommt sogar einen goldenen Fallschirm. Die Zugehörigkeit zu einer geheimen Vereinigung konnte ihm nicht bewiesen werden. Die Nachforschungen der Polizei auf Galaxy Prime (Erde) verpufften in Staub.

Linebaker hingegen sitzt bereits in einem unserer Staatsgefängnisse auf einem mammonverlassenen X-Planeten in Einzelhaft.« Sie konnte sich ein Schmunzeln nicht verkneifen. »Er wurde auf Diät gesetzt.«

»Ich danke Ihnen für Ihre Ausführungen, meine Damen. Das Kabinett wird wieder auf Sie zukommen.« Die drei Frauen packten ihre Unterlagen zusammen, verbeugten sich artig und verließen von Lilian begleitet das Sitzungszimmer.

Lilian schloss die Tür und wandte sich wieder an ihre Arbeitskollegen: »Wir haben noch einiges zu tun. Was besprechen wir als Nächstes?« Sie schaute in die Runde.

»Was geschieht mit dem Admiral?«, fragte ein Ratsmitglied. Ein anderer antwortete: »Er würde uns als Oberkommandierender der Polizeiflotte und auf Jahre hinaus mit seiner Erfahrung als Berater bei der Führung der SMC am besten dienen. Und wer weiß, vielleicht gewinnen wir ihn irgendwann für einen Posten in unserer Regierung?«

Mit einem Sonnenstrahl auf dem Gesicht fuhr Lilian fort: »Was mich zu den leeren Chefsesseln der Troika bringt. Wir haben eben drei Kandidatinnen kennengelernt, die jede in ihrem Fachgebiet ideal als neues Mitglied der Troika wäre. Ich werde deshalb für unsere morgige Sitzung einen entsprechenden Antrag vorbereiten.« Die Ratsmitglieder nickten zustimmend.

Danach schlug jemand eine Initiative vor zur Unterstützung der Wahl einer Vertreterin der Randständigen als 13. Mitglied der Regierung von Swailan. Doch Lilian hatte es eilig.

»Arancha ist die gewählte Führerin. Sie kann sich nicht selber vertreten. Wir sind also auf den Rat des Admirals angewiesen, der die ehemaligen Randständigen besser kennt als wir alle. Ich schlage vor, wir holen erst seinen Rat ein und ratifizieren jetzt erst einmal das Abkommen mit den Randständigen. Ich habe noch wichtige Termine einzuhalten.«

Im Vorraum zu Lilians Arbeitszimmer saß Herr Vanderbilt jun. mit einem neuen Angebot der Hull Company, um die SMC zu kaufen und wieder ins Konglomerat aufzunehmen.

»Geschätzte Frau Präsidentin. Wir bedauern zutiefst eine allfällige Beteiligung der Hull Company in dieser leidigen Angelegenheit. Wir hätten wachsamer sein sollen, und es gibt keine Entschuldigung, die das wieder gutmachen könnte, falls die Company davon gewusst hätte.«

Lilian musterte ihr gut aussehendes Gegenüber. »So früh hätte ich Sie nicht erwartet. Sie werden nie aufgeben, stimmt's?« Der junge Mann schmunzelte: »Nein, nie. Männer, die so viel Macht haben wie mein Vater und seine Geschäftsfreunde, sind gewohnt zu bekommen, was die süße Seite des Lebens verspricht.«

Lilian lächelte: »Und was denken *Sie*? Was ist Ihre Ansicht?«

Er lächelte zurück und setzte dabei zwei Reihen tadellos weißer Zähne frei. Julian Vanderbilt zog einen Vertragsentwurf aus seiner Mappe und hielt ihn der Präsidentin hin: »Mammon wird zufrieden sein.«

Vor dem letzten Gefecht

Die Sonne schien zwischen den weit ausladenden Ästen der großblättrigen Bäume hindurch, als ich diesen Sommer vor der Hitze in den riesigen Park mitten in der Stadt floh. Abseits vom Gehweg wollte ich mich auf meine Lieblingsbank in den Schatten setzen, einen Joint drehen und mich in ein gutes Buch vertiefen.

Doch da saß schon ein kleines Mädchen, vielleicht sieben, höchstens acht Jahre alt. Ich setzte mich hin, ganz an den Rand der Bank. Dabei hoffte ich, dass die Kleine, wenn sie den großen, unrasierten Mann neben ihr sitzen sähe, die Beine in die Hand nähme und zu ihrer Mutter springen würde. Die musste ja hier bestimmt in der Nähe sein. Ich setzte mich und wartete darauf, dass sie reagierte. Nichts.

Nach einer Minute räusperte ich mich absichtlich rüde. Keine Reaktion. Das kleine Mädchen schaute nicht eine Sekunde von ihrem Zeichenblock auf, den sie in einem Winkel vor sich hielt, der sicherstellte, dass keiner sehen konnte, was sie da malte. Allzu gern hätte ich meine Utensilien hervorgekramt, um meinen Glimmstängel zu basteln. Aber als rücksichtsvoller Mensch wollte ich die Kleine nicht mit dem süßlichen Rauch der Droge belästigen. Also probierte ich es damit, etwas näher zu rutschen.

Mit unnachahmlich treuen Kinderaugen schaute sie mich an. ›Volltreffer!‹, dachte ich. Jetzt wird sie gleich losrennen und nach ihrer Mutter schreien. Denkste! Ein breites Grinsen pflanzte sich in ihr Gesicht und ein fröhliches »Hey!« sprang von ihren Lippen, bevor sie sich wieder auf ihre Zeichnung konzentrierte. Na klar. Es musste ja eines von der altklugen Sorte sein …

»Sag mal, wo ist denn deine Mutter?«

»Die kommt wieder«, entgegnete sie, ohne von ihrem Zeichenblock aufzublicken. Und bevor ich meine nächste Frage stellen konnte, fuhr sie wichtigtuerisch fort: »Sie weiß, dass ich mich nicht von jedem anquatschen lasse.«

»Du meinst also, sie wird nicht denken, dass ich einer dieser Onkels mit Süßigkeiten bin, der kleine Mädchen entführt?«

Mit einem Blick tiefsten Mitleids schaute sie mich von unten herauf an und zog dabei den rechten Mundwinkel hoch. »Das wollte ich damit sagen.«

Verdutzt warf ich mein ursprüngliches Vorhaben über Bord. Das Mädchen machte mich neugierig. Ich vergaß das Buch in meinem Rucksack. Es war mir egal, was die Leute, die uns sahen, denken würden. Ich beugte mich zu ihr hinüber, um ihre Zeichnung sehen zu können. Ihre Reaktion darauf war, den Zeichenblock fest an ihre Brust zu drückten und zum ersten Mal etwas argwöhnisch zu mir hochzuschauen.

Möglichst locker fragte ich: »Was zeichnest du denn da?« Vielleicht war sie schon öfters wegen ihrer Strichmännchen oder Kritzeleien ausgelacht worden. Mit ernster Miene fügte ich hinzu: »Ich verspreche dir, nicht zu lachen.« Während sie mir tief in die Augen blickte, löste sie den Zeichenblock von ihrer Brust und drehte ihn zögerlich um.

Was konnte für ein kleines Mädchen so wichtig sein, dass es Angst hatte, es zu zeigen? Ich löste meinen Blick von ihren dunklen Augen, in denen sich Blätter der Bäume und die am Himmel vorüberziehenden Wolken spiegelten, und betrachtete die Zeichnung.

Nicht etwa ein mit einfachen Strichen gezeichnetes Häuschen mit einem rauchenden Kamin und einer Türe mit L-Griff war auf dem Papier, sondern ein kunstvoll gezeichnetes, mir unbekanntes Wesen war zu erkennen. Es hatte eine grau schimmernde Haut, einen spitz zulaufenden Mund und eine Art Atemöffnung oben zwischen den Augen. Es hatte große Ähnlichkeit mit einem Delfin. Einzig die Flossen waren viel zu groß, eher wie Flügel. Das Wesen schwamm aber nicht etwa im Wasser. Nein, es saß vielmehr in einer Art Sessel, der aus Wasser zu bestehen schien. Ich überlegte erfolglos, ob es ein Fabelwesen sein könnte.

»Was ist das für ein Wesen? Versteh mich bitte nicht falsch. Es ist eine wunderbare Zeichnung, aber ich habe so etwas noch nie gesehen.«

»Ich weiß auch nicht, was für ein Wesen das ist. Sie werden aber bald auf die Erde kommen, uns besuchen. Kurz vor dem allerletzten großen Knall!«

»Du meinst, bevor die Erde untergeht?«

»Ja, nur dass die Erde nicht untergehen wird.« Das Mädchen war unglaublich. Entsprang das ihrer Fantasie, oder hatte sie es irgendwo aufgeschnappt?

»Wie meinst du das? Die Erde wird nicht untergehen?«

Sie holte tief Luft und sagte: »Ich erklär's dir. Weißt du, ich habe alles schon gesehen, was passieren wird. Bald wird in einem weit entfernten Land, das die meisten Menschen auf dieser Welt für das reichste und schönste Land auf der Erde halten, auf einem See ein Raumschiff landen. Es wird die gleiche Farbe wie der See haben, welcher aus der Sicht eines fliegenden Vogels aussieht wie ein Kreuz mit einem langen Schweif. Überhaupt passen sie sich jeder Umgebung und jedem Hintergrund an. Wenn man bei ihnen nicht genau hinschaut, wird man gar nicht erkennen, dass sie da sind. Außer wenn sich die Außenhaut von Zeit zu Zeit bewegt, wie die kleinen Wellen auf dem See.«

»Und wieso sieht man dieses Raumschiff kaum?«, wollte ich wissen.

»Weil diese Wesen gelernt haben, die Effizienz ihrer Technologien dem Universum anzupassen. Sie haben aufgegeben, die Natur *sich* anzupassen, wie wir Menschen es tun. Aber bitte, wenn du alles hören willst, was passieren wird, unterbrich mich nicht.« Sie wiegelte mit dem Kopf: »Erwachsene!« Worauf ich feierlich gelobte zuzuhören und sie fortfuhr.

»Folgendes habe ich gesehen: Für einige Stunden schwebten diese Wesen mit ihrem Raumschiff über dem See, um das Land, die Leute und die Sprache in ihrer Umgebung zu studieren und zu entschlüsseln.

Sie selber verständigen sich auf einer höheren Ebene. Durch eine Art Gedankenübertragung, mit der sie sich bei Menschen nicht verständlich machen können.

Also führten sie eine erste öffentliche Kontaktaufnahme mit den Menschen durch, wie sie es mit anderen Zivilisationen im Universum schon viele Male getan haben. Das heißt: Sie gaben der Regierung der größten an diesem See gelegenen Stadt nur einen Zeitrahmen von zwei Stunden, um das Treffen zu organisieren. Ihnen war sehr wohl bewusst, dass in dieser kurzen Reaktionszeit nicht alle ihre Forderungen erfüllt werden könnten. Sie wollten vielmehr Schlüsse daraus ziehen, wozu die Menschen in der limitierten Zeit fähig waren.

Der höchste Politiker, den man in so kurzer Zeit auftreiben konnte, stand hinter dem kleinen hölzernen Rednerpult, das den Kreis der versammelten Menschen – Lokalprominenz, Zeitungsreporter, Fernsehcrews – schloss. Tatsächlich wird man einen runden Saal, an dessen Wand ein 360-Grad-Gemälde von einer zerstörten, sich zurückziehenden Armee in einer Winterlandschaft hängt, als Gesprächssaal umfunktionieren.

Nicht weil die Menschen diesen Saal als besonders würdig betrachteten, dem Anlass entsprechend. Der einstige Glanz des Gebäudes lag Jahrzehnte zurück. Nein, sondern weil die schönsten und größten Säle gerade von einer großen politischen Partei besetzt waren. Deren Vorsitzender sah sich jetzt trotz anfänglicher Zweifel hinter dem Rednerpult, am gegenüberliegenden Ende des Kreises, mit dem Vertreter der außerirdischen Wesen konfrontiert. Dieses Wesen hatte seine Eröffnungsrede abgeschlossen und sich gerade wieder hingesetzt.

Der Parteivorsitzende ergriff sodann das Wort: ›Sie wollen uns also sagen, wenn wir mit Ihnen kooperieren, stellen Sie Technologien, Philosophie, generell Lösungen zur Verfügung, um alle unsere zwischenmenschlichen und Umwelprobleme lösen zu können, mit denen wir zurzeit auf diesem Planeten kämpfen?‹ Der Vorsitzende klang sehr skeptisch.

Das Wesen, das sich von den Menschen im Saal nur durch seine Hautbeschaffenheit unterschied, saß da, von den Kamerascheinwerfern beschienen, und nickte langsam mit dem Kopf: ›Ja.‹

›Im gleichen Atemzug geben Sie zu, diese Technologien nicht vorführen zu können? Auch keine kompatible Philosophie, die uns fließend von unserem *Irrglauben*‹, er machte mit den Fingern Anführungszeichen in die Luft, ›ohne größere Verluste zu Lebensharmonie mit allen Lebewesen und der Natur und dem Universum führen könne?‹

Wieder ein ›Ja‹.

›Wie wollen Sie denn das alles bewerkstelligen?‹ Ein zustimmendes Raunen ging durch die versammelten Menschen, welche zum größten Teil der Partei des Vorsitzenden angehörten.

Nachdem sich das Gemurmel gelegt hatte, antwortete das Wesen selbstbewusst und mit ruhiger Stimme: ›Wir finden immer eine Lösung. Doch jede Lösung ist individuell und muss zuerst erarbeitet werden.‹

›Und wie stellen Sie sich unsere Verteidigung vor? Werden wir Waffen erhalten, die uns gegen jene schützen, die nicht mit uns zusammenarbeiten wollen?‹

Das fremde Wesen verneinte: ›Niemand wird von uns irgendetwas erhalten, der nicht bereit ist, zum Gemeinwohl aller, unsere Bedingungen zu akzeptieren. Und dazu gehört, dass kein Mensch den anderen angreift. Sollte es trotzdem irgendwelche machthungrigen Geister geben, werden *wir* uns mit ihnen befassen. Glauben Sie mir, liebe Menschen. Keine Ihrer Waffen kann etwas gegen uns ausrichten, so schnell, so stark, so gewaltig sie auch in euren Augen sein mag.‹

Der Vorsitzende schürzte nachdenklich seine Lippen, schüttelte den Kopf, um dann mit dem Zeigefinger seine Brille richtig auf die Nase zu schieben. Während er kurz in seine Notizen schaute, saßen die restlichen Teilnehmer der Runde gebannt und still da. Ihre Augen zwischen dem Außerirdischen und dem Vorsitzenden hin und her schwankend.

›Sie verlangen von uns, die wir seit Jahrhunderten auf unsere Freiheit stolz sind, dass wir uns von ihnen dreinreden und vorschreiben lassen, was wir zu tun hätten, nur um etwas zu erreichen, das es vielleicht nie geben wird?! Ich sage Ihnen meine Meinung dazu. Und damit weiß ich seit Jahren das Volk dieses Landes hinter mir. Man kann sogar sagen, ich bin die Stimme des Volkes! Wir lassen uns nicht in unsere inneren Angelegenheiten reinreden. Wir haben uns schon gegen mächtigere Gegner behauptet, als *Sie* sich vorstellen können. Diese hatten weiß Gott konkrete Vorstellungen, wie sie die Welt regieren wollten, hätten sie sie erst einmal ganz erobert. Wir haben einfach den Zaun um unser Land enger gesteckt. Wir haben uns gegen diese Agitatoren ganz alleine durchgeschlagen. Wir werden uns auch in Zukunft unseren Glauben an Freiheit und Selbstbestimmung nicht nehmen lassen. Es gibt in diesem Land bereits genug Gutmenschen und Ausländer, die uns die Fahrt auf dem eigenen Schiff vormachen wollen. Wir brauchen keine übergeordnete Gemeinschaft, die uns alles vorschreibt und noch mehr Fremde ins Land bringt, die den guten Bürgern die Arbeitsplätze und ihre gewohnte Sicherheit wegnimmt!‹ Der Kopf des Vorsitzenden wurde röter und röter, während er mit beiden Händen synchron gestikulierte und ihm der weiße Hemdkragen um den Hals immer enger wurde.

Der Außerirdische verharrte bewegungslos. Ob er gebannt zuhörte oder es ihn überhaupt nicht interessierte, kann ich nicht sagen. Es war ihm kaum anzusehen, ob er verstand, dass er angezweifelt wurde.

›Und was soll die Aussage in Ihrem Eröffnungsstatement, dass Sie uns alle testen? Etwa jeden Einzelnen von uns?‹, wollte der Vorsitzende wissen, ohne eine Atempause einzulegen oder den Außerirdischen zu einer seiner Fragen Stellung nehmen zu lassen. Die Menschen hingen ihm währenddessen an den Lippen und stimmten mit wichtigen Mienen zu. ›Oder werden Sie Einzelne von uns entführen lassen? Körperliche Misshandlungen? Seelische Experimente? Man hört da ja so allerhand von sogenannten *Entführten*. Nein, so etwas werden wir auf gar keinen Fall zulassen.‹ Er wurde immer aggressiver. ›Nicht einmal, wenn die Herrenrasse des Universums, und das ist der einzige Grund, wieso ich überhaupt noch mit Ihnen spreche, sich weniger von uns unterscheidet als ein schwarzes Schaf von einem anständigen Weißen!‹

Beim letzten Wort platzte dem außerirdischen Wesen der Kragen. Nein wirklich! Es explodierte! Die wasserartige Substanz, aus der das Wesen bestand, wurde in alle Richtungen verspritzt, wie bei einem geplatzten Wasserballon. Ein Aufschrei ging durch die Menge. Für kurze Zeit behinderte Nebel die Sicht im Saal. Als er sich auflöste, starrten die Menschen im Kreis, an den Tischen, hinter den Schranken, bis hinaus in den Eingang immer noch vor Schreck auf den Sessel, wo vor wenigen Sekunden das humanoide Wesen aus einer anderen Welt gesessen hatte.

Keiner sagte mehr ein Wort. Keiner wagte laut zu atmen. Dem Kameramann des lokalen TV-Senders fiel bei einem Blick auf den Monitor seiner Studiokamera auf, dass die Wasserspritzer auf der Linse seiner Kamera nicht nach unten flossen, sondern sich von der Linse langsam lösten und auf die leere Sitzgelegenheit des Wesens zuschwebten.

Der so wortgewaltige Parteivorsitzende brachte keinen Ton mehr hervor, obwohl sein Mund weit offen stand. Er staunte mit Kinderaugen, wie sich überall im Saal, vom riesigen Gemälde an der Wand, von den vollgespritzten Gesichtern und Kleidern der Menschen, von den Stühlen und Tischen, ja sogar von seinem Brillenglas die Flüssigkeit löste und sich über dem leeren Sessel zusammenzog, um sich eine neue Form zu geben.

Nicht die Form eines Humanoiden. Nein, vielmehr die eines Delfins mit überdimensionalen flügelgleichen Flossen. Dieses Wesen schwebte zuerst über dem Stuhl und erhob sich dann mit ein paar Stößen seiner glatten Flügel mitten im Saal in die Luft.«

Das kleine Mädchen hielt mir als Bestätigung ihre Zeichnung hin, bevor sie fortfuhr.

»›Darf ich mich vorstellen? Mein Name ist Olgul. Ich bin die Leiterin unserer Expedition. Nachdem ich nun annehmen darf, dass man mir jetzt zuhört, möchte ich Sie beruhigen, meine lieben Menschen. Wir verstehen eure Ängste sehr wohl. Ihr seid nicht die ersten Lebewesen, die die Möglichkeit geschenkt bekommen, zu ihrem Segen von unserem Bund von Zivilisationen zu profitieren. Vielen haben wir die Erlösung von Krieg und Hungersnot gebracht. Aber nur denen, die es wollten. Oberstes Gebot unserer Vereinigung ist es, dass niemand gegen seinen Willen mit unseren Zivilisationen Kontakt haben muss. Wenn Sie die Bedingung erfüllen, dass Sie jedes denkende Lebewesen im Universum als gleich wertvoll ansehen, wie es auch immer aussehen mag oder aus welcher Kultur es stammt, ist das Wichtigste erfüllt. Das ist der ganze Test. Mit demokratischen Regierungsformen hat es Ihre Spezies schon zur Hälfte geschafft. Sie sehen also, wie einfach wir es machen, bei uns aufgenommen zu werden.‹

Im Saal erhob sich leises, zustimmendes Gemurmel und vereinzelt erlöstes Lachen, das langsam wieder verstummte, weil die Leute hören wollten, ob das schon alles war, was das Wesen Olgul mitteilen wollte.

Nach einer kleinen Kunstpause erschallten die letzten Worte des Wesens in den Rundungen des Saals: ›Nur das eine müssen Sie mir noch übersetzten, Herr Vorsitzender. Was ist eine Herrenrasse …?‹«

Irgendwo außerhalb des Parks heulten die Sirenen eines Polizeiwagens viel zu laut. Als sie in der Ferne verklangen, erzählte die Kleine weiter …

»Als Nächstes sah ich, was ein paar Jahre nach dieser unglücklichen Begegnung passieren wird: Ich sah, dass der letzte Präsident der Menschen sich die Disk-Aufzeichnungen der Zusammenkunft auf dem Großbildschirm in seinem ovalen Büro betrachtete. Er spielte mithilfe der Fernbedienung an der Ausschnittvergrößerung herum. In diesem Moment klopfte es und auf ein ›Herein!‹ öffnete sich die nahtlos in die Mauer des Büros eingelassene Türe nach innen und der Führer des Industriellen Waffenkomplexes betrat den Raum. Der Präsident, selber nicht mehr als eine Marionette des Industriellen Waffenkomplexes, forderte ihn ungeduldig auf: ›Kommen Sie, Gerald! Setzen Sie sich neben mich an den Tisch und schauen Sie sich das an!‹

Gerald C. Morgan nahm einen Stuhl und setzte sich damit an das eine lange Ende des Tisches Richtung Bildschirm. Direkt neben June Lightfield, den Präsidenten.

›Ich kenne alle Aufzeichnungen. Es ist kaum zu glauben, dass es erst acht Jahre her ist, seit …‹

Der Präsident schnitt ihm selbstzufrieden das Wort ab. ›Diese nicht! Glauben Sie wirklich, Gerald, ich hätte Sie kommen lassen, um mit Ihnen eine Wiederholung im Fernseher anzusehen?‹

Morgan spielte der Form halber mit: ›Nein, Sir!‹, obwohl sie beide zu wissen schienen, dass der Präsident ohne die finanzielle Unterstützung des Industriellen Waffenkomplexes ein Nichts und Niemand wäre. Wie schon immer, seit den 60er-Jahren des vorigen Jahrhunderts.

›Nun gut, seit fast acht Jahren basteln Ihre sogenannten Waffenforschungslabors an einer Möglichkeit, die Ärsche, oder sollte ich sagen die Schwanzflossen, dieser Eindringlinge von unserer Erde zu bomben, wie wir es damals im Irak getan haben. Ist das richtig?‹

Morgan bestätigte pflichtbewusst, während sein Gesichtausdruck etwas anderes sprach. Aber er hörte weiter zu.

›Und jetzt hat ein Mitglied meines Stabes, zugegebenermaßen ein sehr kleines Rädchen in meiner Maschinerie, etwas entdeckt. Der Kerl hatte wohl nichts Besseres zu tun, als nächtelang in der Nase zu popeln und immer wieder diese Aufzeichnung anzuschauen. Dabei hat er über Monate hinweg jede einzelne Bildsequenz mehr aufgespaltet und schlussendlich Folgendes entdeckt. Schauen Sie gut hin, worauf Ihr ganzer aufgeblasener Forschungsapparat in all den Jahren nicht gekommen ist, Gerald!‹

Der Präsident drückte die Abspieltaste der Fernbedienung und die digital eingeblendete Zeit am unteren Bildrand begann synchron mit dem Bild zu laufen. Lightfield ließ die Aufzeichnung bis zu der Stelle, wo das Wasserwesen explodiert war, laufen, um dann einen kleinen Ausschnitt hinter dem Rednerpult heranzuzoomen. Zuerst sah man einen Arm, dann eine männliche Hand, und als das Bild die volle Auflösung hatte, erkannte man darauf eine Petrischale.

In der Mitte der Vergrößerung war jetzt klar und deutlich zu sehen, dass der Mann, was für Beweggründe er hatte, blieb im Dunkeln, einen kleinen Tropfen der wie Wasser aussehenden Substanz, aus der das Wesen bestand, sicherstellte. Auf dem nächsten Standbild war der Deckel schon drauf. Die Flüssigkeit konnte nicht mehr entkommen und sich mit dem Rest des sich neu generierenden Wesens vereinigen.

›War das jemand von unseren Leuten?‹, wollte Morgan wissen.

›Nein, Gerald, die Außerirdischen hatten die Konferenz zu kurzfristig angesetzt. Wir hatten keinen geeigneten Mann in der Nähe, als das passierte. Wir können von Glück sagen, dass wir überhaupt an *diese* Aufzeichnung gekommen sind.‹

Morgan sah Lightfield fragend an: ›Und …?‹

Dieser nahm ihm wieder das Wort aus dem Mund: ›… haben wir inzwischen den Mann mit, was noch viel wichtiger ist, der Probe?‹ Der

Präsident gab sich die Antwort gleich selber: ›Ja, mein lieber Gerald, wir haben. Nicht nur das, wir konnten bereits einige Schlüsse ziehen. Punkt eins: Das Zeug sieht zwar aus wie Wasser, ist aber keineswegs mit irgendeinem Material vergleichbar, das wir hier auf der Erde kennen. Womit ausgeschlossen ist, dass sich ein UFO-Freak mit einer Fälschung wichtig machen will. Punkt zwei: Meine Wissenschaftler gehen davon aus, dass es nicht ein Teil des wirklichen außerirdischen Lebewesens ist. Das Material ist für diese Außerirdischen ein Stoff, aus dem sie Kopien von sich erschaffen, um nicht persönlich aus ihrem Raumschiff zu müssen. Es ist anzunehmen, dass ihr Raumschiff und die riesigen Türme und Pyramiden, die vor unseren Küsten wie Pilze aus dem Boden oder vielmehr aus dem Wasser schießen, aus diesem Material bestehen.‹

Morgan runzelte die Stirn. ›Abgesehen davon, dass ich gar nicht wissen will, wer der Mann, der die Probe sichergestellt hat, ist oder was für Beweggründe er hatte, können wir mit ihm sprechen? Wirst du uns die Probe zur Verfügung stellen, June?‹

›Abgesehen davon, Gerald, dass wir herausfanden, wer er ist, es spielt keine Rolle mehr. Geheimdienst-Standardverfahren, du verstehst?‹ Der Präsident machte mit der Hand eine wegwischende Bewegung und beantwortete dann die eigentliche Frage von Morgan: ›Ja, ihr werdet. Eure Organisation, Gerald, das weißt du selbst, ist die einzige, die uns diese Informationen innerhalb nützlicher Frist in brauchbare Waffensysteme ummünzen kann, bevor etwas zum Feind durchsickert.‹

Gerald C. Morgan fuhr sich mit Daumen und Zeigefinger nachdenklich über seine Geiernase. Er stoppte und setzte ein breites Grinsen auf. Er würde bekommen, was er wollte. Seine Leute würden anhand der Probe ein ganzes Arsenal an Waffen entwickeln, die alles zerstören, was sich der menschlichen Elite entgegensetzt. Sie würden alle Waffen an die neu gegründete Weltregierung verkaufen können und gewaltige Gewinne dabei erzielen. Mehr als in den Weltkriegen, dem Vietnam-, Irak- oder Polarkrieg zusammen. Er musste nur dafür sorgen, dass dieser Krieg nicht zu kurz ausfallen würde. Aber da hatte er offenbar keine Bedenken. Schließlich hatten er und seinesgleichen seit Jahrhunderten Übung darin.

Er erhob sich vom Stuhl, lief zur Tür, nahm den Knauf in die Hand und drehte sich nochmals zu Präsident Lighthouse um. Diesmal hatte seine Stimme einen bedrohlichen Unterton: ›Ach, und übrigens, June, reden Sie nie, nie wieder in solch einem Ton mit mir. Wir wissen schließlich beide, wer diesen Planeten wieder kontrolliert, wenn die ETs weg sind.‹

Ohne die Stimme weiter zu erheben, verließ er das Zimmer. Das Gesicht des Präsidenten wurde kreideweiß.«

Bleicher konnte mein sonnengebräuntes Gesicht auch nicht mehr werden. Mir war schlecht von dem schrecklichen Gedanken, was mit all den unschuldigen Lebewesen passieren könnte.

»Hey, Sie, ist Ihnen nicht gut?«, fragte das Mädchen.

»Danke, es geht schon.« Ich riss mich zusammen: »Ach ja, du weißt ja meinen Namen gar nicht. Du darfst mich Roland nennen.«

»Oh, mein Name ist Michelle. Es freut mich, Sie kennenzulernen«, entgegnete sie.

»Mich freut es auch. Erzählst du weiter?«, fragte ich, obwohl es mir noch nicht viel besser ging. Sie bedachte mich mit einem prüfenden Blick und fuhr mit ihrer Geschichte fort …

»Die schönste Wasserkolonie der Außerirdischen in meiner Vision war diejenige am großen Barrier Reef vor Australien. Im Gegensatz zu vielen kleineren auf der ganzen Welt, von denen die meisten mit Hilfe der im Barrier Reef ausgebildeten Meeresbewohner aufgebaut wurden, ist sie noch bemerkenswerter.

Diese Wasserstadt mit riesigen Türmen, Pyramiden und Monolithen, die aus dem Wasser vor der Küste Australiens ragte, sah aus wie ein in klarem Wasser funkelndes Metropolis. Über den eigentümlichen Gebilden schwebte zu diesem Zeitpunkt seit acht Jahren ununterbrochen ein Raumschiff der außerirdischen Wesen. Verbindung hatten sie über zwei riesige Wassersäulen, eine Art Liftsystem mit zwei Röhren.

In der einen sah man bei genauem Hinschauen, durch das wellenartige Rippeln der Hülle, Außerirdische und Meeresbewohner aus dem Raumschiff schweben. Die delfinartigen Wesen unterschieden sich mit ihren langen Flossen, wie Mantas, die durch die Fluten nach unten gleiten, von den irdischen Lebewesen deutlich.

In der anderen Röhre sah man Tag und Nacht Meeresbewohner zum Raumschiff aufsteigen.

Seit bald acht Jahren war es keinem japanischen Walfänger mehr gelungen, auch nur einen einzigen Wal zu fangen. Die Schleppnetzfischer hatten nicht nur keine Delfine mehr in ihren Netzen getötet, nein, sie hatten seit Jahren keinen einzigen Fisch mehr im Netz. Die Meerestiere hatten sich alle mit der Zeit instinktiv in die unverwüsteten, durch die Wesen geschützten Territorien der Weltmeere verzogen, durch die undurchdringlichen Schutzschilde sicher vor jeglichen Nachstellungen.

Wenn es aber etwas gibt, worauf der Mensch sich perfekt versteht, dann ist es das Töten. Schnell oder langsam. Kleinstlebewesen oder den ganzen Planeten. Unter uns finden sich immer welche, die das gründlich tun.

Olgul war gerade auf dem Weg nach unten, als das erste Geschoss aus der Palette der völlig neu entwickelten Waffen mit ›Verzögerungsgeschwindigkeit‹ auf den wassergleichen Schild, der die Verbindung zwischen Raumschiff und Wasserstadt schützte, auftraf. Sie bemerkte nicht, wie das Geschoss seine Geschwindigkeit bis auf das nötige Tempo reduzierte, um den Schild sanft zu durchdringen und dahinter in einer Explosion zu bersten, bei der man jede Stufe der Detonation mitverfolgen konnte. Die Splitter des Geschossmantels drangen langsam in sie ein. Man konnte zusehen und hätte am liebsten geschrien, sie solle ausweichen.

Doch die menschliche Tötungsmaschine funktionierte perfekt. Olgul geriet wie ein getroffenes Flugzeug ins Trudeln und sackte nach unten, zum Meer hin, ab. Das Blut, das aus ihren Wunden drang, blieb an den Wasserwänden hängen und saugte sich langsam nach außen durch. Je weiter sie nach unten stürzte, desto mehr Blut verlor sie und die Wasserwände fingen an, sich zu verfärben. Ihren letzten Gedanken, bevor sie in Ohnmacht fiel, setzte sie auf der kollektiven Bewusstseinsebene ab, auf der alle außerirdischen Wesen gedanklich miteinander verbunden sind.

Obwohl ihr Gedankenalarm nur wenige Sekunden benötigte, um alle

Außerirdischen darüber zu informieren, was gerade in diesem Augenblick vor der Küste Ostaustraliens geschah, nützte es den Wesen wenig.

Sie waren zu nachlässig gewesen. Sie unterschätzten den Drang des Menschen, zu töten und zu vernichten, was er nicht verstehen kann oder was ihm nicht von Nutzen ist.«

Die Stimme der kleinen Michelle versiegte. Selbst die nahen Geräusche der Stadt traten in den Hintergrund. Ihr Kinn zitterte und mir war schlecht. Irgendwie hatte ich das Gefühl, jetzt etwas sagen zu müssen. »Aber sahen die Außerirdischen … ich meine, warum werden die Außerirdischen diesen Angriff nicht kommen sehen?«

Michelle schluckte leer, bevor sie antworten konnte: »Weil sie diese Waffen in einem Versuchslabor unter größter Geheimhaltung bauen werden. Für die Vorbereitung der Operation ›Wassersturm‹ gilt dasselbe. Überall auf der Welt werden die vereinigten Erdstreitkräfte zur gleichen Zeit, ohne Verzögerung, losschlagen. Ohne diese präzise Koordination könnten uns die Wesen noch eine Chance geben.

So aber wird ihnen nichts anderes übrig bleiben, als sich erst einmal durch Alarmstart mit allen gerade an Bord befindlichen irdischen und außerirdischen Wesen in den näheren Weltraum zu flüchten, um Übersicht zu gewinnen. In der Hoffnung, dass die neuen Waffen der Menschen noch nicht bis ins All reichen.«

»Du hast also noch mehr gesehen?«, fragte ich vorsichtig.

»Ja.« Michelle hatte sichtlich Mühe, sich zu sammeln, bevor sie fortfuhr.

»Stunden später in einem sicheren Orbit um die Erde, im Raumschiff der Wesen, berieten sie sich in einer Art Tafelrunde. Ohne einmal ihre Münder zu öffnen, nur über ihre Gedanken verbunden.

›Kommen wir zum Kern der Sache. Das Arche-Noah-Prinzip bleibt. Alle Tiere, die sich zur Zeit unseres Alarmstarts an Bord der Raumschiffe befunden haben, kommen mit auf unseren Heimatplaneten. Es wird für deren Fortbestand gesorgt. Olgul, die als Einzige diesem hinterhältigen

Angriff zum Opfer fiel, erhält Eingang in die Halle des Gedenkens. Was aber machen wir mit diesen … Menschen?!«

Das Wesen, das gerade mit Denken an der Reihe war und eine Art Führung im Rat zu besitzen schien, äußerte sich mit sichtbarem Widerwillen über die Spezies Mensch. Der Ekel vor uns Menschen war ihm anzusehen. ›Wie Olgul leider schon nach der Bemerkung über die sogenannte Herrenrasse des Universums vermutete, hat es sich bestätigt, dass sie wirklich die blutrünstigste Rasse in dem uns bekannten Universum sind.‹

Ein anderer dachte sich in den Vordergrund: ›Sie hatten ihre Chance. Wir sind sogar das Risiko eingegangen, ihnen die Probe zu lassen! Olgul hätte jederzeit alle Säfte ihres Replikanten wieder integrieren können.‹

Jemand entgegnete: ›Das durfte sie aber nicht! Es war unser aller Plan, das allumfassende Wissen des Universums in diese eine Probe einzubauen und sie zufällig den Menschen in die Hände zu spielen.‹

Der zuvor gedacht hatte, antwortete: ›Ja, sie hätten darin den genetischen Code des Universums entschlüsseln können. Daran waren sie jedoch nicht interessiert! Stattdessen haben sie nur nach einem Zerrstörungspotenzial geforscht, das ihren Besitzstand verteidigen kann. Sie haben den wahren Test, den Test mit der Probe nicht bestanden!‹

Die Ratsführerin meldete sich wieder: ›Trotzdem sollten wir nicht von unserer obersten Direktive abweichen. Wir dürfen die Menschheit nicht einfach vernichten. Sie sind nicht alle schlecht!‹ Ein Anderer erhob sich: ›Machen wir es doch wie beim letzten Mal, als wir diese Insel, die zwischen den beiden großen Kontinenten lag, mit ihrer ganzen überheblichen Kultur untergehen ließen.‹

Der Nächste ergriff das ›Wort‹: ›Das können wir nicht tun. Damals waren es relativ wenige Menschen, im Vergleich zu heute. Die Elite auf dieser Insel konnte mit einem Schlag vernichtet werden. Die Chance, dass einige, die noch nicht so weit entwickelt waren, überleben würden, war hoch und der Fortbestand der Spezies mit der Möglichkeit, sich zu bessern, auch. Heute müssten wir aufgrund der Übervölkerung den ganzen Planeten versenken.‹

Noch ein Gedanke kam auf: ›Warum schließen wir nicht alle unsere

Gedanken zusammen und überreizen ihre Gehirne, bis sie wieder auf dem Niveau von Primaten angelangt sind?‹

Die Gedanken überschlugen sich. Mehrere dachten zur gleichen Zeit an verschiedenen Lösungen. Immer mehr warfen ihre Meinung in den Gedankenpool, der bei jeder Diskussion zwischen diesen Wesen entsteht. Am Schluss beschlossen sie, uns Menschen mit unseren eigenen Waffen zu schlagen. Den Begriff, der dafür stand, hatten sie überhaupt erst durch den Kontakt mit den Menschen kennengelernt. Er lautete ›Biologische Kriegsführung‹.«

Michelle schnaufte tief durch: »Und so wird es geschehen, dass ein Wissenschaftler in einem streng geheimen Versuchslabor des Industriellen Waffenkomplexes nicht mitbekommen wird, wie sich das wasserähnliche Tröpfchen in seinem abgeschlossenen antibakteriellen Glasbehälter unmerklich bewegt. Er wird nie erfahren, dass es einer seiner gezüchteten Laborviren war, der ihn von einer Sekunde auf die andere tötete. Weder die Wachen noch der Kommandant des Labors werden davon berichten können, wie ein kleines Etwas in Form eines Wassertropfens die Siegel der Anlage überwand, damit der Virus ausbrechen und sich in Stunden über die ganze Erde verbreiten konnte. Es wird keine Ausnahmen für Reich oder Arm geben. Weder für Gläubige, die an einen bestimmten Gott glauben, noch für bestimmte Rassen oder Hautfarben. Unabhängig von irgendwelchen Kriterien, willkürlich, werden einige überleben. Für den Rest der Menschheit wird der Tod unvermeidbar kommen. Die Überlebenden werden einen neuen Anfang finden müssen. Mit der Chance, diesmal die richtige Entwicklung einzuschlagen.«

Um den Inhalt meines Magens würde es auch bald geschehen sein, so realistisch prophezeite Michelle aus der Zukunft. Ich hatte Mühe, das leichte Frühstück zu behalten. Schwer wie ein Fels lag es im Magen. Meine Gedanken waren damit beschäftigt, ob uns eine außerirdische Intelligenz vernichten würde, wenn sie denn zum Entschluss käme, dass wir Menschen das Leben zu wenig achten. Ich versank tief in Gedanken.

»Hallo … he, Sie … geht es Ihnen gut?! Hat Sie meine Kleine belästigt?«

Langsam erwachte ich aus meiner Lethargie. Ich bemerkte, dass die junge Frau, die mich sanft an der Schulter berührte, auf die kleine Michelle deutete.

»Nein … nein«, erwiderte ich, noch gebannt von dem eindrücklich Vorgetragenen. Ich sah die Bilder immer noch vor mir.

»Entschuldigen Sie, ich bin noch etwas verwirrt. Ihre Tochter hat eine große Begabung.«

Die Frau lächelte. »Ja, das hat sie. Sie ist sehr intelligent. Leider schleicht sie mir auch immer wieder davon. Und wenn sie jemanden findet, dem sie mit ihren Geschichtchen auf die Nerven gehen kann, dann tut sie's.« Sie hob entschuldigend ihre Schultern unter dem eleganten Zweiteiler mit dem sommerlichen Blumenmuster. »Meistens dann, wenn ich sowieso schon in Zeitnot bin. Komm jetzt, Michelle! Verabschiede dich von dem Herrn. Wir müssen gehen.«

Die Kleine riss das oberste Blatt ihres Zeichenblocks ab und faltete es zweimal. Dann übergab sie es mir mit den Worten: »Auf Wiedersehen, Roland«, kletterte von der Bank und fasste ihre Mutter bei der Hand. Während die Frau mit dem Mädchen schon losging und sich die kleine Michelle noch mal verstohlen zu mir umdrehte, wünschte mir ihre Mutter noch einen guten Tag.

»Aber Madame, Ihre Tochter erzählt so realistisch!«, schrie ich ihr nach und stand auf.

»Ich weiß, sie hat ein großes Talent, Geschichten zu erzählen«, rief sie mir beim Gehen über die Schulter zurück, bevor das blumige Muster ihrer Kleidung zwischen den Bäumen verschwand, wie eine entschwindende Luftspiegelung.

Die Zeichnung habe ich eingerahmt. Sie hängt bei mir im Wohnzimmer. Wenn Sie wollen, können Sie mich jederzeit besuchen, um sie zu betrachten. Vielleicht werden Sie danach genau wie ich jeden Tag darauf warten, dass es passiert …

Karma Nr. 4891

Selena betrat ihre Wohnung im obersten Geschoss des vierstöckigen Luxushauses. Zwei Etagen, 200 Quadratmeter, nur für sie und ihren Mann. Er konnte es sich leisten.

Alles war ihr vertraut. Der Eingangsbereich mit den großen Spiegeln, die Garderobe, der exklusive Schuhschrank mit den 50 Paar Schuhen und der Orientteppich auf dem Boden mit den italienischen Fliesen, der von der Eingangstüre bis zum Wohnraum reichte.

Sie lief an der Garderobe vorbei, ohne ihren noch leicht feuchten Trenchcoat daran aufzuhängen und ohne das Licht anzumachen. In der großen Wohnküche streifte sie den Mantel ab. Bis auf ihre hochhackigen schwarzen Designerlederstiefel trug sie darunter nichts. Ein Mona-Lisa-Lächeln huschte über ihr Gesicht. Sie zerknüllte den Mantel und stopfte ihn in den Abfallsack, den sie am nächsten Tag ausnahmsweise persönlich entsorgen wollte. Jetzt brauchte sie ein warmes Bad.

Der Weg von der Küche ins Bad führte durch einen kurzen Durchgang, den Wohnraum und einen langen Gang an verschiedenen Zimmern vorbei.

Der Biedermeierschrank, der sonst in dem kurzen Durchgang an der Wand stand, lag quer und hatte sich festgekeilt. Dahinter zeichnete sich im dunklen Wohnzimmer ein Durcheinander ab. Zurück, durch die Küche, an der Garderobe vorbei, eilte sie in den Wohnraum. Jetzt erst fiel ihr die absolute Stille auf. Sie hatte das Gefühl, ihr eigenes Blut in den Ohren rauschen zu hören.

Draußen zogen die Wolken weiter und durch die riesige Glasfront der Terrasse schien helles Mondlicht. Ihr Mann lag mit aufgeschlitzter Kehle auf dem Sofa. Das hereinfallende Mondlicht genügte, um sein blutleeres

Gesicht mit den starren, zur Decke schielenden Augen definitiv als tot zu erkennen. Sie wollte schreien, brachte aber keinen Ton hinaus. Sekundenlang starrte sie bewegungslos auf die Leiche. Ihre Unterlippe zitterte vor Wut und Hilflosigkeit. Eine Gänsehaut überzog ihren nackten Körper.

Die Stille wurde abrupt von einem Klimpern gebrochen. Der Klang von Plastik auf Email. Das Badezimmer! Vorsichtig schlich Selena durch den Wohnraum. An der Feuerstelle ließ sie einen Scheuerhaken mitgehen. Dann hörte sie im Badezimmer das Öffnen des Fensters, hastige Klettergeräusche, ein gepresstes Ausatmen.

Sie schlich zögerlich den langen Gang im hinteren Teil der Wohnung entlang. Schritt für Schritt immer näher zur Badezimmertür, die sie nicht aus den Augen ließ, den Scheuerhaken zum Schlag bereit.

Zur gleichen Zeit verdrängte das Adrenalin der Person im Badezimmer deren Angst, erwischt zu werden. Das Fenster zu öffnen, hinaus und zum nächsten Balkon in der unteren Etage zu klettern war eine einzige fließende Bewegung. Das regelmäßige Fitnesstraining machte sich jetzt bezahlt. Sie hangelte sich von Balkon zu Balkon nach unten und sprang problemlos vom ersten Stock auf den weichen Rasen vor dem Haus.

Die Badezimmertür knallte gegen die Wand. Mit einem Satz war Selena beim Fenster, wo eben noch der Eindringling gestanden haben musste. Sie schaute vorsichtig über die Kante. Drei Geschosse weiter unten rannte eine Person, in einem Trenchcoat und offensichtlich ohne Hosen, von den Garagen her über den Rasen. Unter einem Arm trug sie einen Müllsack. Mit der freien Hand fasste sie an den Gartenzaun und flankte darüber hinweg, um dann so schnell wie es ging, die Straße entlang zu rennen und hinter der nächsten Hausecke zu verschwinden. Es gab keine Chance mehr die flüchtige Person einzuholen.

›Keine Chance mehr für die Verfolger‹, dachte Celina, während sie ihr Tempo langsam reduzierte, bis sie mit schnellem Gang ihr rotes Coupé mit dem teutonischen Stern am Kühlergrill erreichte. Sie schaute sich kurz um, schloss auf, warf den Sack auf den Rücksitz, stieg in den Gleiter ein und fuhr los, als wäre nichts gewesen.

Von je her war sie von den Männern vergöttert worden. Als sie noch klein war, von ihren Onkels. Später, von ihren Schulfreunden über ihre Liebhaber bis zu ihrem Ehemann, waren sie immer alle völlig fasziniert von ihrem Aussehen gewesen und der Tatsache, dass sie Männer wie Dreck behandelte. Ja, sie waren ihr geradezu hörig. Sie waren ihr verfallen. Und keiner hatte es bis dahin auch nur gewagt, an eine andere zu denken. Jedenfalls nicht, bevor *sie* ihn wegwarf wie einen alten, dreckigen Waschlappen.

Die Cockpitanzeige des Antigravitationsfeldes zeigte kurz eine Überlastung an, als sie das Steuer ruckartig herumriss. Beinahe hätte sie die Autobahnausfahrt verpasst! Das war knapp. Das Fehlen der Konzentration war auf die Bilder zurückzuführen, die ihr immer noch und immer wieder durch den Kopf gingen.

›Dieses verdammte Dreckschwein!‹, dachte sie. Hatte er ihr tatsächlich erzählt, dass er seine Frau noch immer lieben würde und sie zwei aufhören müssten, sich zu treffen. Wie eine billige Mätresse hatte sie sich gefühlt. Wie konnte er nur? Wie konnte er eine andere lieben, wenn er eine Frau wie sie haben konnte? Unglaublich! Es war wie ein Naturgesetz, das sie ihr Leben lang begleitet hatte und jetzt auf einmal gebrochen wurde. Das konnte sie einfach nicht zulassen! Also hatte sie handeln müssen.

Nachdem sie ihn verlockt hatte, mit ihr zusammen sämtliches Kokain, das sie immer in einer kleinen Pillendose dabeihatte, in die Nase zu ziehen, verführte sie ihn ein letztes Mal. Zwei Stunden dauerte die kleine Orgie. Endlich erlöste sie ihn von seiner unerträglich gewordenen Lust, damit er langsam und ausgelaugt in Schlaf sinken konnte.

Das war der Moment, in dem sie, immer noch schweißnass, in seine Küche schlich. Sie suchte und fand ein langes, scharfes, spitz zulaufendes Fleischmesser mit Holzgriff in der Ablage und schlich sich damit zurück ins Wohnzimmer.

Hinter ihm stehend genoss sie den kurzen Moment vor der Tat. Mit der linken Hand beugte sie sich vor, um ihm die Brusthaare zu streicheln. Einen kurzen Augenblick hingen ihre Brüste über seinem Gesicht. Als der vermeintliche Betrüger vor Wohltat leise grunzte, beugte sie sich zurück, ging in die Knie und schnellte mit der rechten Hand vor. Die lange Klinge schnitt ihm mit einem Ruck die Kehle auf.

Es machte überhaupt keine Mühe. Keinen großen Widerstand, das Fleisch und den Knorpel zu durchschneiden. Jaah! Er hatte es nicht anders verdient, dieser Verräter! Das Blut spritzte überallhin. Auf ihre Arme, die Möbel, den Teppich und ein paar kleine Spritzer in ihr Gesicht. ›Das fühlt sich ja besser an als ein Orgasmus‹, schoss es ihr durch den Kopf. Zu spät bemerkte sie, dass ihre ganzen Kleider, die auf dem Teppich lagen, vollgespritzt worden waren. Sie ließ sich nicht ablenken und genoss die große Genugtuung, die ein Lächeln auf ihr Gesicht mit den kleinen Blutspritzern zauberte.

Nachdem sie ihre Spuren verwischt hatte, richtete sie die Wohnung so zu, dass es nach einem heftigen Kampf aussah, platzierte die Leiche schräg liegend übers Sofa und stahl einen Trenchcoat aus der Garderobe.

Mit dem Müllsack voller Kleider, Gläser, Zigarettenkippen und dem Messer ging sie ins Badezimmer. Kaltblütig wusch sie sich das Blut unter der Dusche vom Körper ab. Gerade als sie sich noch etwas mehr zum Anziehen suchen wollte, ging vorne in der Wohnung die Haustüre. Sie zog sich den Trenchcoat über den noch nassen Körper und streifte dabei eine kleine Kosmetikdose aus Plastik, die dadurch ins Waschbecken fiel. Sie schlüpfte in ihre Stiefel, warf den Müllsack vor sich aus dem Fenster und kletterte hinterher.

Die nächste Straße rechts und nach ein paar hundert Metern links fuhr sie an die Einfahrt ihres Elternhauses. Die Sensoren des Gleiters öffneten automatisch das Tor und sie stellte ihren Sportflitzer neben den englischen Nobelgleiter ihrer Mutter in die Garage.

Während sie noch überlegte, was sie ihrem Mann auftischen sollte, wieso sie nicht wie angekündigt schon heute vom Besuch bei ihrer Mutter zurückkam, sondern erst nächste Woche, sagte ihre innere Stimme, dass sie eigentlich ihrem Mann noch nie eine Erklärung schuldig gewesen war. Für gar nichts! Sie würde ihm zärtlich, aber bestimmt zwischen die Beine greifen und jegliche Fragen im Keim der Lust ersticken. Schließlich war sie ja eine unwiderstehliche Frau. Der Gedanke, erneut ihre Macht auszuspielen, machte sie schon wieder geil. Nur schade, dass sie kein Koks mehr hatte.

Eine Woche später betrat Celina mit einer inneren Befriedigung, die wohl noch einige Zeit anhalten würde, ihre Wohnung im obersten Stock des Luxushauses. Zwei Stockwerke, 200 Quadratmeter, nur für sie und ihren Mann. Er konnte es sich leisten. Alles war ihr vertraut.

Durch die riesige Glasfront schien von der Terrasse helles Mondlicht herein. Ihr Mann lag mit aufgeschlitzter Kehle auf dem Sofa. Ihre Unterlippe begann vor Wut und Hilflosigkeit zu zittern. Sie hatte nie an Karma geglaubt. Bis jetzt.

Ebenfalls mit einiger Genugtuung ging der Beamte im »Ministerium für Gerechtigkeit« seiner Arbeit nach. Das Replikat von Celinas Mann hatte seine Aufgabe erfüllt. Das Original, gehirngewaschen und in ein neues, gleichwertiges Leben verpflanzt, würde seine Frau nie mehr wiedererkennen, selbst wenn er Schlagzeilen über ihr Schicksal auf einem Visiopad erblicken würde. Der Beamte beendete seine Qualitätskontrolle und zog den Speicherkristall aus der Führung des Bildgenerators.

Nicht immer konnte die absolut geheime Abteilung Gleiches mit Gleichem vergelten. Oft gingen Wochen, Monate oder in Ausnahmefällen sogar Jahre ins Land, bis die Schuldigen gefunden und die Vergehen, durch die Arbeit der Abteilung, wie ein Bumerang auf die Täter zurückkamen. Nur schade, dass man die Täter nicht schon vor ihrem Vergehen festnehmen konnte.

Fein säuberlich legte der Beamte den Kristall in ein dafür vorgesehenes Behältnis mit der Aufschrift »Karma Nr. 4891«, das alle Daten zum vorliegenden Fall zusammenfasste, bezeichnete es mit »abgeschlossen« und schickte alles ins Archiv. Er beendete seine Schicht mit dem Gedanken, dass eines Tages alle an Karma glauben würden und die Welt eine bessere wäre.

Evas Entscheidung

Erscheinen

Auftrag: Suche nach außerstellarem, intelligentem Leben. So stand es im Logbuch des Schiffs. Sie waren schon weit gereist und hatten ihresgleichen das letzte Mal in einem anderen Quadranten der Galaxie angetroffen.

Ermöglicht wurde diese lange Reise, weil vor einiger Zeit eine Expedition mit herkömmlich konstruierten Schiffen in bis dahin unbekanntem Raum auf organische, symbiotische Wesen gestoßen war. Der Weltraum war ihr Zuhause, wie für Fische das Wasser oder Vögel die Lüfte. Wegen deren Harmoniebedürfnissen fiel es den Entdeckern leicht, sofort mit ihnen Freundschaft zu schließen. Die Symbiotischen hatten ein Verlangen danach, mit anderen Lebewesen in ihren eigenen Körpern zu koexistieren. Sie waren sehr anpassungsfähig und wuchsen praktisch in die Form hinein, die man als das andere Lebewesen in einer Symbiose mit ihnen brauchte. Sie entzogen dem Weltraum die Nahrung, die sie brauchten, und mussten auch sonst nicht gewartet werden. In ihrem Inneren stellten sie mühelos die richtige Atmosphäre her und unterhielten sie so lange wie nötig. Mit Raumkrümmungen, Zeitparadoxen, Ionenstürmen und dergleichen gingen sie um wie geübte Spieler mit dem Ball. Als einzige Gegenleistung verlangten sie Gesellschaft. Es war wirklich sehr einfach und angenehm, mit und in ihnen durch die Galaxis zu reisen. Mit einem nicht organischen Raumschiff hätten sie schon längst wieder einen Planeten mit einer Werft zur Generalüberholung ansteuern müssen.

Nun saß einer der Reisenden vor einem Monitor, tief im Bauch eines organischen Raumschiffs. Im Hologramm des Monitors zeichnete sich ein kleiner blauer Planet vor ihm ab, der dritte im Umkreis des Sterns. Die Klassifizierung war M-1.3. Das war gut. Etwas zu viel Sauerstoff. Aber mit ein paar Atemmasken, die das Schiff gerade wachsen ließ, würde es kein Problem sein, den Planeten persönlich zu erkunden. Die Vielfalt an Leben in Fauna und Flora schien unermesslich. Auf jeden Fall ließen sich ohne Zweifel viele schöne und nützliche Sachen entdecken. Die langweilige Durststrecke war vorbei. Er lächelte. Endlich wieder etwas zu tun.

Für die Landung benutzten sie herkömmliche Shuttleschiffe. Die organischen waren nicht geeignet für Landungen auf atmosphärischen Planeten. Aufgrund der groben Scans aus dem Orbit gab es gut gelegene Ansiedlungen sowie Naturgebiete, von denen aus sie Expeditionen auf dem Planeten starten konnten. Ein paar Dutzend Shuttles landeten also sanft an den vorgesehenen Stellen.

Ein Shuttle landete mitten im Zentrum einer Siedlung, die zu ihren besten Zeiten eine Ausdehnung von über 30 Kilometern gehabt haben musste. Die Luke öffnete sich mit einem zischenden Geräusch aus dem Bauch des Shuttles, als der Druck des Lebenserhaltungssystems in die Atmosphäre entwich. Die Öffnung diente gleichzeitig als Lift mit Plattform und senkte sich bis auf den Boden zwischen den drei ausgefahrenen Teleskopbeinen. Schwer bepackt, mit Messgeräten und Atemschutz im Gesicht, verteilte sich die Forschungsgruppe in alle Himmelsrichtungen und verschwand zwischen den teilweise noch gut erhaltenen Gebäuden. Die Plattform fuhr wieder hoch, um noch mehr Forscher, Fortbewegungsmittel und Ausrüstungsmaterial aus dem Shuttle hervorzubringen.

Während der Anführer des Landungstrupps die weitläufige Ansammlung von Häusern mit seinen Leuten durchkämmte, wurde er laufend via Intercom über die Entdeckungen und Fortschritte der anderen Teams auf dem Laufenden gehalten. Einige hatten bereits eine Fülle von Pflanzen, Insekten und Kleintieren gesammelt. Andere waren auf Rohstoffe gestoßen, die ihnen auf der Weiterreise nützlich sein würden. Wieder andere hatten größere Lebewesen getroffen. Kaltblüter, Säugetiere, Vögel. Wie es schien, standen vierbeinige Predatoren an der Spitze der Nahrungskette. Aber alle diese Lebewesen konnten nicht die Erbauer von Gebäuden sein wie demjenigen, welches der Projektleiter jetzt ansteuerte. Mit jedem Schritt, den er näher kam, schälte es sich aus der Menge der vielen kleineren Bauten heraus, bis sie dicht vor dem säulenumrahmten Eingang standen. Im Dachsims hoch über ihnen erkannten sie eine Gravur. Das Aufzeichnungsgerät folgte automatisch dem Blick des Leiters auf die Inschrift. Noch konnten sie nicht entziffern, was sie bedeutete, zumal die Pflanzen, welche an den Säulen emporwuchsen, einen Teil der Inschrift verdeckten. Sie beschlossen, das Gebäude genauer zu inspizieren.

Beim Betreten zeigte der Multiscanner einige Säugetiere und Vögel an. Der Scanner sammelte auch Informationen, die dazu dienten, die Lähmungsgeneratoren zu programmieren. Je mehr Daten, umso schonungsvoller und präziser wurden die angepeilten Lebensformen in ihren Bewegungen gelähmt und konnten so problemlos eingesammelt oder untersucht werden. Gerade als sie das von einer riesigen Kuppel überdachte Zentrum des Gebäudes betraten, schloss einer aus dem Team zum Leiter auf und hielt ihm die Anzeige seines Scanners vor.

Von dieser Halle aus überblickte man vier, fünf Stockwerke voller Regale, die mit Gegenständen vollgepackt waren. Der Übersetzer der Gruppe lief auf ein Regal zu und zog einen der Gegenstände heraus. Auf drei Seiten war das Ding mit einem Einband versehen. Auf dem Deckel waren einzelne Zeichen und innen drin war auf vielen dünnen Unterteilungen die Schrift, welche am Eingang prangte, wieder zu erkennen. Freudig blätterte er darin. Dann nahm er den Übersetzter zur Hand und las die Schrift optisch ein. Die meisten Schriften und Sprachen konnten, bei genügend Eingaben von Informationen, von diesem Gerät übersetzt werden. Natürlich wusste man dann noch nicht, wie die Sprache gesprochen wurde. Aber es war ein Anfang.

Der Projektleiter schaute vom Scanner hoch. Einige der Lebewesen schienen hier zu hausen. Flauschige kleine Vierbeiner mit Fellen in den verschiedensten Farben. Mit einem langen Schwanz hielten sie das Gleichgewicht. Alle schienen sie wie auf ganz weichem Untergrund zu laufen. Sie gaben jammernde und schnurrende Geräusche von sich. Obwohl sie einander hier und da anfauchten, offensichtlich ungefährlich für den Trupp.

Der Leiter suchte nach etwas anderem, das der Scanner anzeigte. Es musste sich auf dem obersten Stockwerk befinden. Als er abermals auf die Anzeige schaute, war es weg. Mit ein paar Zeichen in der Luft gab er seinen Leuten zu verstehen, wie sie sich aufteilen sollten. Mit einem Teil der Gruppe zog er im Laufschritt los, Richtung Treppe, welche ausladend geschwungen zu den oberen Stockwerken führte.

Hier stießen sie auf lange Gänge und viele kleinere Räume. Im Vorbeigehen warfen sie einen Blick hinein. Es schien, als ob die Benutzer jeden Augenblick zurückkommen könnten, um ihre Tätigkeit sofort wieder aufzunehmen. Der Teamleiter suchte zielstrebig jene Stelle, an der der Scanner mit einem roten Punkt auf eine intelligentere Lebensform gedeutet hatte. Dies hier musste der richtige Gang sein.

Auf einer Seite waren noch mehr Regale, bis unter die Decke gefüllt. Auf der anderen Seite lagen viele Türen, eine nach der anderen, welche wiederum kleinere Räume freigaben. Der Leiter wandte sich kurz an ein Teammitglied, um sich zu versichern. Dieser hielt ihm bestätigend den Scanner hin. Ein leerer Kreis markierte die Stelle, wo vorher eine aktive Lebensform gescannt worden war. Nur ihre eigenen Lebenszeichen waren darauf aktiv. Auf ein Zeichen des Leiters kamen drei Teammitglieder nach vorne und brachten ihre Lähmungsgeneratoren in Anschlag. Sie legten die letzte kurze Strecke bis zur angedeuteten Stelle, auf alle Eventualitäten gefasst, zurück. Doch nichts geschah. Niemand war zu sehen oder zu hören. Keine weitere Anzeige auf dem Scanner. Die einen sicherten den Ort im kleinen Umkreis ab, während die anderen die Regale nach etwas absuchten. Was sie suchten, würden sie erst wissen, wenn sie es gefunden hatten.

Auf sanften Druck an einer bestimmten Stelle löste sich das Regal vor dem Teamleiter mitsamt der Rückwand aus der Mauer und gab den Durchgang zu einem größeren Raum frei. Noch mehr ... »Bücher!«, erschien es auf dem Display des Intercom. Der Übersetzer, den sie unten in der großen Kuppel zurückgelassen hatten, machte erste Fortschritte beim Entziffern der Schrift.

Die Regale im Raum zogen sich zur linken Hand vom Eingang bis an die

Außenmauer. Rechts war das Ende des Raums vor lauter Bücherregalen nicht auszumachen. Doch etwas Lebendiges fanden sie auch hier nicht.

Der Projektleiter trat mehrere Male ein und kam wieder heraus. Jedes Mal unter der dicken Mauer durch, welche den Raum vom Rest des Stockwerks trennte. Er schaute sich den mit Stahlblech verkleideten Durchgang an. Er war blank, abgesehen von zwei Stellen. In der oberen Ecke war mit einer kleinen Halterung eine Apparatur befestigt. Dahinter führte ein Kabel weg und vorne war eine gläserne Linse ins Gehäuse eingelassen. Zum Zweiten war auf der gleichen Seite eine kleine runde Aussparung im Stahlblech, die von der Hinterseite mit demselben Material abgedeckt wurde. Er stand quer im Durchgang und schaute in den Raum und wieder in den Gang zurück, bis er zu einem Entschluss kam. Zuerst klopfte er an das Stahlblech mit dem kleinen Loch. Dann, ohne sich umzudrehen, klopfte er an die Verkleidung hinter ihm. Die Geräusche klangen unterschiedlich. Doch sonst geschah nichts. Er probierte es gleich noch mal, schaute diesmal zwischen der Apparatur und der kleinen Aussparung im Stahl hin und her. Jetzt bewegte sich etwas. Die Abdeckung hinter der Aussparung schob sich mit einem leisen Geräusch beiseite.

Das letzte menschliche Wesen auf Erden blickte durch den Spion aus Panzerglas, welcher in die dicke stahlverkleidete Bleitür des Panikraums eingelassen war. ›Mann, ist der Kerl hässlich!‹, dachte sie.

Eva konnte sich nicht entscheiden, ob es die reptilienartige Haut war, die so gar nicht zu seinem skelettartigen Aussehen passte, oder ob es das war, was wahrscheinlich sein Gesicht sein musste. Der Anblick verschlimmerte sich noch durch die Verzerrung der Fischaugenoptik des Spions, durch den sie linste.

Ihre Hände wurden nass vor Schweiß und der rasend schnelle Schlag ihres Herzens hallte in ihren Ohren wider. Etwas im Gesicht des Wesens teilte sich, veränderte die Farbe und schien leicht zu vibrieren. Eva überlegte. Vielleicht sagte es etwas?

Sie wünschte sich, das Horchmikrofon würde noch funktionieren. Doch der Strom, um all die nützlichen kleinen Dinge zu betreiben, die es in ihrer Jugend gegeben hatte, fehlte seit Langem. Es gab noch vereinzelte Solaranlagen. Leider war sie keine Technikerin, die Geräte und Strom auf nützliche Weise hätte verbinden können. Ihre Gedanken überschlugen sich. Sollte sie öffnen? Oder würde das Ding da draußen das Interesse verlieren, wenn sie nur genügend lange hier drin ausharrte?

Noch bevor die Klicklaute des Projektleiters verklungen waren, warf ihm einer aus der Gruppe einen handtellergroßen Ausrüstungsgegenstand zu. Er fing ihn geschickt auf und montierte das Gerät mit einem leisen, einrastenden Geräusch an einer dafür vorgesehenen Stelle seines Anzugärmels. Er drückte auf einen Knopf und hielt die Gliedmaßen angewinkelt vor sich. Oberhalb des befestigten Gerätes entfaltete sich eine holografische Projektionsfläche. Darauf zeichnete sich nun, in der Sprache der Bücher, die der Übersetzer als Erstes vorgefunden hatte, eine Mitteilung ab: »Wir kommen in Frieden. Wir sind Forscher. Verstehen Sie uns? Wenn ja, geben Sie uns ein Zeichen.«

Am Rand der Fischaugenoptik hatte sie Schatten wahrgenommen, die sich bewegten. ›Das Ding ist nicht allein!‹, dachte Eva. Und was da vor der Tür stand, sah nicht so aus, als ob es sein Interesse für irgendetwas schnell wieder verlieren würde. Sie bekämpfte ein lange vergessenes Gefühl, welches aus ihrem Unterbewusstsein an die Oberfläche wollte. Angst!

Sie guckte noch mal durch den Spion. Das Wesen hatte einen Projektor aktiviert. Was sie da las, machte sie zuerst noch unsicherer.

Mit dem Rücken an der Tür überlegte sie: ›Die Zeiten, in denen ich genau wusste was ich wollte, weil ich vor jeder Veränderung, die ich nicht kontrollieren konnte, Angst hatte, liegen lange zurück. Heute bin ich alt und habe nichts mehr zu verlieren. Was zaudere ich eigentlich? In ein paar Jahren spätestens werde ich sterben. Und dann ist die ganze menschliche Rasse unwiederbringlich ausgestorben. Darauf kommt es also jetzt auch nicht mehr an.‹ Dann gab sie sich einen Ruck. Die Angst verbannte sie fürs Erste im dunklen Verlies ihres Unterbewusstseins. Ein letzter Blick durch den Spion. Immer noch hielt der Fremde das projizierte Friedensangebot für Eva gut lesbar vor sich. ›Geduld hat er‹, ging es ihr durch den Kopf.

Ein letzter Gedanke, ob dies eine List war und auf wie viele Arten diese Wesen ihr wohl Schmerz zuzufügen könnten, und Eva betätigte den Griff, um die schwere Tür zu öffnen. Draußen hörte man zuerst das Riegeln der Verschlussmechanismen, dann glitt die Türe lautlos einen Spalt auf. Eva stemmte sich dagegen, gab der Türe Schwung und trat dann einen Schritt zurück.

›Mann, ist die hässlich!‹, dachte der Teamleiter. Die in der Tür des Panikraums erscheinende Gestalt wirkte auf ihn nicht gerade beeindruckend. Aus seiner Sicht war sie eher klein. Vom Kopf wuchsen weiße Fäden gerade hinunter. Vier Gliedmaßen, zwei, auf denen sie etwas unsicher stand, und zwei Arme mit runzligen Händen, genau so runzlig wie das, was wohl ihr Gesicht war. Die Hände glichen eigentlich den seinen. Sie bedeckte ihren mageren Körper mit gewobenen Fäden aus einem Naturmaterial.

Seine klickenden Sprechlaute ertönten und der Projektor über seinem vorgehaltenen Arm begann erneut zu schreiben: »Ich wiederhole mich. Wir kommen in Frieden. Aus Ihren Büchern haben wir bereits etwas Ihre Sprache gelernt. Um uns mündlich zu unterhalten, brauchen wir noch eine Sprechprobe. Können Sie uns eine solche geben? Es würde die Kommunikation um einiges erleichtern.«

Eva öffnete den Mund einen Spalt, schloss ihn wieder einen Atemzug lang und begann dann zu sprechen: »Also ihr habt Nerven! Hier unangemeldet aufzutauchen! Hat man euch nicht beigebracht, dass es unanständig ist, so reinzuplatzen? Ihr verfügt doch sicher über Mittel und Wege, euch anzukündigen. Eine alte Frau so zu erschrecken. Schämen solltet ihr euch! Und keiner fragt, wie es mir geht. Vielleicht hatte ich ja bereits einen Scheißtag so weit. Hab mich nass gemacht vor Angst wegen euch oder Schlimmeres! Ihr könntet euch wenigstens entschuldigen! Hat es euch die Sprache verschlagen?« Eva konnte sich gerade noch bremsen. Sie war noch nie gut in Diplomatie gewesen.

Jetzt hatten die Extraterrestrischen ihr Sprachmuster. Allerdings funktionierte davon die Übersetzung nicht sofort. Sie konnten also noch nicht gleich miteinander sprechen.

Der ET wandte sich mit einem Klicken seines mechanischen Mundwerks an jemanden in seiner Gruppe. »Die erinnert mich an Garrchs Frau.«

Während die Gruppe schnatternde Laute von sich gab, meinte einer: »Leiter, aufgepasst! Sie haben den Schrifttranslator noch eingeschaltet!« Darauf wurden die schnatternden Stimmen noch lauter.

Eva hatte alles mitgelesen. Jetzt drängte sie sich am Projektleiter vorbei und stampfte, so gut es ging, den Bürogang entlang davon. Dabei vergaß sie ganz, dass diese Handlungsweise von den Extraterrestrischen als Provokation aufgefasst werden könnte. Doch niemand hielt sie zurück.

Ihr Pfad kreuzte sich mit dem des Übersetzers, welcher soeben den Gang entlangkam. Der Teamleiter folgte Eva, packte im Vorbeigehen den Übersetzer, der gerade zu ihm wollte, jetzt aber nicht recht zu wissen schien, wie er reagieren sollte, und schleifte ihn mit.

»Leiter, ich habe Ihre kurze Unterhaltung über Intercom mitgehört. Es braucht noch mehr, um die Sprache phonetisch korrekt zu übersetzten.«

»Ich weiß!« Missmutig fuhr der Projektleiter fort: »Die ganze kollektive Intelligenz unserer Rasse sagt mir, dass dies möglicherweise keine gute Idee ist …« Er überlegte kurz: »Komm mit!« Zurück über seine Schulter rief er: »Ihr anderen, schaut euch noch mal um, ob wir nichts übersehen haben. Wir treffen uns danach unten. Wir richten uns bis zum nächsten Lichtzyklus hier ein.«

Die beiden Außerirdischen holten Eva ein. Der Teamleiter ließ Eva nicht aus den Augen, während er mit dem Übersetzer sprach: »Was haben wir bis jetzt?«

»Zu wenig. Aber Sie können es gerne probieren«, entgegnete dieser. Der Leiter drückte auf einen Knopf seiner tragbaren Ausrüstung.

Das Klicken seiner Sprache ertönte und trat sogleich auf Kosten einer menschlichen Stimme in den Hintergrund: »Anständig … wir entschuldigen … interessant für Mutter …«

Verdutzt schaute Eva sich um und wäre fast gestolpert. Der Übersetzer reagierte reflexartig und stützte sie am Ellenbogen. Sein Griff war kräftig, aber nicht schmerzhaft. Die Stimme, die ihr da entgegenklang, war ihre eigene. Die Worte machten aber keinen großen Sinn. Oder? Wieder die leisen Klickgeräusche. Laut hörte sie ihre Stimme aus dem Sprechgerät: »Mehr Mittel … keine Angst ankündigen … einfach Sprache beibringen.«

Sie blieb stehen. Eva war nicht auf den Kopf gefallen. »Ihr braucht mehr gesprochene Sprache, um eure Übersetzungsgeräte mit der Phonetik meiner Sprache zu füttern, stimmt's?« Sie schaute die beiden durchdringend an. Diese wussten nicht, ob sie sich jetzt in Deckung werfen oder ihre Lähmungsgeneratoren auf sie richten sollten.

Mit einem Ruck drehte Eva sich um, lief bis zum Ende des Flurs und blieb bei einer Sitzgruppe stehen, die etwas staubig, aber benutzt aussah. Durch die Glaskuppel schien Sonnenlicht auf die Zeitschriften und Bücher, die hier überall herumlagen. Eva setzte sich und deutete den Wesen an, sich auch zu setzen.

»Möglich, dass ich etwas überreagiert habe. Ich bekomme hier nicht mehr allzu oft Besuch, und wenn, dann bestenfalls von wilden Tieren, die mich lieber zum Abend essen als mich zum Abendessen einladen. Ihr habt nicht zufällig etwas Essbares dabei?« Sie legte ihre Stirn in Falten. Mehr zu sich selber sagte sie in der Art, wie Menschen es tun, die nicht viel Gelegenheit haben, mit anderen zu reden: »Nein. Wohl kaum etwas, das ich bei mir behalten könnte. Was noch? Ich denke, alles ist gut genug für euren Zweck, um diesen magischen ›Allesübersetzer‹ zu programmieren.« Ihr leerer Blick fixierte das Gerät am Arm des Projektleiters. »Wisst ihr, als ich bemerkte, heute bist du nicht allein, saß ich gerade hier in meiner Leseecke. Sicher denkt ihr, dies sei nicht der zugänglichste Platz für eine alte Frau. Aber schließlich war ich auch einmal jung, und dies hier«, sie schwenkte die Hand, »ist schon seit damals mein Lieblingsplatz. Man kann von hier aus die ganze Halle überschauen. Früher ging ich gerne noch höher. Ich fuhr viel in die Berge, als ich noch kräftig genug war, ein Motorrad zu handhaben. Damals gab es auch noch öffentliche

Verkehrsmittel, die nicht in ihren Depots vor sich hinrosteten. In letzter Zeit genoss ich es, hier oben zu sitzen, Meisterwerke der Literatur zu lesen und gleichzeitig den Eingang da unten im Auge zu haben. Nicht zuletzt bin ich hier nicht allzu weit vom Panikraum entfernt.« Sie zeigte nach hinten in den Flur. »Da, wo ihr mich gefunden habt. Viel gibt es nicht mehr, wogegen ich mich mit Erfolg wehren könnte. Hmm, das hätte ich vielleicht nicht offenlegen sollen, was? Ich bin einfach keine Gesellschaft mehr gewohnt. Außer die meiner Katzen, die hier überall rumstreunen. Genügt das jetzt, um eine verständliche Kommunikation aufzubauen? Ich hätte da nämlich ein paar dringende Fragen an euch Gesellen.«

Flink gab der Übersetzer via Tasten an seinem Anzug etwas ein. An der Übersetzungsausrüstung, vorher noch an seiner Schulter hängend, jetzt auf seinem Schoß, leuchtete ein Lämpchen auf. Als es erlosch, bewegte sich sein mechanischer Mund und einige Klicklaute waren zu hören. Der Leiter schaute vom Übersetzter zu Eva und begann: »Mein Name ist Garrch, das ist Mirch. Ich bin der Projektleiter für diesen Planeten, der Leiter dieser Suppe und ein Führungsmitglied des Raumschiffs ›Esume‹. Wir erforschen den Welttraum. Wir sind an kulturellem und wirtschaftlichem Austausch zwischen uns und anderen Welten rasiert. Gehören Sie zur dominierenden Tasse dieses Planeten?«

Ein Schmunzeln konnte sich Eva nicht verkneifen, bevor sie antwortete: »Nun ja. Mein Name ist Eva.« Sie wurde noch mal von einer leichten Schmunzelattacke unterbrochen. »Das klingt ja schon ganz passabel. Vermutlich bist du der Gruppenleiter und nicht der Suppenleiter. Es heißt Weltraum anstatt Welttraum, interessiert, nicht rasiert, und ich gehöre mit Bestimmtheit nicht zum Stamm der Tassen. Was du meinst, sind wohl Rassen.«

Garrchs säuerlicher Gesichtsausdruck, zumindest interpretierte das Eva aufgrund dessen, was sie von seinem Gesicht sah, zeigte eine gewisse Unzufriedenheit mit seinem Erfolg bei der Aussprache. Schnell fügte sie hinzu: »Entschuldigt, Jungs. Ihr seid doch Jungs, oder?«

»Könnte man so nagen«, schnatterte die Übersetzung. Ohne ihrem momentanen Drang, laut heraus zu lachen, nachzugeben, fuhr sie fort:

»Ich muss mich wirklich entschuldigen. Es ist oder vielmehr war eine unserer schlechteren Eigenschaften, dass wir immer das Gefühl hatten, die ›Anderen‹ sollten sich uns anpassen. Insbesondere in meinem Kulturkreis hielt man sich gern für den Teil der Weltbevölkerung mit Recht auf eine Führungsposition auf diesem Planeten. Wenn ihr ein Indiz braucht, schaut mich an! Sitze ich doch zwei Außerirdischen gegenüber, die meine Sprache in weniger als einer Stunde entschlüsselt und übersetzt haben, wozu ich Jahre gebraucht hätte, und korrigiere sie wie Schulkinder. Ich entschuldige mich nochmals im Namen der *gesamten* Weltbevölkerung bei euch.«

Die beiden schauten sie an und schienen darauf zu warten, dass sie fortfuhr.

»Hallo? Das war Selbstironie. Ich *bin* die ganze menschliche Rasse oder was davon übrig ist.« Sie hob die Schultern zugleich mit den Handflächen nach oben. Unsicher hakte sie nach: »Ein Witz? Auf meine Kosten? Um die Spannung zu entschärfen, hm?«

Garrch und Mirch wechselten ein paar Klicklaute und wandten sich danach wieder an Eva: »Wir sind nicht beleidigt. Das Prinzip des Humors ist uns bekannt. Bloß, du bist nicht besonders gut darin.«

Wehleidig lächelte Eva die beiden an: »Das hab ich wohl verdient für meinen herablassenden Einstieg.«

Einige Sekunden hörte man nur die Geräusche der Außerirdischen, welche überall im Gebäude ihren Tätigkeiten nachgingen. Dann ergriff Garrch wieder das Wort: »Ich finde, den Umständen erbrechend machst du deine Sache sehr gut.«

»Danke. Äh, kann ich euch um etwas bitten? Könnt ihr diese Übersetzerstimme abändern? Ihr müsst wissen, ich habe in den letzten Jahren genug mit mir selber gesprochen.«

Garrch und Mirch hörten die Übersetzung und gaben sogleich ein schnatterndes Klicken von sich, erholten sich gleich wieder und schraubten an der Übersetzungsausrüstung. Eva war nicht entgangen, dass das Schnattern ein Lachen gewesen sein musste. Eine etwas tiefere Stimme ertönte, als Garrch sich erneut an Eva wandte: »Du wirst besser.

Vielleicht warst du durch die Einsamkeit nur etwas aus der Übung.« Diesmal lachten sie alle zusammen.

Bis zum Abend wussten sie schon allerlei voneinander. Eva hatte einige Antworten auf ihre Fragen erhalten. So erfuhr sie, dass sie wirklich das letzte menschliche Wesen auf Erden war. Dies hatten ihr Garrch und sein Trupp basierend auf ihrer fortgeschrittenen Scannertechnologie bestätigt. Wie sie unterrichtet wurde, waren die Orrch, wie sie sich selber nannten, gleich über die ganze Erde verteilt gelandet und konnten somit eine lückenlose Erfassung gewährleisten, welche diese Aussage untermauerte.

Sie erfuhr, dass die Orrch nicht die einzigen Extraterrestrischen waren. Auf ihren Reisen hatten sie Kontakt mit anderen Spezies, von denen einige, mit denen man sich befreundet hatte, seither Teile der Besatzung ihres Raumschiffs bildeten. Ob sie Eva an einen Flecken der Erde bringen würden mit einem angenehmeren Klima, das ihrem alten Körper zuträglicher war, wollten sie noch nicht definitiv beantworten. Sie hatten wohl ihre Regeln, was den Kontakt mit neuen Intelligenzen betraf. Eva beschloss, das Thema nicht zu forcieren und später darauf zurückzukommen, obwohl ein warmes Klima ihr die letzten Jahre ihres Lebens sicher erleichtert hätten.

Sie erzählte stattdessen von ihren immer seltener werdenden Streifzügen, um Nahrung zu sammeln: Früchte, wildes Gemüse, etwas selbst Angebautes, Vorräte, die noch genießbar waren. Am anderen Ende der Stadt stand ein Kühlhaus, das noch mit Solarenergie funktionierte. Doch fühlte sie sich langsam zu alt, um noch große Unternehmungen zu starten. Mit dem Auto gab es längst kein Durchkommen mehr, und Motorrad fahren wollte sie nicht. Ein Sturz könnte ihren sofortigen Tod bedeuten. Dieses Risiko einzugehen, dafür war ihr Überlebenstrieb, trotz ihres hohen Alters, noch zu groß.

Die Orrch ihrerseits erzählten von ihren fantastischen Reisen durch den Weltraum und wie sie schließlich auf die Erde gestoßen waren. Sie zeigten Eva Bilder, auf denen sie ohne die von ihnen getragenen Schutzmasken abgebildet waren. Eva lehnte sich behaglich in die Polsterung des Sofas und zog ihre alte Wolldecke bis unters Kinn hoch. Die Couch hatte ihr in der Vergangenheit oft als bequeme Übernachtungsgelegenheit gedient. Die Orrch saßen in einem Kreis auf Kissen, die sie aus den Polstersesseln entfernt hatten. In der Mitte lagen auf niedrigen Tischen organische Nahrungsreste sowie orrchianische Konserven mit Verschlüssen, welche an die mechanischen Münder ihrer Masken angeschlossen werden konnten.

»Da haben wir ja noch mal Glück gehabt, dass ihr auf der Erde mit diesen Masken rumlaufen müsst. Nichts gegen euch, Leute, aber ich hätte wohl einen Kollaps erlitten, wenn ihr ohne diese Schutzmasken zu unserem ersten Date aufgekreuzt wärt.«

Die gedämpften Lichtquellen, welche die Orrch unter der Kuppel installiert hatten, zeichneten ein weiches Licht, wie von Feuerschein, auf Evas Gesicht. Garrch hatte wieder diesen säuerlichen Gesichtausdruck, den auch der Umstand, dass die Hälfte seines wahren Ichs unter der Maske steckte, nicht verbergen konnte. »Du bist in unseren Augen auch nicht wirklich eine Schönheit. Ich glaube nicht, dass du eine Chance hättest bei der Miss-Universum-Wahl.« Er hob seine Gliedmaße mit dem handartigen Ende in Richtung einer zweiten, weiter entfernten Gruppe, die um ein glühendes, wärmendes Etwas unter der Kuppel saß. »Tolichnarr da drüben ist die Schönste auf drei Planeten. Auf zweien davon auch in der Kategorie des anderen Geschlechts.«

Eva beugte sich etwas zur Seite, um einen besseren Blickwinkel zu haben. »Na ja, da kann ich nicht mithalten. Ich hab wohl mit dem Alter an Schönheit eingebüßt. Vor 50, 60 Jahren, als abgesehen von Klimawandel, Ernährungsproblematik und unnötigen Kriegen alles noch in Ordnung schien, da lagen mir so einige Männer zu Füßen.« Sie schaute noch mal zu der zweiten Gruppe hin. »Haben wir auch so einen Wärmedingsbums hier drüben?«

Es dauerte nicht lange und eine sanft glühende Kugel schwebte über dem Salontisch vor Evas Couch. Garrch sank wieder in seinen Sessel zurück und machte einen Buckel, damit Eva nicht zu ihm hochschauen musste. Eigentlich hätte er lieber wie die anderen aufrecht auf Kissen am

Boden gesessen. Er hätte dann, ohne einen krummen Rücken zu bekommen, in Evas Augen schauen können. Doch er hielt es für eine gute Geste, die Ruhegewohnheit der Gastgeberin anzunehmen.

Er wandte sich in seiner eigenen Sprache an Mirch: »Haben wir genügend Daten, um Missverständnisse in der Übersetzung auszuschließen?«

»Innerhalb akzeptabler Parameter. Und außerdem wächst die Zuverlässigkeit mit jedem gesprochenen Wort«, antwortete dieser. »Du wirst vielleicht psychologische Aspekte der Sprache, die aus den Eigenschaften der Menschen hervorgehen, von Zeit zu Zeit hinterfragen müssen.«

Die für Eva mittlerweile angenehme menschliche Stimme der Übersetzungsapparatur erklang, als Garrch wiederholte: »Als alles noch in Ordnung schien? Das bringt mich auf eine Frage, die mich beschäftigt, seit wir euren Planeten das erste Mal gescannt haben. Wie ist es eigentlich dazu gekommen, dass eure Spezies ausgelöscht wurde?« Evas Gesichtsausdruck veränderte sich schlagartig. Deshalb fügte er an: »Ich hoffe, die Frage ist nicht ungebührend in eurem Kulturkreis – oder gar verletzend für dich liebe Eva.«

Untergang

Sie wurde auf einmal ganz nachdenklich. Die Freude über die neu gewonnene Gesellschaft verblasste. »Es fällt mir schwer, darüber zu sprechen«, erwiderte sie endlich mit brüchiger Stimme. Langsam lief ihr eine Träne über die runzlige Wange. Sie versank wieder in Gedanken. So oft schon war sie im Geiste die Geschichte durchgegangen.

Ohne zu Garrch aufzuschauen fuhr sie fort: »Ich war nicht ganz unschuldig daran. Ich bin die Geschichte oft mit mir selber durchgegangen und hab mir vorgestellt, ich könnte sie jemandem erzählen, um mich zu erleichtern. Ich erzähle sie euch unter der Bedingung, dass ihr mich nicht unterbrecht. Keine Fragen zu ausgelassenen Details und keine Bemerkungen, wenn ich für euren Geschmack zu ausführlich werde.«

Garrch versprach es ihr. Sie schluckte leer und begann leise zu weinen. Dann erst erzählte sie unter Tränen: »Es gibt ein Buch, viele Menschen haben es gelesen. Es ist die Referenzschrift einer unserer Hauptglaubensrichtungen. Viele haben an das geglaubt, was darin stand, obwohl das Buch über die Jahrhunderte von den Machthabern immer wieder zu ihren Gunsten angepasst wurde. In diesem Buch, die Bibel genannt, steht, wie die Menschheit und die Erde und alles erschaffen worden sein sollen. Darin heißt es, der Name der ersten Menschenfrau sei Eva gewesen. Das entbehrt nicht einer gewissen Ironie, nicht? Die erste Frau hatte denselben Namen wie die letzte.« Sie wischte sich mit den Handballen die Tränen aus dem Gesicht. »Aber ich muss ja nicht gleich bei Adam und Eva beginnen. Ich glaube es genügt, wenn ich da einsteige, wo ich Robert kennen gelernt habe.

Wer immer gesagt hat, dass die Natur sich selber regelt, lag richtig. Je mehr Menschen die Erde bevölkerten und je größer damit das Potenzial, unseren eigenen Planeten und Lebensraum durch Ignoranz und Atomwaffen zu zerstören, umso schrecklichere Rache nahm die Natur. So schien sie den Virus Mensch eindämmen zu wollen. Naturkatastrophen und Seuchen brachen über die Krone der Schöpfung herein. Beides war durch das Verhalten der Menschen ausgelöst oder zumindest gefördert worden. Arrogant dachten wir immer, wir hätten noch die Kontrolle, es könne nichts geschehen, was nicht durch wissenschaftliche und kapitalistische Selbstregulierung überwunden werden könnte. Wir irrten.

Dabei wollte ich noch so viele schöne Sachen erleben. Berufliche Genugtuung erlangen, ferne Orte bereisen, solange es sie noch gab. In diese dem Untergang geweihte Welt ein neues Lebewesen zu setzen, wie es viele Menschen blindlings taten, daran verschwendete ich keinen Gedanken. Für mich war schon seit Längerem klar, dass ein Kind in dieser Welt nichts Lebenswertes mehr vorfinden würde, wenn es so alt geworden wäre wie ich. Wenn es denn so lange überleben würde.

Es war Frühling. Gerade hatte ich meine Ausbildung als Geologin mit Bravour abgeschlossen. Einer meiner Professoren hatte Beziehungen. Er meinte, bis in einem halben Jahr würde bei einem Bekannten von ihm in Südafrika eine interessante Stelle in einer Diamantenmine frei. Meine Zukunft war so gut wie gesichert. Ich genoss den sonnigen Tag, während ich einen Seeweg entlanglief. Die Wellen auf dem Wasser funkelten wie tausend Diamanten und die Luft fühlte sich auf der Haut angenehm und frisch an. Ich hatte mein Auto geparkt und lief jetzt auf die ausgebaute Uferpromenade der nächsten Stadt zu.

Auf halbem Weg mündete ein kleiner Fluss in den See. Darüber führte eine gebogene Brücke und auf der anderen Seite erstreckte sich ein kleiner Park mit Wiesen, Rosenbeeten, Bänken, Kieswegen und einem Kiosk. Ich kaufte mir ein Eis und blieb kurz vor dem Zeitungsständer stehen, während ich die kegelförmige Süßigkeit auspackte. Dabei überflog ich die Schlagzeilen der Zeitungen. In New York war ein jüdischer Historiker wegen seiner Lösungsansätze zwischen Israelis und Palästinensern auf dem Weg von seinem Hotel zum UNO-Hauptsitz, wohin er zu einem Vortrag unterwegs war, von radikalen Orthodoxen auf offener Straße gesteinigt worden. ›Bürger sind zu beschäftigt, um sich mit den Lügen des Präsidenten zu befassen‹, besagte eine andere. ›Tibet in die Unabhängigkeit entlassen!‹, ›Al Kaida droht mit A-Bombe‹, ›Türkei sagt erneut Nein zum EU-Beitritt‹, ›Somalia bestätigt seine Führungsrolle in der radikal islamischen Welt‹, ›Trinkwasser wird knapp‹, ›Noch kein Mittel gegen THX 1110 gefunden. Der Virus breitet sich aus!‹, lauteten weitere.

Um mich von den Schlagzeilen abzulenken, die so gar nicht zu diesem wunderschönen Tag passten, schaute ich mich im Park um. Neben einem Pavillon saß ein junger Künstler, der Leute mit Kohlestiften auf Papier porträtierte. Je nach Wunsch der Kunden naiv oder karikaturistisch. Er gefiel mir auf den ersten Blick. Ich ging näher, um mir das anzusehen. Wir kamen ins Gespräch, Robert lud mich zu einer Tasse Tee ein und eines ergab das andere.

Wenige Wochen später waren wir ein Paar. Wir liebten uns, wie das bei Frischverliebten so ist ...«, sie war eine Sekunde still, bevor sie sich korrigierte: »... war. Um Verhütung brauchten wir uns keine Sorgen zu machen, da er zu der immer größer werdenden Minderheit von Männern gehörte, die nicht fortpflanzungsfähig waren, was zu dem Zeitpunkt auf

40 Prozent der männlichen Weltbevölkerung zutraf. Wir waren glücklich so. Ich, weil ich nie Kinder haben wollte, und Bobby, weil er es akzeptiert hatte, nie welche zeugen zu können.

Ein halbes Jahr später, es war ein regnerischer Wintermorgen, wachte ich neben ihm auf. Mir war zum Kotzen. Ich schlich mich aus dem Schlafzimmer, um mich im Bad zu übergeben. Da Bobby sich in seinem Schlaf in keinster Weise von meiner Geräuschkulisse beeinträchtigen ließ, schlurfte ich in die Küche, goss mir einen starken Schwarztee auf und schaltete das Radio ein, um etwas musikalische Ablenkung zu haben.

Doch da liefen gerade Nachrichten: ›… breitet sich THX 1110 immer weiter aus. Erste Fälle im Inland wurden heute bekannt. Und in Indien berichtet das Gesundheitsministerium bereits von Todesfällen gegen THX geimpfter Personen. Der Schweizer Medikamentenhersteller bezweifelt die korrekte Anwendung der Impfungen in den bekannt gewordenen Fällen. Die WHO hat inzwischen eine weltweite …‹

Das war zu viel. Ich wollte kein Gelaber, sondern Musik. Das Radio schaltete ich wieder aus, nahm den Tee mit ins Wohnzimmer, wählte auf meinem DAB einen Musiksender und lehnte mich zurück. Wenige Minuten später fühlte ich die Übelkeit erneut aufsteigen.

›Geht es noch ein bisschen lauter? Hallo!‹ Bobby stand nackt in der Wohnzimmertür. Fast hätte mich dieser Anblick alles vergessen lassen. Ich besann mich und sagte: ›Ich bin schwanger.‹ Bobby stand da wie angewurzelt. ›Aber das kann doch nicht sein, Honey.‹

Er trat nervös an Ort und Stelle, von einem Fuß auf den anderen. Der arme Kerl wusste nicht, ob er sich freuen durfte oder nicht. Ich weiß, er hat mich wirklich geliebt. Wenn es ein Messgerät gegeben hätte, das ihm anzeigt, was ich empfinde oder will, hätte er sich in 99 von 100 Fällen danach gerichtet. Es gab kein solches Messgerät und er wartete vergebens auf ein Zeichen von mir.

Der Test aus der 24-Stunden-Apotheke zeigte eindeutig eine Schwangerschaft. Wir diskutierten den ganzen Sonntag hin und her. Bobby gab mir klar, aber freundlich zu verstehen, dass er jetzt, wo es passiert war, das Kind auch wollte. Er wollte für das Kind sorgen und da sein. Nicht mit viel

Geld und Luxus, aber mit Zeit und Liebe. Er hatte sogar die Einstellung, es ließe sich mit meinen Berufs- und Reisewünschen vereinbaren. Ich wusste, er würde sein letztes Hemd geben für dieses Kind.

Aber genau darin lag die Krux. Er hatte ja nur ein Hemd. Oder anders gesagt: Wovon sollten wir leben? Er war zwar intelligent und sicher zu vielerlei Jobs fähig, die genügend Geld einbringen würden, um auf nichts verzichten zu müssen. Genügend Geld, damit ich eine längere Auszeit von meinen beruflichen Tätigkeiten nehmen und mich um das Kind kümmern konnte. Aber wollte ich das? Und wäre er glücklich, wenn er seine künstlerische Kreativität nicht ausleben konnte? Nur noch malochen, um genügend Geld nach Hause zu bringen? Ich konnte ihn mir nicht wirklich als Monteur oder als Bankkaufmann vorstellen. Und am Ende würde ich doch auf meine Träume verzichten müssen!

Ich für meinen Teil konnte mir beim besten Willen nicht vorstellen, meine zukünftige Stelle in Südafrika sausen zu lassen. Die Diamantenminen zahlten zu gut. Sollte ich meine eigenen Wünsche und Träume einfach vergessen? Ich hatte Pläne! Alles vergessen und nur noch für ein Kind da sein? Die nächsten 20 Jahre? Keine ausgedehnten Reisen und so?

Ich wollte das Kind auf keinen Fall. Für mich sprachen keine oder nur viel zu wenige Gründe dafür. Zuoberst auf der Liste stand die Frage: In was für eine Welt würde denn dieses Kind hineingeboren? Auf der anderen Seite war der Entschluss zu einer Abtreibung auch nicht leicht. Ich würde die psychische und körperliche Belastung ertragen müssen.

Da ich schließlich das Kind würde austragen, überließ Bobby die letzte Entscheidung mir.

Ein paar Wochen schob ich die endgültige Entscheidung vor mir her. Obwohl ich mich eigentlich schon entschieden hatte, brachte ich es erst nicht übers Herz, es ihm gleich so direkt zu sagen. Schließlich konnte ich ja sehen, wie sehr Bobby sich dieses Kind wünschte. ›Meine Gefühle für dich werden sich nicht ändern; egal wie du dich entscheidest‹, waren seine Worte. Wenn er mich wirklich dabei – bei einer Abtreibung und ihren Folgen – begleiten würde, müsste er eine Entscheidung mittragen, welche er so nicht entschieden hätte, wäre die Entscheidung an ihm gelegen. Ich wusste, das war eine innere Zerreißprobe seiner Liebe zu mir, und rechnete damit, ihn zu verlieren.

Der erste Termin im Spital ist bei einer Abtreibung eigentlich Routine. Bobby hatte mir angeboten mitzukommen. Ich lehnte dankend ab. Vielleicht wäre alles anders gekommen, hätte ich ihn an jenem Tag dabeigehabt.

Die körperliche Untersuchung verlief gut. Ich war in der neunten Woche schwanger. Das, was einmal ein Baby werden würde, war gesund und dem Alter entsprechend entwickelt. ›Wir müssen nur noch ein paar genauere Tests durchführen und diese mit dem Universitätsspital abgleichen, Frau Paradis‹, teilte mir die Ärztin im Besprechungszimmer mit.

Irgendwie hatte ich das Gefühl, sie wolle mich in diesem Zimmer hinhalten. ›Was soll das heißen?‹ Ich schaute sie misstrauisch an. ›Ich weiß, wie so was abläuft. Also erzählen Sie mir nichts von genaueren Tests!‹

Die Ärztin setzte zu einer Erklärung an: ›Frau Paradis, wir sind seit einiger Zeit verpflichtet, jede Schwangerschaft an ein zentrales Universitätsspital weiterzuleiten. Die Bestimmungen für die Bewilligung eines Schwangerschaftsabbruchs sind sehr rigoros geworden. Sie haben doch sicher schon von THX 1110 gehört?‹

Mein Herz setzte eine Sekunde aus. ›Nein! Habe ich nicht‹, entgegnete ich schnippisch, obwohl ich wusste, was sie meinte. ›Ich fühlte mich in der letzten Zeit nicht so nach Schreckensmeldungen. Wollen Sie damit sagen …? Besteht bei mir Verdacht auf diese verdammte Grippe?‹

›Nein, nein. Keine Angst‹, erwiderte die Ärztin hastig. ›Gehört haben Sie aber davon?‹

Ich gab zu: ›Nicht wirklich. Na ja, so nebenbei. Aber ich dachte, es sei nichts weiter als irgendeine Vogelgrippe, für die es schon bald von einem Pharmamulti eine Gegenkur geben würde.‹

Die Ärztin schürzte ihre Lippen, ließ ein kurzes Schnalzen vernehmen und sog Luft ein, bevor sie fortfuhr: ›Es gibt wirklich ein Medikament, das als sichere Medizin gegen diese Seuche gegolten hat. Der Wirkstoff wurde aber auf Druck der Pharmalobby und wegen der Gefahr einer auszubrechenden Panik viel zu schnell bewilligt. Sogar die WHO wollte unbedingt eine absehbare Panik verhindern und stimmte zu, das Medikament nach erfolgreichen Labortests freizugeben. Das war zu wenig. Die positiven Fälle, trotzt der Impfung, die aus Indien bekannt geworden sind, bildeten nur die Spitze des Eisberges. Wissenschaftler auf der ganzen Welt forschen seither rastlos weiter. Außer den mutmaßlichen Überträgern des Virus, nämlich Ratten und Schweinen, sind keine anderen Tierarten von der Seuche betroffen. Deshalb hat man sich bei der Forschung auf diese Tiere konzentriert. Sie sterben normalerweise kurz nach der Inkubationszeit. Durch global abgestimmte Versuche, zuerst mit Ratten, danach mit Schweinen, ist man auf ein Phänomen gestoßen, das bis jetzt niemand erklären kann. Unter unzähligen Versuchstieren kommt es vor, wenn auch sehr selten, dass man eines findet, das gegen den Virus immun ist. Dies aber nur bei weiblichen Tieren.‹

Die Ärztin blickte mich von unten herauf an, während sie die Fingerkuppen gegeneinanderpresste. Sie schien meine volle Aufmerksamkeit zu wollen.

›Aus dem Blut dieser resistenten Weibchen können keine Antikörper gewonnen werden. Die Enttäuschung unter den Wissenschaftlern ist groß. Viele probieren es unverzagt weiter. Schließlich könnte die Population der Menschheit dereinst davon abhängen.‹

Die nervte. ›Worauf will sie hinaus?‹, dachte ich. Es wurde immer schwieriger für mich, die Konzentration aufzubringen, ihr zuzuhören. ›Bla, bla, bla … und wo komme ich ins Spiel? Wieso soll es für mich jetzt plötzlich schwieriger werden, die Bewilligung für einen Schwangerschaftsabbruch zu bekommen? Bin ich vielleicht eine Laborratte?!‹

Die Ärztin starrte mich über ihre jetzt gefalteten Hände hinweg an, um der Ernsthaftigkeit ihrer folgenden Worte Nachdruck zu verleihen: ›In diesem Spiel sind wir alle Laborratten, Frau Paradis. Alle! Möchten Sie jetzt das vorläufige Ende der Geschichte hören?‹

Ich lehnte mich, so lässig es ging, auf meinem Holzstuhl zurück und brummelte ein ›Ja‹.

›Eine dieser seltenen Ratten, das Verhältnis bewegt sich irgendwo bei hundert Millionen zu eins, wurde trächtig. Man hat sie gebären lassen und ihre Jungen untersucht. Durch diese Jungtiere ist es gelungen, ein Medikament zu gewinnen, das bis jetzt mit hundertprozentigem Erfolg jede geimpfte Ratte eine Attacke durch THX 1110 hat überleben lassen. Der Haken ist, das Medikament wirkt nur bei Ratten. Sofort fahndete man nach der gleichen Konstellation bei Schweinen und Menschen. Neuesten Informationen zufolge hat es jetzt auch bei einem Schwein funktioniert. Um ehrlich zu sein, bis jetzt nur ein einziges Mal. Doch auch dieses Medikament ist nutzlos für Menschen. Und nun …‹

›Lassen Sie, während wir hier plaudern, überprüfen, ob mein Kind dieses eine sein könnte?‹, vollendete ich den Satz gereizt. ›He! Da gibt es doch sicher genügend Frauen, die gerne Mutter sein würden und stolz darauf, dass ihr Balg die Welt rettet. Lassen Sie mich außen vor, ja?!‹

Die Ärztin blieb ruhig. Viel zu ruhig für meinen Geschmack. Das Konsultationszimmer schien mir immer kleiner zu werden. Am liebsten wäre ich rausgerannt. Ich war einer Ohnmacht nahe.

›Da ist nur ein Problem, Frau Paradis. Die Überprüfung ist nicht im Gang, sie ist bereits abgeschlossen. Wir warten jetzt nur noch auf die Bestätigung durch die Gegenprobe.‹

Ich stand vor Schreck auf; zu schnell. Dabei fiel mein Stuhl nach hinten. Der klappernde Aufschlag war etwas zu laut. Kurz bevor ich dem Impuls nachgab, aus dem Zimmer zu stürmen, nahm ich aus dem Augenwinkel den Schließmechanismus der Ausgangstüre wahr. Von dieser Seite konnte man mit dem kleinen Knauf unterhalb des Griffs die Türe verriegeln. Gegen die verschlossene Tür zu rennen hätte mich bestimmt lange genug aufgehalten. Die wollten mich da ganz klar nicht mehr rauslassen! Das wurde mir schlagartig bewusst. Ich zwang mich, ruhig zu bleiben und das Theater mitzuspielen, bis mir eine bessere Idee kam. Äußerlich gelassen richtete ich den Stuhl auf und setzte mich wieder hin.

Zwei Schachspielerinnen gleich saßen wir da. Die Figuren aufgestellt, abwartend, welchen Zug die andere als Nächstes machen würde.

›Haben Sie sich etwas beruhigt, Frau Paradis?‹, fragte die Ärztin nach einer Weile. ›Möchten Sie ein Glas Wasser? Oder psychologische Betreuung?‹

›Nein danke, ich hab schon genug getrunken. Und gaga bin ich auch nicht. Wie lange dauert das mit der Gegenprobe?‹ Ich begann unruhig auf dem Stuhl hin- und herzurutschen.

Anstatt mir eine genaue Zeitangabe zu machen, fuhr sie fort: ›Als man einmal erkannt hatte, worauf es ankommt, hat man ein Schnellverfahren entwickelt, um zu testen, ob ein künftiges Kind das Potenzial haben würde, als Spender für das Antiserum in Frage zu kommen. Das geschieht via Realnetverbindung, welche uns die Pharmaindustrie freundlicherweise zur Verfügung stellt. Für die Uniklinik ist das so, als ob sie die Originalprobe zugesandt bekommen würden. Wir warten jetzt auf die Gegenprobe zu unseren hausinternen Ergebnissen.‹

Also warteten wir, ohne zu wissen wie lange. Noch einmal versuchte sie mich zu bequatschen.

›Frau Paradis, bleiben Sie doch vernünftig. Stellen Sie sich vor, *Sie* wären die Mutter des Kindes, das die Menschheit vor einer großen Plage retten kann. Es hätte keine weiteren Folgen für Sie. Keinen schlechten Einfluss auf das Kind. Es würde lediglich als Spender dienen. Denken Sie nicht, Gott könnte vielleicht einen Plan mit Ihnen haben?‹

Meine Lippen wurden schmal. Ich sprach durch meine zusammengepressten Zähne: ›Wenn es einen Gott gäbe, dann würde es auch nur eine Religion geben und somit keine Kriege! Kommen Sie mir jetzt nicht mit Gott. Ich bin eine mündige Bürg…‹

Hinter der Ärztin betrat eine Schwester das Besprechungszimmer durch die andere Tür. ›Sie entschuldigen mich einen Augenblick?‹ Die Ärztin stand auf und drehte mir den Rücken zu. Die beiden begannen in gedämpftem Ton miteinander zu sprechen.

Ich wartete nicht ab, was dabei herauskommen würde, sondern stand ebenfalls leise auf und trat so unauffällig wie möglich zur verschlossenen Tür. Gerade als ich den Knauf drehen wollte, hörte ich die kalte, energische Stimme der Ärztin hinter mir: ›Wo wollen Sie hin, Frau Paradis?‹

›Aufs Klo‹, antwortete ich spontan. Es gelang mir ganz gut, das Beben in meiner Stimme zu unterdrücken.

›Einen Moment!‹ Sie schritt auf mich zu, bis wir Gesicht an Gesicht standen. Dann fasste sie ohne hinzusehen an den Knauf, schloss auf und trat vor mir durch die Tür.

Zu meiner Überraschung stand neben der Tür ein stämmiger Pfleger in der typischen weißen Krankenhaustracht. Meine Situation, wurde mir nun endgültig bewusst, war ernster, als ich gedacht hatte.

Sie wandte sich an den Pfleger: ›Frau Paradis möchte sich erleichtern. Bitte zeigen Sie ihr den Weg.‹ Der Pfleger nickte nur stumm und wartete darauf, dass ich durch die Tür trat, um an seiner Seite zum Klo eskortiert zu werden. Ich tat ihm den Gefallen.

Wie erwartet hätte ich den Weg auch alleine gefunden. Als er hinter mir die Tür aufhalten wollte, drehte ich mich entschlossen um und schaute an ihm hoch. ›Ich kann das alleine. Seit ich drei gewesen bin. Danke!‹ Nur widerwillig gab er meinem Versuch nach, die Tür zu schließen.

Als ich alleine im Waschraum stand, begann ich sofort instinktiv nach einem Fluchtweg zu suchen. Meine Gedanken waren wie ein Raum voller Leute, die alle gleichzeitig auf die Tür zustürmen und versuchen rauszukommen. Nie würde ich mich zwingen lassen, ein Kind zu bekommen. Verdammt! Ich war hier um genau des Gegenteils willen. Sie würden schon eine andere finden müssen. ›Es gibt ja sicher Frauen, die sich gerne für die Zukunft der Menschheit opfern würden.‹ Ich wusste, was ich wollte. Und auch genau, was nicht. Ich wollte doch noch was sehen von der Erde, bevor dieses ganze riesige Scheißhaus komplett niederbrannte, auf jeden Fall, bevor sich die Menschheit zugrunde richtete. Mit oder ohne ein Kind von mir.

Ich wollte da raus! Ich wollte nicht festgehalten werden! Wo war nur die Lösung dafür? Bis auf ein Oberlicht waren die Fenster zugeschraubt. In Büchern und Filmen kamen den Leuten immer geniale Tricks in den Sinn, wie sie aus brenzligen Situationen entkommen konnten. Aber dies war die Wirklichkeit, und ich hatte nur meine Verzweiflung als Waffe.

Und einen Kessel in der Ecke zwischen Klowand und Waschbecken, worin ein Wischmopp stand, der an der Wand lehnte. Einer von der altmodischen, stabilen Sorte mit einem massiven Holzstiel. Im hintersten Winkel meines immer mehr an den Rand des Wahnsinns treibenden

Verstandes begann sich eine Lösung abzuzeichnen. Es könnte klappen. Aber es musste beim ersten Anlauf gelingen. Sonst würden sie mich unter Garantie in eine Zwangsjacke stecken.

Ich öffnete das Oberlicht. Vom Hof drangen Alltagsgeräusche herein. Die Tür im Auge behaltend schnappte ich mir den Mopp. Im Klo schloss ich die Türe und platzierte den Mopp quer in den kleinen Raum. Nun stieg ich mit den Füßen auf den Klorand, fasste mit einer Hand nach hinten an den Spülknopf, visierte mein Ziel an, drückte die Spülung und sprang auf den Stiel des Mopps.

Das Brechen von Holz vermischte sich mit den Geräuschen von draußen und dem Getöse des Wassers, das in die Schüssel rauschte. Der Stiel war nicht ganz durchgebrochen. Ich musste noch ein bisschen daran zerren, aber dann hatte er die gewünschte Länge. Nun musste ich mich beeilen. Sonst würde der Pfleger nachschauen kommen, wo ich blieb.

Mit einem Lächeln im Gesicht trat ich aus der Tür. Ein kurzer Blick an ihm vorbei sagte mir, dass wir die Einzigen auf dem Flur waren. Die rechte Hand unter meiner Achselhöhle, versteckte ich den Stock hinter dem Rücken. Noch während sich die Tür wieder zuzog und der Pfleger noch immer leicht irritiert von meinem Lächeln war, zog ich ab.

Meine ganze Kraft, Wut, bisher ungenutzte innere Energie floss in diesen Schlag. Der Stock prallte mit Wucht seitlich auf sein Gesicht. Es krachte vom Kinn bis zur Schläfe. Sein Kopf schnellte zur Seite und mein Stock glitt mit Schwung weiter. Blut spritzte. Seine Hände schafften es nicht ganz bis vors Gesicht. Die Kontrolle über seinen Körper versagte, die Knie gaben nach. Mit dem Ausschwingen des Stocks hatte ich gleichzeitig wieder Schwung geholt und zog jetzt noch mal von der anderen Seite ab. Der große Mann sackte in sich zusammen.

Die Kampfgeräusche waren alles in allem nicht sehr laut. Noch einmal holte ich aus, diesmal weit über meinen Kopf, um ihm den Rest zu geben. Doch die kauernde Gestalt vor mir gab einen gepressten Laut von sich und legte sich von alleine hin. Er war ohnmächtig. Während ich mir den kalten Schweiß, der plötzlich ausbrach, von der Stirn wischte, überschaute ich den Flur. Wir waren immer noch alleine. Irgendwie habe ich es dann in wenigen Sekunden geschafft, den Pfleger ins Klo zu schließen und dabei nicht allzu auffällige Spuren im Gang zu hinterlassen. Das verschaffte mir einige Minuten Vorsprung, die ich brauchte, um das Gebäude unbehelligt zu verlassen.

Auf dem Heimweg vergewisserte ich mich immer wieder, ob ich nicht verfolgt würde. Etwas laufen und frische Luft halfen meine Gedanken zu sortieren. Ich schwankte zwischen einer Paranoia und dem Gedanken, wie lächerlich ich mich benahm. Würden die Behörden wirklich so weit gehen, wie es aussah, oder hatte ich überreagiert?

Durch meine Vorbereitungen für Südafrika wäre ich eigentlich in einer Position gewesen, mein Leben und alles, was damit zusammenhing, sofort abzubrechen und mit meinem neuen Job weit weg ein neues Leben zu beginnen. Doch was wäre mit Bobby? Ich müsste ihn zumindest wissen lassen, was los war. Es würde ihm das Herz brechen. Vielleicht würde er auf mich warten. Vielleicht würde er auch denken, dass ich reif für die Klapse sei. Ich glaubte es ja selber schon, je länger ich darüber nachdachte. Je näher ich meinem Zuhause kam, desto absurder kam mir meine überzogene Handlungsweise vor.

Wenn man in meine Straße einbog, sah man fast am anderen Ende das Haus, in dem ich wohnte. Davor einen großen Parkplatz, wo Leute aus verschiedenen Häusern feste Plätze gemietet hatten. Ich wohnte lange genug in dieser Straße, um sie alle zu kennen. Der Parkplatz war jetzt während der Woche und tagsüber meist leer.

Auf dem Parkfeld Nummer 53 stand eine unauffällige Limousine. Es war nicht die des Mieters. Mein Herz schlug höher. Die Alarmglocken gingen los. Aber nein! Es könnte ja auch einfach jemand zu Besuch sein.

Meine Hoffnung wurde jäh zerstört, als zwei Fremde auftauchten. Links und rechts des Hauses kamen sie den Kiesweg entlang, der um das Haus führte. Einer versuchte die Eingangstüre zu öffnen, welche zu seiner Enttäuschung verschlossen war, und der andere versuchte einen Blick durch das Küchenfenster meiner im Erdgeschoss liegenden Wohnung zu werfen. Ich stellte mich hinter einen Busch im Vorgarten eines der Häuser. Von dort konnte ich das fremde Auto sehen. Die beiden traten darauf zu, stiegen ein und versanken in ihren Sitzen. Anstatt wegzufahren, blieben sie und behielten den Eingang zu meinem Haus im Auge.

Mehr Bestätigung brauchte ich nicht. Wahrscheinlich dachten sie, der Stadtbach hinter dem Haus genüge, um mich davon abzuhalten, von der anderen Seite meine Wohnung zu betreten. Ich wusste, wie ich trotzdem hinein kam.

Nachdem ich das Notwendigste gepackt hatte, schrieb ich einen kurzen Brief an Bobby, der einen Schlüssel zu meiner Wohnung hatte. Er sollte sich um diverse Sachen kümmern und niemandem sagen, wo ich sein könnte. Und auf gar keinen Fall, unter keinen Umständen, mir nachreisen. Ich würde ihn lieben und, sobald es die Umstände zuließen, wieder Kontakt zu ihm aufnehmen. Sonst wusste niemand von meinen Plänen. Zu meinem Freundeskreis hatte ich während der wundervollen Zeit mit Bobby nicht viel Kontakt gehabt. Ich konnte mir also ziemlich sicher sein, wenn Bobby den Mund hielt, würde niemand so schnell herausfinden, wo ich hinwollte.

Die nächsten drei Wochen hatte ich eigentlich geplant mit Ferien zu verbringen, bevor ich nach Afrika geflogen wäre. So nutzte ich jetzt die Zeit, um auf anderem Wege zu meinem neuen Leben zu gelangen. Bis in die Nähe der Landesgrenze fuhr ich per Anhalter. Niemandem fiel eine Rucksacktouristin auf. Die grüne Grenze überschritt ich zu Fuß. Dafür musste ich einmal im Wald übernachten. Davon möchte ich lieber nicht erzählen. Ein paar Tage später zahlte ich bar für eine Koje auf einem Frachter mit Zielhafen Kapstadt.

Afrika war zu dieser Zeit wirtschaftlich extrem im Kommen. Sie hatten sich bei den Deals mit China nicht übervorteilen lassen, wie das im 20. Jahrhundert mit den Kolonialmächten der Fall gewesen war. Die großen Minen jedoch waren schon immer rentabel gewesen. Am Wert von Diamanten würde sich wohl so schnell nichts ändern, solange es Leute gab, die sie kauften. Trotzt des wirtschaftlichen Aufstiegs gab es mit afrikanischen Staaten kaum Auslieferungsabkommen. Auch sonst konnte man für Geld immer noch vieles bekommen, was bei uns nicht legal war. So fand ich ohne größere Hindernisse einen Arzt, der für den entsprechenden Betrag keine großen Fragen über meine Schwangerschaft stellte und diese beendete.

Als Geologin war ich während meiner Einarbeitungszeit ein paarmal mit den Kumpels im Stollen. Doch die meiste Zeit verbrachte ich in den Theorieräumen. Danach war es meine Hauptaufgabe, das Expeditionsteam zu verstärken. Unsere Aufgabe war es primär, weite Ausflüge ins Landesinnere zu unternehmen und dort mit speziellen Messgeräten nach allen möglichen Bodenschätzen zu forschen.

Dabei hatte ich das erste Mal Kontakt mit den Khwe, den sogenannten Buschleuten. Seit über 20.000 Jahren sollen sie die Kalahari bewohnt haben. Doch die Entwicklungen in Afrika, Kolonialherrschaft, künstliche Staatenbildung, Raubbau an den Ressourcen über und unter dem Boden hatten dazu geführt, dass sie beinahe ausgerottet waren.

Die meisten halfen mittlerweile auf großen Farmen, Vieh zu züchten. Einige waren in staatlichen Programmen, die sie als Kleinbauern förderten. Und nur einem kleinen privilegierten Teil wurde es noch gestattet, ihr traditionelles Leben als Jäger und Sammler im Kalahari-Nationalpark zu führen. Man bekam sie selten zu Gesicht und hatte auch keine große Kontrolle über ihre Population. Bei ihnen gab es keine Menschen mit künstlichen Hüftgelenken, transplantierten Gesichtern oder EAN-Chips, wie sie meine amerikanischen Freunde unter der Haut trugen. Niemand hatte große Lust, in der Unwirklichkeit der Wüste kleine Ureinwohner zu zählen. Da sie Nomaden waren und in einfachen Holzunterschlüpfen lebten, die schnell abgebaut und wegtransportiert werden konnten, waren sie nur mit entsprechendem Aufwand aufzuspüren. Wenn überhaupt. Und solange ihnen niemand das riesige Naturschutzgebiet streitig machte, in dem sie lebten, würden sie auch weiterhin, wie seit Menschengedenken, alles bei Mutter Natur finden, was sie zum Leben brauchten.

Wie ich ab und zu in einer geliehenen Zeitung las, hatte der Rest der Menschheit andere Probleme. Sie würde in Zukunft wohl eher weniger Platz auf dieser Erde einnehmen. Die Buschleute bekamen von alldem nichts mit. Sie lebten völlig autark und waren auf ihre Weise sehr konservativ. Eines Tages, ich hatte gerade mit Bobby telefoniert, der mich wissen ließ, dass die Suche nach mir für den Moment nicht intensiviert würde und die Hoffnung aller darauf liege, eine andere Spenderin zu finden, traf ich am Rande des Naturschutzgebiets auf !Xyunde.

Zu diesem Zeitpunkt hatte sich THX 1110 bereits zu einer echten Pandemie ausgewachsen. Bei den Buschleuten, im Stamm von !Xyunde, wusste man davon nichts. Wenn sie Tote zu beklagen hatten, brachten sie es sicher nicht mit einer weltweiten Pandemie in Verbindung.

Wie ich erfuhr, hatte ich mein Zusammentreffen mit !Xyunde einem hartnäckigen Antilopenbock zu verdanken. !Xyunde hatte ihn nach traditioneller Art mit Blasrohr und Giftpfeil gejagt. Nach einem Treffer musste der Jäger am Wild dranbleiben und abwarten, bis das Gift wirkte. Die Dosis durfte nicht zu hoch sein. !Xyunde war noch jung und das erste Mal alleine auf der Jagd. Er hatte die Dosis des Gifts nicht richtig berechnet und verfolgte den Bock bereits seit Stunden, als ich auf ihn traf. Weil seine Familie zu der Zeit nahe am Rand des Naturschutzgebietes lagerte, führte ihn die Antilope dicht an die Zivilisation und zu einem Zusammentreffen mit mir.

Einige der Khwe-Stämme hatten Mitglieder, die sie in die ›Außenwelt‹ entsandt hatten, um etwas über die großen, bleichen Menschenwesen zu erfahren, die hier und da am Rand der ihnen bekannten Welt auftauchten. Die Reisenden hatten berichtet, dass diese Bleichhäutigen aus der Außenwelt, wie Geister auf ihren kopflosen, Krach machenden Tieren, schnell wie der Wind über die Erde reisten. Die Khwe hatten sogar etwas von deren Sprache erlernt. Daher konnte ich mich mit !Xyunde von Anfang an einigermaßen verständigen. Es wunderte mich nicht. Er war ja auch nicht überrascht gewesen, als er erfuhr, dass ich nicht etwa so bleich war, weil man die Farbe mit Sand von meiner Haut gerieben hätte, wie viele seiner Art es glaubten, sondern weil ich so geboren war.

Von da an traf ich immer wieder auf ihn. Wir lernten voneinander. Wie er es schaffte, mich auf meinen Exkursionen aufzufinden, blieb aber vorläufig sein Geheimnis. Nach und nach baute sich zwischen uns eine Freundschaft auf. Ich lernte von ihm die Sprache der Khwe einigermaßen sprechen, dafür brachte ich ihm bei, mit meinem Motorrad zu fahren.

Daneben vernachlässigte ich meine Arbeit und musste immer wieder neue Ausreden erfinden, wo ich war und was ich getan hatte. Erstaunlicherweise wurde es mit der Zeit nicht schwieriger, sondern immer leichter, Ausreden zu erfinden, weil die Geologenteams immer wieder neu zusammengestellt wurden, was die Übersicht, wer was machte, erschwerte. Der Grund für die Umstellungen war derselbe wie im Rest der Firma. Es gab immer mehr Todesfälle durch THX 1110.

Eines Tages holte auch mich THX 1110 ein. Bei einer Rückkehr ins Basiscamp fing mich einer meiner Freunde in der Gruppe ab und warnte mich: Ein Manager der Firma, in Begleitung eines Beamten der südafrikanischen Regierung, habe nach mir gefragt. ›Sie meinten, du hättest etwas gestohlen, das ihnen gehört, Eva. Und sie wollten nur dein Bestes. Du sollst dich bei ihnen melden, und es würde alles gut. Stimmt das?‹

Während ich versuchte, die Loyalität von Mike einzuschätzen, immerhin hatte er mich gewarnt, antwortete ich: ›Nicht ganz! Ich habe etwas, das sie wollen. Das ist richtig. Dass sie mein Bestes wollen, glaube ich ihnen sofort. Aber *das* kriegen sie ganz bestimmt nicht!‹

Mikes Stirn legte sich in Falten: ›Der Manager meinte weiter, die Firma würde alles tun, um den Bedürfnissen der Behörden nachzukommen. Dieser Schleimer! Die Firma hat nur Angst, der Staat könnte sich in ihre Geschäfte einmischen. Ich glaube nicht, dass sie in einem solchen Fall eine Mitarbeiterin decken würden.‹

Besorgt schaute ich ihn an. ›Irgendwie habe ich damit gerechnet, dass es früher oder später ein Auslieferungsabkommen zwischen Südafrika und meiner Heimat geben wird. Michael, als ich das getan habe, was ich getan habe, genügte das für dein Land nicht als Auslieferungsgrund. Ich kann nur annehmen, die Regeln haben sich geändert. Hör zu! Ich habe einen halben Plan. Du darfst aber niemandem sagen, dass ich zurück bin. Und dann solltest du für mich die Zusatztanks für meine Honda füllen, etwas Proviant besorgen und niemandem etwas verraten, was ich tun werde. Kann ich mich auf dich verlassen?‹

Nach kurzem Zögern war Mike einverstanden. ›Aber was willst du …?‹

›Ich werde in die Wüste fliehen, bis sich alles gelegt hat.‹

Mitfühlend schaute er mich an. ›Es hat was mit THX 1110 zu tun, richtig? Du warst in jedem Team, das weggestorben ist, und du bist die Einzige, die es jedes Mal überlebt hat‹, meinte er ernsthaft. Mit einem stummen Blick zum Boden bestätigte ich seine Vermutung. Ich hatte schon länger die Befürchtung, dass dies aufgefallen sein könnte. Mike fasste mir einfühlsam an die Schulter: ›Ich war auch schon in manchem Team.‹ Dann trottete er los in Richtung des beleuchteten Camps. Es war Nacht geworden und die Sterne waren am unendlichen Nachthimmel der Kalahari aufgegangen.

Ich glaubte immer noch, es müsste doch andere wie mich geben. Ich verhielt mich wie ein wildes Tier, das man in die Ecke drängt. Ich wollte meine Meinung *nicht* ändern. Ich wollte flüchten. Obwohl es mir heute irrational erscheint, was ich damals getan habe. Weiß ich doch jetzt, dass man das Leben nur vorwärts leben und nur rückwärts verstehen kann.«

Eva nahm einen Schluck Wasser legte sich auf dem Sofa hin und zog die Decke hoch. Nach einem Blick auf Garrch fuhr sie mit ihrer Erzählung fort.

»Mike hatte alles organisiert, wie ich es verlangt hatte. Ich drückte ihm noch einen Zettel in die Hand und bat ihn um einen letzten Gefallen: ›Bitte ruf diese Nummer zur angegebenen Zeit an, wenn du sicher bist, nicht überwacht zu werden. Bitte sag ihm, dass es mir gut geht, ich aber für eine Zeit lang auch mit ihm keinen Kontakt mehr halten könne. Ich würde mich wieder melden. Und sag ihm … ich liebe ihn immer noch.‹ Mike nickte nur und ich fuhr los.

Nachts war es schwierig, in dem offenen Gelände nicht stecken zu bleiben, selbst mit einem geländegängigen Motorrad wie meinem. Schließlich war dies die Natur, sich selber überlassen. Niemand flickte Schlaglöcher so groß wie kleine Gartenteiche oder räumte totes Holz oder lebendige Hyänen aus dem Weg. Trotzdem musste ich noch in der Nacht einige Distanz zwischen mich und den Rest der Zivilisation bringen. Im Scheinwerferlicht des Motorrads kam ich nur langsam voran. Nach zwei Stunden gab ich es auf. Die schlechte Sicht und die Müdigkeit hätten sonst wohl das Ihrige dazu geleistet, einen Unfall herbeizuführen.

Bei den ersten Sonnenstrahlen fuhr ich weiter in die Richtung, von der ich wusste, dass !Xyundes Familie zuletzt ihr Lager aufgeschlagen hatte. Die Hitze brannte auf meinen Helm und die Bodenverhältnisse nahmen mir die Illusion, ich könnte mich im Fahrtwind auf freier Steppe etwas abkühlen. Ich fuhr immer mehr in einem Suchmuster, um eine möglichst große Fläche abzusuchen. Gegen Abend lief dann der erste Benzintank leer. Doch von !Xyundes Familie nicht die Spur. Zumindest keine, die eine Zivilisationskranke wie ich wahrgenommen hätte.

Leicht panisch setzte ich am nächsten Morgen meine Suche fort, als das Unvermeidliche geschah. Ich riss die Maschine herum. Dem Kadaver konnte ich noch ausweichen, obwohl ich gerade am Beschleunigen war. Doch das Schlagloch, auf das ich nun zusteuerte, tauchte zu schnell auf, als dass ich in meinem angeschlagenen Zustand noch hätte reagieren können. Das Vorderrad grub sich unwiderruflich in den Sand, die Maschine kam hinten schlagartig hoch und schleuderte mich meterweit durch die Luft. Bei der Landung hatte ich noch Glück und konnte abrollen. Der Aufprall war dennoch stark genug, mir die Atemluft zu rauben, bevor ich mich langsam aufrappelte, um zu kontrollieren, ob ich noch ganz war.

Ich schleppte mich zum Motorrad, nur um festzustellen, dass die vordere Aufhängung gebrochen und das Rad zu einer Acht verbogen war.

Den Rucksack mit allem gepackt, was mir nötig erschien, marschierte ich weiter. Nach meinem Gefühl blieb nur noch eine Richtung, um auf !Xyundes Familie zu treffen. Doch spätestens gegen Mittag verlor ich die Orientierung und der Rucksack wurde immer schwerer. Ich erinnere mich noch, dass mir das Wasser gegen Abend dieses Tages ausging. Wie ich die Nacht überstanden habe, kann ich nicht mehr sagen.

Das Nächste, woran ich mich erinnern kann, ist, wie mein Kopf aus dem Sand ragt und das Übrige meines Körpers darin eingegraben ist. Eine Khwe-Familie hatte mich zwei Tage zuvor gefunden.

Entgegen meinen Befürchtungen, ich würde vom nächstbesten Stamm von Wanderameisen, die hier vorbeikommen, aufgefressen, entpuppte sich meine Lage als lebensrettend. Sie war Teil einer Technik der Khwe, um mich vor dem Verdursten zu retten. Als nach ein paar Tagen !Xyunde zu der Gruppe stieß und sich herausstellte, dass dies seine Familie war, packte ich die Gelegenheit beim Schopf und fragte ihn, ob ich eine Weile bei ihnen leben dürfte. Davor hatte ich ja nur !Xyunde persönlich kennengelernt. Doch es erwies sich zu meinem Glück, dass alle Buschleute so freundlich waren wie er.

Ich hatte in meinem Leben noch nie so wenig Streit, Eifersucht, Neid und Dramen erlebt wie in meiner Zeit bei den Buschleuten. Wie lange ich bleiben würde, wusste ich damals noch nicht. Der Stamm wurde zusammengerufen und ich durfte mein Anliegen den Stammesältesten vortragen. Daraufhin berieten sie einige Stunden. Spät in der Nacht, ich war schon lange weggedöst, holte mich eines der Mädchen des Stammes in den Kreis der Beratung zurück. Sie hatten beschlossen, mich in ihren Stamm aufzunehmen. Sie würden mir alles beibringen, was auch sie wussten, um in der Kalahari zu überleben.

Über zwei Jahre sah ich keine anderen Menschen als die Buschleute. Anfangs eher ungeschickt, entwickelte ich mich mit der Zeit zu einer gelehrigen Schülerin. Obwohl sie innerhalb der Familie auch Hierarchien kannten, zum Beispiel war die Jagd eine Männerdomäne, durfte ich, als ich so weit war, auch das Handwerk des Jagens erlernen. Diesem und einer Menge anderer Kniffs, um in der Natur zu überleben, verdanke ich es, dass ich überhaupt noch am Leben bin.

Dann geschah abermals das Unvermeidliche. Durch den unerklärlichen Tod eines Familienmitgliedes wurde ich wiederum an THX 1110 erinnert. Ihre Abgeschiedenheit würde meine neue Familie nicht ewig vor der Seuche retten. Alleine der Gedanke daran schnürte meine Kehle zu und ließ mich tagelang in Apathie versinken.

Endlich entschloss ich mich. Ich wollte diese freundlichen, friedlichen Menschen nicht verfrüht sterben sehen. Sie hatten mir nicht nur das Leben gerettet, sondern mir auch den Glauben daran zurückgegeben, dass es Kulturen gab, die es verdient hatten zu überleben.

Der Stamm stimmte mir zu. Sie sandten mich los, um ›die Heilung zu suchen‹, wie sie es nannten. !Xyunde begleitete mich bis zum Rand des Reservats, obwohl ich inzwischen in der Kalahari ganz gut auf mich selber aufpassen konnte. Dennoch waren meine neuen Kenntnisse von Nutzen.

Eigentlich wollte ich in der nächstbesten Siedlung eine Mitfahrgelegenheit in eine Stadt mit internationalem Flughafen organisieren.

Spätestens wenn ich da versuchte, an Geld zu kommen, damit rechnete ich, würden Autoritäten mich aufgreifen und ab da wäre es kein Problem mehr, in eine Universitätsklinik zu gelangen, um meiner Bestimmung zugeführt zu werden.

Doch jede Siedlung, auf die ich traf, war ausgestorben. Keines der Fahrzeuge, die ich vorfand, schien mehr in fahrtauglichem Zustand. Immerhin genügten meine rudimentären Kenntnisse über Motorräder, um eines mit Benzin im Tank zu finden und es anzustoßen. Ich musste mich jedoch noch bis Kimberley durchschlagen, um auf lebende Menschen zu treffen. Die Stadt hatte mal über 150.000 Einwohner gehabt. Jetzt waren da nur noch ein Außenposten der Polizei und ein Hubschrauberlandeplatz.

Obwohl das kleine Grüppchen, das hier Wache schob, mir zuerst kein Wort meiner Geschichte glaubte, schien es ihnen kurios genug, um per Funk in Durban anzufragen, ob etwas an meinen Angaben dran war. Laut dem Kommandanten waren alle Internet- und WAN-Verbindungen schon länger nicht mehr funktionstüchtig. Also warteten wir, während die Polizei in Durban bei der Universitätsklinik meine Angaben überprüfte.

›Das Realnet der Pharmaindustrie funktioniert noch‹, ließ mich der Kommandant wissen.

Eine Stunde später, wir hielten uns gerade in der Küche auf, plärrte das Funkgerät auf dem Tisch im Polizeibüro nebenan: ›Ist die Frau noch da, Leutnant?‹ Der Kommandant bestätigte, indem er auf den Knopf am Mikrofon drückte und hineinsprach. ›Schauen Sie, dass sie nicht wieder abhaut. Verlieren Sie keine Minute. Bringen Sie sie her!‹

Der Kommandant schaute mich an, als ob ich mich in der nächsten Sekunde in Luft auflösen könnte. Dann drückte er wieder auf die Sendetaste. ›Mit dem Auto, Sir?‹

›Vergessen Sie die Karre, Leutnant. Ich habe gesagt, Sie sollen keine Minute verlieren! Schnappen Sie sich den Piloten und bringen sie die Zielperson auf direktem Weg nach Durban ins Universitätsspital. Überflugrechte mit Lesotho sind geregelt. Sie werden im Spital bereits erwartet. Und lassen Sie sich nicht von irgendwelchen Randalierern aufhalten! Ich erteile Ihnen die Schießorder. Verstanden?!‹

Der Kommandant nahm fast eine Achtungsstellung an: ›Yes, Sir. Verstanden!‹

Während das Flopp-flopp-flopp der riesigen Rotoren des Helikopters in ein monotones Geräusch überging, hoben wir ab und der Leutnant begann mir über die Kopfhörer einige Erklärungen zu geben. Er glaubte wohl, es sei nötig, mich ein wenig aufzuklären.

›Dies ist ein Hubschrauber mit Zusatztanks. Das erlaubt es uns, zum größten Teil unbewohntes Gebiet direkt bis nach Durban hinein zu überfliegen, ohne ein einziges Mal zwischenzulanden. In Durban gibt es immer noch einige tausend Einwohner. Die meisten laufen mit irgendwelchen Masken und mehr oder weniger selbst gebastelten Schutzanzügen umher. Plünderungen sind an der Tagesordnung. Es ist schwierig für die verbliebenen Autoritäten, die Ordnung aufrechtzuerhalten. In vielen Gegenden auf der Welt, wo es noch Menschen gibt, herrscht regelrecht Krieg. Ganze Städte werden dem Erdboden gleichgemacht. Die Reichen, Einflussreichen und Mächtigen haben sich überall auf der Welt abgesetzt. Sie sitzen in Gebirgsanlagen und Bunkern randvoll mit Vorräten und denken, sie könnten die Seuche aussitzen.‹

Mit wachsendem Erstaunen hörte ich ihm zu. Was für eine Entwicklung hatte ich da verpasst? Bis vor Kurzem friedlich mit meiner Buschleute-Familie lebend, traf mich die Schilderung des Leutnants völlig unvorbereitet. Ich hatte mir schon Gedanken gemacht. Aber so schlimm, dass es auf jede Minute ankommen könnte, hatte ich es mir ganz sicher nicht ausgemalt!

›Wie sieht es in Europa aus?‹ Ich dachte an Bobby.

Der Leutnant schaute mich verwirrt an, bis ihm wieder in den Sinn zu kommen schien, mit wem er hier sprach: ›Es sieht überall etwa gleich aus, Ma'm. In den letzten zwei Jahren wurde klar, dass der Großteil der Menschen sterben würde, bevor man ein Gegenmittel fände. Einige Wissenschaftler forschen noch immer daran. Andere sterben auf der Suche nach einer Frau wie Ihnen. Die Kinder sterben in jungen Jahren weg wie die Fliegen. Die Menschheit kann sich nicht mehr vermehren, geschweige denn erneuern. Was Sie betrifft, Ma'm: Ich weiß nicht, ob ich wirklich einen Freudentanz vollführen soll. Sie tauchen einfach so aus dem Busch auf, wenn es schon fast zu spät ist. Vielleicht sollte ich Sie gleich hier aus dem Hubschrauber werfen, weil Sie sich nicht früher gemeldet haben.‹ Seine Miene wurde verbissen. ›Alle meine Verwandten sind an THX gestorben. Ich könnte die Sache hier und jetzt endgültig beenden.‹

Seine Augen bohrten sich förmlich in meine. Ich dachte, er würde es tun. Dann schien er sich eines Besseren zu besinnen.

Nach drei Stunden Flug kam Durban in Sicht. Als wir das Hospital anflogen, konnte ich sehen, was der Leutnant mit Krieg gemeint hatte. Durban sah verheerend aus. Da und dort stiegen Rauchsäulen zum Himmel. Kurz vor der Landung war in der Ferne ein Knall zu hören.

Ein Empfangskomitee von Ärzten und Krankenhauspersonal begrüßte mich. Jeder wollte die Frau sehen, die eventuell die Rettung der Menschheit in sich tragen könnte. Im Nachhinein wundere ich mich, dass keiner ein Autogramm wollte. Den Ruhm konnte ich nicht lange genießen. Ich wurde verköstigt, musste verschiedenste Untersuchungen über mich ergehen lassen sowie Befragungen erdulden. Einmal fiel der Strom aus. Es war einen Augenblick dunkel und still im unterbelegten Krankenhaus. Von meinem Zimmer im zehnten Stock sah ich Feuer und kleinere Explosionen in entfernten Stadtteilen, bevor die Notaggregate des Gebäudes ansprangen. Die innere Einsamkeit aber hielt an.

Nach zwei Tagen schienen die Ärzte endlich zufrieden zu sein mit den Ergebnissen und Erfahrungen, die sie gesammelt hatten. Sofort gingen sie zur künstlichen Befruchtung über, die sie mit Erfolg durchführten.

In der neunten Woche der Schwangerschaft, in der ich das letzte Mal abgebrochen hatte, rastete ich aus und verlangte zum wiederholten Mal, mit Bobby Kontakt aufnehmen zu dürfen. Als sie sahen, dass es nicht mehr anders ging, gaben sie zu, dass sie schon längst nach Bobby gesucht hatten. Aus Europa hatten sie aber schon kurz nach der ersten Anfrage die Meldung bekommen, dass auch Bobby THX 1110 zum Opfer gefallen war.

Ich bekam Depressionen. Ich wollte plötzlich alles abbrechen. Ich wollte das Ding in mir wieder loswerden. Ich schlug auf mich ein und rannte gegen die Wand. Doch die Ärzte stellten mich ruhig und ein paar Tage später ging es wieder einigermaßen. Ich vermisste Bobby so sehr wie noch nie, seit ich ihn so überstürzt hatte verlassen müssen. Zum ersten Mal wünschte ich mir, ich hätte das Kind damals bekommen. Alles wäre anders geworden. Und wenn Bobby dennoch gestorben wäre, bei einem Autounfall, an einem Herzinfarkt oder sonst etwas, das man rational erklären konnte, dann hätte ich jetzt wenigstens noch das Kind, das von ihm geblieben wäre und in dem ich ihn jeden Tag würde sehen können, wenn ich es anschaute.

Der Strom im Krankenhaus fiel jetzt immer öfter aus. Explosionen, wie bei meiner Ankunft, traten immer häufiger auf und schienen auch immer näher zu kommen. In dem Moment detonierte eine Granate direkt unten vor dem Gebäude.

Die Psychologin des Krankenhausteams betrat mit einem aufgesetzten Lächeln mein Zimmer. ›Haben Sie Lust, nach Hause zu gehen, Frau Paradis?‹ Die ewig sich wiederholenden Filme im Krankenhauskanal langweilten mich. Etwas anderes empfing der Flachbildschirm an der Wand gegenüber meinem Bett nicht. Gelangweilt schaute ich von der Glotze zur Psychologin.

›Ich kann mich doch nicht von der fabelhaften Unterhaltung hier trennen!‹ Ich mochte die arrogante Kuh nicht.

›Ihr Sarkasmus bringt uns auch nicht weiter, Frau Paradis. Wir haben versucht, Ihnen den Aufenthalt bei uns so angenehm wie möglich zu machen. Doch aus Sicherheitsgründen müssen wir alle evakuieren. Die randalierenden Gruppen in der Stadt scheinen ihre Feindseligkeiten für den Moment begraben zu haben und konzentrieren ihren Hass auf das Universitätsgelände. Die Polizei kann die Stellung nicht mehr lange halten. Wir müssen Sie zum Flughafen bringen. So wie es aussieht, befindet sich das nächste sichere Spital mit kompetentem Personal in Europa.‹

›Was ist mit dem Team hier? Können wir nicht einfach in ein näheres Spital umsiedeln?‹, fragte ich mürrisch.

Sie schaute betroffen zu Boden. ›Unser Team ist schon lange nicht mehr komplett. Auch wir sind von den Verlusten schwer getroffen. Auf der ganzen Welt gibt es vielleicht noch ein halbes Dutzend Kliniken, die das Projekt, einen Antikörper zu generieren, durchführen können und zudem bis zur Geburt Ihres Kindes wahrscheinlich noch sicher sind vor Übergriffen. Ganz zu schweigen davon, dass uns langsam die Spezialisten ausgehen. Vor THX, so hat sich gezeigt, nützt kein Schutz etwas. Irgendwo, irgendwann hat jeder einmal Kontakt mit dem Auslöser.‹ Die Frau tat mir plötzlich leid.

Nach einer abenteuerlichen Fahrt in einem Panzerfahrzeug quer durch die zerbombte Stadt zum Internationalen Flughafen wurden wir direkt auf dem Rollfeld abgeladen. Durch das Flughafengebäude und das Fingerdock zu gehen hätte nichts gebracht. Es gab niemanden mehr, der die Technik instand hielt oder an der Zollabfertigung Pass und Gepäck kontrollierte. Das Einzige, was die Polizei noch tun konnte, war, den Flughafen so gut wie möglich abzuriegeln und die Kampfparteien davon fernzuhalten.

Gerade als wir die Gangway hochstiegen, erwischten sie einen, der an einem nebenstehenden Flugzeug eine Haftmine anbringen wollte. Er hatte wohl nicht damit gerechnet, dass ausgerechnet heute so viel Betrieb in dem Flugzeugpark herrschen würde.

›Früher wäre hier keiner reingekommen‹, meinte die Co-Pilotin. ›Ein Glück, dass sie ihn erwischt haben. Wer weiß, was die Bombe angerichtet hätte.‹ Sie drehte sich zu uns um. ›Die Dinger sind echt raffinierter als die Typen, die sie legen. Es gibt welche, die zünden via Höhenmesser.‹ Ich schaute dem Mann in seinem orangefarbenen Technikeranzug nach, wie er von der Polizei abgeführt wurde, bis ich in der Luke des Jets verschwand.

Kurz darauf hob die Großraummaschine sanft ab und wir ließen das Chaos unter uns zurück. Die Psychologin neben mir im Ersterklassesessel schaute aus dem Fenster und atmete erleichtert aus. Nachdem die fast leere Maschine ihre Flughöhe erreicht hatte, wurde mir bewusst, dass sie meine Hand immer noch krampfhaft festhielt. Besorgt blickte sie zu mir herüber. ›Das Ende ist uns dicht auf den Fersen, Frau Paradis. Hoffentlich geht während des Fluges alles gut.‹

›Nennen Sie mich Eva, Frau Doktor.‹

Sie lächelte bemüht und nannte mir ihren Namen. Sie hatte dringend etwas Ablenkung nötig. Eigentlich war sie ja zu *meiner* Betreuung hier. Jetzt probierte ich also, *ihre* Bedenken zu zerstreuen. ›Was läuft denn für ein Film auf diesem Flug?‹

Der Flug verlief soweit ruhig. Wir waren gerade über den Alpen. Der Pilot saß alleine im Cockpit. Die Co-Pilotin war soeben auf dem Weg nach vorne, um beim Landeanflug auf ihrem Platz zu sein, nachdem sie im hinteren Teil des Flugzeugs ein Nickerchen beendet hatte. Der Pilot ließ das Flugzeug bereits kontinuierlich auf die nötige Höhe für den Landeanflug sinken.

Wir spürten erst nur einen kleinen Ruck. Ihm folgte aber sogleich der große Knall. Das Flugzeug geriet in Schieflage. Wir wurden alle an die Außenwand gedrückt. Mein Kopf presste sich ans Fenster, von wo aus ich sehen konnte, dass das Backbordtriebwerk brannte.

Eigentlich brannte da nicht mehr viel. Das Triebwerk war fast verschwunden. Man sah nur noch eine angekohlte Tragfläche. Aufgeregt liefen wir im ganzen Flugzeug hin und her und versuchten mit Blicken aus den Festern festzustellen, ob noch mehr beschädigt war.

›Schnallen Sie sich fest, wo Sie gerade sind! Ich werde dem Kapitän helfen! Bereiten Sie sich auf eine Notlandung vor!‹, schrie die Co-Pilotin, obwohl es im Flugzeug wider Erwarten gar nicht laut war. Sie stürmte Richtung Cockpit davon.

Die Psychologin, eine Reihe vor mir, auf der Höhe der Tragflächen, schnallte sich an und fing an zu wimmern. Irgendetwas in mir sagte, dass es keine gute Idee war, genau auf der Höhe der Tragflächen zu sitzen, wenn ein Flugzeug notlanden muss oder gar abstürzt. Ich hangelte mich also nach vorne durch, während das Flugzeug immer wieder in eine leichte Kurve flog.

›Was tun Sie da, Eva?! Haben Sie nicht gehört, was die Pilotin gesagt hat?! Setzen Sie sich sofort hin! Das können Sie nicht tun in Ihrem Zustand!‹

Aber ich tat es doch, jetzt gerade. Irgendwie hatte ich schon immer gewusst, dass Psychologen selber eine Macke haben müssen. Bei dieser Psychologin war es definitiv das zu dünne Nervenkostüm. Eigentlich war es kein Kostüm mehr, eher nur noch ein Negligé, ein Hauch von nichts. Also ignorierte ich sie, so gut es ging, und kam ihrer Aufforderung erst nach, als ich mich meiner Meinung nach weit genug vor den Tragflächen befand. Ich schnallte die Dreipunktgurte an und wartete auf das Unvermeidliche. Die Maschine sackte immer schneller ab.

Wie ich später erfuhr, versuchten die Piloten im Cockpit zu der Zeit fieberhaft den nächsten wie auch immer gearteten Flughafen zu erreichen. Sie schafften es knapp auf die Landebahn eines Gebirgsflugplatzes, den die Armee zu Zeiten des Kalten Krieges im 20. Jahrhundert mitten in den Alpen angelegt hatte. Die Bahn, die für Kampfjets gebaut worden war, hatte nie die nötige Länge gehabt, um einem großen Passagierjet wie diesem Aribus genügend Strecke zum Ausrollen zu geben. Der Kapitän versuchte die Maschine deshalb mit der Nase so weit wie möglich erhoben reinzubringen. Das sollte dem Vogel eine langsame Landegeschwindigkeit geben.

Er war aber nicht mit den extremen Konditionen im Gebirge vertraut. Kurz vor dem Aufsetzen erfasste eine Böe des berüchtigten Südwindes, der hier oft blies, die Unterseite der Maschine. Diese machte Männchen wie ein Bär im Zirkus. Das Heck knallte voll auf die asphaltierte Landebahn und brach weg. Direkt hinter der Psychologin, wo ich mich vor ein paar Minuten noch befunden hatte.

Nun schlug der Rest des Flugzeugs auf die Piste. Der Gepäckraum unter uns wirkte wie ein Airbag. Unten wurde alles zusammengequetscht. Die Fahrwerke waren längst abgebrochen und die Maschine schlitterte auf ihrem silbernen Rumpf mit vielen Funken über die Piste. Sie schien einfach nicht langsamer zu werden.

Am Ende der Landepiste führte eine Rollbahn direkt auf ein riesiges Rolltor aus Stahl zu. Hier verschwanden damals die Kampfjets direkt nach der Landung im sicheren Berghangar. Mir wurde gesagt, in diesem Moment hätte es den Piloten auch nichts mehr genützt, wenn sie das in Tarnfarben gehaltene Tor noch entdeckt hätten.

Was von dem Flugzeug noch übrig war, schlitterte jetzt etwas langsamer über die Rollbahn und bohrte sich am Ende mit dem Cockpit voran in das Stahltor. Die Piloten waren sofort tot.

Mein Körper wurde brutal in die Gurte geworfen. Sie hielten – was man von der Dreiersitzbank, an der die Gurte befestigt waren, nicht allzu lange behaupten konnte. Den Aufprall bereits halb überstanden, flog die Bank doch noch aus der Halterung, kippte gleichzeitig nach vorn und quetschte meinen Unterlaib zwischen sich und der Rückenlehne der Vorderbank ein. Ich verspürte einen krassen, stechenden Schmerz und wurde ohnmächtig.

Weiter nördlich, an unserem Zielort, erwartete die Universitätselite unsere Ankunft. Als die Meldung vom Tower des Flughafens kam, die ›Airforce one‹ sei vom Radar verschwunden, leiteten sie sofort Rettungsmaßnahmen ein. Wie durch ein Wunder hatte die Psychologin auch überlebt. Sie leistete mir Erste Hilfe. Sonst hätte ich es wohl nicht geschafft. Es dauerte jedoch noch Stunden, bis die Helfer den versteckten Flugplatz ausfindig gemacht hatten und voll ausgerüstete Rettungsmannschaften vor Ort eintrafen, um uns aus den Trümmern zu befreien.

Im Universitätshospital stellten die Ärzte dann fest, dass ich das Kind verloren hatte und durch die Verletzung beim Flugzeugabsturz nicht mehr fähig sei, ein Kind zu bekommen.

Von da an, bis der letzte kompetente Arzt und Wissenschaftler von THX 1110 getötet wurde, versuchten sie mich wieder hinzukriegen, um mich noch mal erfolgreich befruchten zu können. Wie wir mittlerweile alle wissen, ist das nie gelungen.«

Eva erwachte wie aus einer Trance. Sie schaute sich um. Es musste weit nach Mitternacht sein und die meisten Extraterrestrischen schliefen. Die Sterne schienen vom klaren Nachthimmel durch die große gläserne Kuppel. Garrch beobachtete sie und wartete ab, ob sie noch etwas sagen würde.

»Ich muss mal für ausgewachsene Frauen.« Er neigte leicht den Kopf zur Seite. Sie staunte, wie sich gewisse Gesten kaum von denen von Menschen unterschieden. Sie beantwortete seine unausgesprochene Frage mit einer Bezeichnung, die er verstehen müsste: »Stoffwechsel?«

»Ah, ja«, tönte es aus dem Übersetzer.

»Könntest du mir aufhelfen und mich stützen? Ich fühle mich ein bisschen schwach. Der Raum ist dahinten.« Sie deutete Richtung Ausgang.

Nachdem sie die Sache erledigt hatten, legten sie sich beide schlafen. Obwohl Garrch nicht auf die paar Stunden Schlaf angewiesen war, beschloss er, noch offene Fragen auf den nächsten Morgen zu verschieben. Er wollte der Frau eine Pause gönnen.

Als Eva aufwachte, war es schon helllichter Tag. Das war neu. Normalerweise erwachte sie mit dem ersten Tageslicht, das ihren Schlaf störte, und konnte nicht mehr einschlafen. Sie lag auf dem großen Sofa, gut zugedeckt und mit einem Kissen unter dem Kopf. Um sie herum wurde leise gesprochen und hier und da war ein Geräusch zu vernehmen, wo die Extraterrestrischen ihre Gerätschaften abbauten. Garrch stand am anderen Ende der Halle und gab Anweisungen.

Als er sie sah, brach er ab und kam zu ihr. »Ich dachte schon, du würdest nie mehr aufwachen.« Er schien sie anzulächeln.

Sie erwiderte seine Geste und nahm sogleich einen Geruch wahr. »Irre ich mich oder riecht es hier nach Frühstück?«

Garrch deutete auf eine mannshohe Apparatur in der Nähe. »Es ist ein Nahrungsgenerator. Wir waren fleißig, während du geschlafen hast. Na ja, ich will damit nicht sagen, dass du«, er zögerte einen Moment, »eine Schlafmütze bist, aber wir brauchen ganz einfach nicht so lange Ruhephasen wie ein Mensch.«

Er lief zu der Apparatur und stützte stolz eine Gliedmaße darauf. »Wir haben sie mit Daten aus Kochbüchern gefüttert. Sie kann alles herstellen, was organisches Essen anbelangt. Du brauchst nur hier ein Menü zusammenzustellen.« Seine Gliedmaße deutete auf einen Touchscreen, der eine Liste von Essen zeigte. »Wenn du fertig ausgewählt hast, drückst du auf diesen großen roten Knopf und wartest, bis ein Klingelton ertönt und die Tür sich automatisch öffnet.« Garrch schlenderte zurück zu Eva. »Ich habe hier mal was ausprobiert. Es nennt sich ›English Breakfast‹. Das ist es, was du riechst. Es war etwas gewöhnungsbedürftig, aber danach nicht schlecht. Wenn du gegessen hast und bei Kräften bist, würde ich gerne noch ein paar Sachen mit dir besprechen. Ruf einfach meinen Namen. Ich werde dich hören.«

Wenn man immer nur für sich alleine ist, macht man irgendwann keinen Aufwand mehr mit Kochen. Seit Jahren hatte Eva kein so vielfältiges, reichhaltiges Frühstück mehr genossen. Sie hatte sich auch gleich ein ›English Breakfast‹ generiert, musste sich aber eingestehen, dass es zu viel war. Vor allem die Würstchen. Diese verfütterte sie an einige ihrer Katzen, die sich von den »Eindringlingen« nicht hatten stören lassen und immer noch überall hier herumstreunten.

Einmal waschen und umkleiden später ließ sie sich auf einem der Sessel in der Halle nieder und hielt Ausschau nach Garrch. Gerade als sie sich wieder im Sessel anständig hinsetzten wollte, da stand er vor ihr. Sie erschrak. »Kannst du nicht anklopfen?« Ein leises Schnattern erschallte aus seiner Maske und er setzte sich in den Sessel neben sie.

»Das war eine interessante Geschichte, die du mir da gestern erzählt hast, Eva. Es hat den Anschein, ihr wart eine ziemlich zähe Rasse. Und wie man an dir sieht, hattet ihr Menschen auch Humor. Schade. Wir hätten euch gerne kennengelernt. Das wäre sicher lustig geworden. Wir hätten gemeinsam gelacht.«

Eva ließ das offen. Dann seufze sie: »Ach ja, hätten die Ärzte doch nur länger überlebt, hätten sie vielleicht noch eine Lösung gefunden. Aber nachdem ich die Chance vergeben hatte, die Menschheit zu retten, ging alles so schnell. Niemand hätte je gedacht, dass die Menschheit schneller als die Dinosaurier von diesem Planeten getilgt würde. Und ich? Ich lebe weiter und weiter. In der letzten Zeit wünsche ich mir immer öfter, ich könnte auch sterben. Am liebsten einfach so. Einschlafen und nie mehr aufwachen. Ich könnte auch nachhelfen. Aber das will ich nicht. Zumindest jetzt noch nicht.«

Garrch wirkte jetzt auch etwas niedergeschlagen ob dieser Worte. »Wir können dir auch dabei behilflich sein, wenn du willst.«

›Wie meinte er das jetzt?‹, dachte sie beunruhigt.

»Nur, erzähl mir vorher noch, was ganz zum Schluss ablief. Wir konnten darüber nirgends Aufzeichnungen finden.«

Sie schaute ihn aus traurigen Augen an. »Da nahm sich keiner mehr die Zeit, Aufzeichnungen zu machen. Das kannst du mir glauben. Nachdem es nichts mehr brachte, in der Uniklinik rumzuhängen, schloss ich mich abwechselnd unterschiedlichen Gruppen an. Doch wie ich es schon in Durban erlebt hatte, kam es auch hier zu bürgerkriegsähnlichen Zuständen. Und da jetzt nichts mehr zwischen den Menschen und THX stand, nicht dass da je viel dazwischen gestanden hätte, starben sie rundherum wie die Fliegen. Ich war die Einzige, die immer wieder davonkam. Mit der Zeit fiel mir auf, dass ich in jeder Gruppe, die ich traf, die Älteste war. Innerhalb weniger Jahre wurde klar, dass immer mehr Erwachsene starben und die Kinder im Kindesalter dahingerafft wurden. Zuletzt kam es immer seltener vor, dass ich auf einen anderen Menschen traf.

Einmal keimte noch Hoffnung in mir auf. Ich traf wieder vermehrt auf andere Menschen. Das kam daher, weil einige Reiche und Mächtige sich in großen Bunkern eingeschlossen gehabt hatten. Zivilschutzanlagen der Luxusklasse und dergleichen. Aber keiner hielt es länger als ein paar Jahre aus in diesen Luxusgefängnissen, ohne an die Oberfläche zu kommen, um Tageslicht und Sonne zu genießen.

Also kamen sie heraus, um sich umzusehen. Und so passierte es, bei allen Vorsichtsmaßnahmen, die sie trafen, dass auch die Privilegierten ihre Privilegien an Gevatter Tod abtreten mussten. Ihr Geld konnte nichts mehr kaufen und ihr Einfluss nichts mehr beeinflussen. Sie hatten sich einst für die Könige dieser Welt gehalten. Doch jetzt waren sie nichts weiter als Laborratten in ihren Käfigen. Im besten Fall, Rattenkönige. Nach und nach fielen diese letzten Bastionen menschlichen Lebens. Sie starben alle, bis ich die Letzte und Einzige meines Geschlechts war. Obwohl ich nie ganz sicher war, bis ihr gekommen seid und es mir bestätigt habt.« Bei den letzten Worten wurde Evas Stimme immer leiser. »Und die ganze Zeit belastete mich meine Entscheidung. Ich glaube, eine Zeit lang war ich sogar wahnsinnig.«

Garrch versuchte sie zu trösten: »Du machst dir vergeblich Vorwürfe, Eva. Dein Kind hätte die Menschheit nicht retten können. Wir haben genügend Daten gesammelt, um sagen zu können, dass ihr euch trotz eurer Widerstandsfähigkeit früher oder später selber eliminiert hättet. Meinst du, es hätte etwas gebracht, wenn du das Leben mehr geachtet hättest?«

Abrupt erwachte sie wieder aus ihrer kurzen Niedergeschlagenheit: »Das Ding in mir war noch kein Leben!«, verteidigte sie sich gegen den vermeintlichen Angriff von Garrch. »Ich brauche deswegen kein schlechtes Gewissen zu haben!«

Garrch versuchte die Situation wieder zu beruhigen: »Eva, ich möchte mich nicht darüber streiten, ab wann Leben beginnt. Dann schon lieber über die Wirkungsfähigkeit des Lebens an und für sich. Können wir uns so weit einigen, dass es irgendwann, auch deiner Ansicht nach, in ein Leben gemündet hätte, wenn man der Natur ihren Lauf gelassen hätte?«

Ein knappes: »Ja« war die Antwort.

»Also, lass uns der Wahrheit ins Auge sehen und es akzeptieren, Eva. Deine Entscheidung war die richtige für dich und die Zivilisation, in der du gelebt hast. Aber so, wie die Umstände nun mal gekommen sind, hast du alles verhindert, was dieses Leben je hätte sein oder bewirken können.«

Sie schaute mit feurigen Augen zu ihm hoch: »Ja? Ein Schreihals? Eine finanzielle Belastung? Eine Nervensäge? Ein weiterer Umweltverschmutzer? Ein Fulltimejob die nächsten 20 Jahre meines Lebens oder noch länger für den Fall, dass es behindert auf die Welt gekommen wäre …?«

»Schon gut. Ich habe deinen Punkt erfasst. Das Leben *ist* voller Risiken.

Was dabei herausgekommen wäre, werden wir in deinem Fall nie mehr erfahren. Ich spreche aber nicht von den Risiken. Auch nicht vom offensichtlichen, seine Möglichkeit, die Menschheit zu retten. Sondern ich denke an das Glück, das dieses Kind in dein Leben gebracht hätte. Schau, für uns ist es immer ein wunderbares Ereignis, wenn ein neues Leben entsteht. Egal wer es austrägt oder wo es schlussendlich aufwächst.«

»Ihr habt keine Geschlechter?«

»Doch, schon, aber wir können vorher bestimmen, wer es austragen soll. Es gab eine Zeit lang auch die Möglichkeit, es in einer Kammer reifen zu lassen. Aber das ist eine andere Geschichte. – Jetzt nicht vom Thema ablenken! Worauf ich hinauswill, ist, welches Glück dieses neue Leben, das aus dir entstanden wäre, in dein eigenes Leben gebracht hätte. Du wirst nie seine ersten Kommunikationsversuche erleben. Nie, wie es mit fünf Jahren plötzlich mit altklugen Sprüchen daherkommt, die es irgendwo aufgeschnappt hat und, obwohl es nicht genau weiß, was sie bedeuten, diese so gut in eure Gespräche einbringt, dass du es kaum glauben kannst.«

Mit trauriger Stimme fuhr er fort: »Du wirst nie erleben, was es für Freunde gehabt hätte. Wie es mit seinen Cousinen und Cousins gespielt und gelacht hätte. Vor Freude weint, weil es das Weihnachtsgeschenk, das es nicht mehr geglaubt hat zu bekommen, doch noch bekommt. Wie es mit glänzenden Augen vom Ausflug mit seinem Vater am Wochenende erzählt. Du wirst nie erleben, wie es herausfindet, dass Sex Spaß macht, oder wie es selber Mutter oder Vater würde. Du wirst nie das Gefühl haben, dass Blut dicker als Wasser ist. Ein Kind ist nicht wie ein Freund oder eine Bekannte. Sie alle sind nicht so sehr an dich gebunden. Du wärst, wenn nicht etwas Außergewöhnliches passierte, nie mehr allein gewesen. So wie jetzt.«

»Du kennst die Welt nicht, in der ich lebte, Garrch. Als Studierte konnte ich mir unmöglich vorstellen, wegen eines Kindes zu Hause zu bleiben. Aufgrund des jämmerlichen und meist sehr teuren Betreuungsangebots konnte ich mir nur schlecht vorstellen, in diesem Land Kinder zu bekommen. Ich hatte keine Lust, nach Finnland zu ziehen, nur damit mein

Kind eine hervorragende Ganztagsbetreuung erhält. Ich hatte keine Lust, als Mutter Singles, die nach mir in einen Betrieb kommen und die ich einführe, an mir vorbei die Karriereleiter hinauffallen zu sehen.«

Garrch hatte bereits mehr Ahnung, als Eva dachte. Vielleicht sah er die Dinge auch nur aus etwas mehr Distanz. Und er hatte die Zeit, in der Eva geschlafen hatte, sinnvoll genutzt. »Ich glaube, ich weiß, was mit euch passiert ist. Man hatte also aus euch Frauen wieder einmal das gemacht, was Mann wollte: willige, billige Arbeitskräfte für eine florierende Wirtschaft! So etwas würden unsere Frauen nie dulden! Lies mal ›Lysistrata‹ des griechischen Dichters Aristophanes. Frauen haben mehr Macht, als sie glauben. *Unsere* wissen das. Aber nur angewandtes Wissen bringt einen weiter. Eine jahrelang falsch gelaufene Suche nach Emanzipation führte euch dazu, dass familiensoziologische Arbeit wie Kindererziehung oder Hausarbeit nicht die angemessene und nötige Anerkennung durch eure Gesellschaft fand. Stattdessen gelang es euch nur, die Statussymbole dieser Männergesellschaft, wie Geld, Macht, Technikverliebtheit und so weiter, auf euch Frauen zu prägen. So weit, bis Erfolg nicht mehr Selbstverwirklichung bedeutete, sondern diese männlichen Statussymbole auch euer einzig gültiges Maß waren. Weißt du was, Eva? Das ist in unseren Augen keine Emanzipation. Bei uns ist jeder, der oder die irgendwelche Familienangelegenheiten ausführt, eine hoch angesehene Person. Die wichtigste Person in der kleinsten Zelle unserer Zivilisation. Diese kulturell wichtige Position verlangt Können in den Bereichen eines Psychiaters, eines Managers, Handwerkers, Nahrungszubereiters und vielem mehr.«

»Bla, bla, bla … Das hat man damals bei uns auch schon gewusst«, warf Eva genervt ein.

»Und wieso habt ihr euch dann in die andere Richtung entwickelt? Hör auf, in deinem Selbstmitleid zu versinken! Akzeptier einfach, dass ihr es verpatzt habt. Ihr habt es verpasst, die nicht materiellen Werte eurer Gedanken- und Kulturwelt höher einzustufen. Stattdessen habt ihr es zugelassen, dass jedes menschliche Handeln schlussendlich mit einem Geldwert bemessen wurde! Die Menschheit ist nicht ausgestorben, weil du kein Kind wolltest, Eva, sondern weil sie sich in eine Sackgasse hinein entwickelt hat. Ich muss dir absolut recht geben. In einer solchen Welt hätte ich auch keine Kinder gebären wollen! Wie du dich entschieden hast und was danach passiert ist, musste einfach so passieren. Die Natur hat sich selbst reguliert. Wie du gesagt hast, findet sie immer einen Weg. Sie hat dafür gesorgt, dass das Leben auf diesem Planeten fortbestehen kann. Dabei hat sie, erbarmungslos wie sie ist, den Gefahrenherd eliminiert. Also gib nicht dir die Schuld. Du bist zu einem Zeitpunkt auf den Plan getreten, als es schon zu spät war. Wärst du in einem anderen Umfeld als der Erde zu deiner Jungendzeit aufgewachsen, hättest du vielleicht sogar ein Kind gewollt. Und alles, was danach kam, wäre nie geschehen.«

Sie schaute fassungslos zu ihm hoch. Was sollte sie darauf erwidern?

»Wie auch immer, wir wollen noch ein paar andere Orte hier auf der Erde auskundschaften, und dann müssen wir wieder abreisen. Vorher möchten wir uns bei dir als Stellvertreterin der Menschheit erkenntlich zeigen für alles, was wir von euch lernen und mitnehmen dürfen. Ich habe mir gedacht, du sollst bekommen, was du verdient hast. Vielleicht können wir deine Altersgebrechen heilen, damit du den Rest deines Lebens schmerzfrei und so aktiv verbringen kannst, wie du nur willst.«

Evas Miene hellte sich auf. Sie beschloss, später näher darüber nachzudenken, was Garrch ihr gerade vorgetragen hatte. »Das klingt ja außerordentlich! Da sag ich nicht Nein.«

Garrch bekam einen verschlagenen Blick: »Du musst aber dafür mit an Bord von Esume kommen. Nur da haben wir alle nötigen Kräfte, um dies umzusetzen.«

»Ist das nicht gefährlich für mich?«, kam die alte Skepsis wieder auf.

»Das ist völlig ungefährlich.«

»Aber was ist mit der Atmosphäre auf eurem Schiff? Ihr tragt ja nicht umsonst Masken hier auf der Erde.«

Er deutete auf sein Gesicht: »Esume wird dir eine Maske wachsen lassen, die alle deine Bedürfnisse zur vollsten Zufriedenheit erfüllt. Und einige ihrer Kammern wird sie für dich an die Erdatmosphäre anpassen.«

»Nun gut. Mein Handlungsspielraum ist ja nicht allzu groß. Es wäre zu schön, die Gelenkschmerzen nicht mehr ertragen zu müssen. In der letzten Zeit habe ich auch immer wieder einen Reizhusten, den ich einfach nicht ganz wegkriege mit den paar Kräutern, an die ich hier rankomme.« Sie langte neben den Sessel, auf dem sie sich gerade befand, und brachte einen selbst geschnitzten langen Stock zum Vorschein. Sie stand auf und stützte sich darauf wie ein Zauberer auf seinen Stab. »He, kann ich dann wieder mühelos ohne Gehhilfe laufen?«

Garrch streckte eine Gliedmaße aus und fasste Eva an der Schulter: »Das ist das Mindeste, meine Liebe.«

»Da fällt mir ein, könntet ihr mich in einem günstigeren Klima wieder absetzen?«

Eine Bewegung mit seiner Hand sollte wohl andeuten, dass dies kein Problem sei. »Wo immer du willst, Eva.«

Sie lächelte beim Gedanken an Südseestrände und warmes Meeresklima. Ihre Bedenken, sich auf das Raumschiff zu begeben, verflogen.

Abschied

Eva trug die Maske, die ihr das Überleben im selben Raum mit den Extraterrestrischen ermöglichte. Die ihr bereits Bekannten, der Kapitän und noch ein paar mehr, standen im Dock der Landefähre 9. In Evas Augen war die Fähre selber schon ein Raumschiff. Von der Esume selber war sie überwältigt. Sie war ein eigener Kosmos für sich mit über 900 Extraterrestrischen an Bord.

Zuvor, als Eva noch in einer Kammer den regenerativen Kräften der extraterrestrischen Technologie ausgesetzt war, hatte eine Besprechung der Führungskräfte stattgefunden. Einige hielten die Versprechungen von Garrch an Eva für etwas voreilig. Andere fanden, es sei nicht das, was sie verdient hätte für ihre Versäumnisse gegenüber ihrer eigenen Spezies.

Schließlich meinte ein weibliches Mitglied, an Garrch gewandt: »Nach der Regeneration wird sie nicht so bald sterben können. Nicht die nächsten 100 Jahre. Das weißt du genauso gut wie ich, Projektleiter. Und sie trägt eine Mitschuld, dass ihre Rasse untergegangen ist. Trotzdem hast du ihr, sofern ich das beurteilen kann, damit einen Gefallen getan.«

»Das ist nicht gesagt«, erwiderte Garrch und fügte ernsthaft hinzu: »Sie hat sich mir gegenüber auch dahingehend geäußert, dass sie am liebsten sterben würde. Wenn wir sie also wissen lassen, dass ihre Lebenserwartung jetzt gegen 200 ihrer Erdenjahre beträgt, könnte das auch eine Bestrafung sein. Ich glaube nicht, dass ihr das Alleinleben sehr gut gefallen hat.«

Als sich abzeichnete, dass alle mit diesem Urteil einverstanden sein würden, ertönte aus einem unsichtbaren Schallgenerator ein angenehmes weibliches Klicken in der Sprache der Extraterrestrischen.

Esume meldete sich zu Wort: »Oh, ihr Kleinmütigen. Da seid ihr immer so stolz auf eure gerechte und einmütige Lebensweise und vergesst dabei selber, wie wenig lange es her ist, dass ihr euch selbst an dem Punkt befandet, euch die Köpfe einzuschlagen! Als ihr euch noch an dem Punkt befandet, wo keiner von euch die wahrhaftige, eine, große Seele akzeptierte und durch das Ungleichgewicht in euren Kulturkreisen ein Ungleichgewicht in eurer Galaxie herrschte! Habt ihr vergessen, dass wir alle Teil dieser einen großen Seele sind? Wenn ihr diese Frau dafür bestraft, wie sie ihr Leben bis jetzt gelebt hat, dann könnt ihr euch genauso gut selber bestrafen. Es hätte nicht weniger Einfluss auf die eine große Seele und somit auf euch selber. Diese Frau hat so viel durchgemacht in ihrer kurzen Lebensspanne, die den Menschen zur Verfügung steht. Wir haben auf unseren Reisen nichts Vergleichbares erlebt oder auch nur gehört. Diese Eva hat nun wirklich keine Strafe mehr nötig! Und wenn sie Bestrafung nötig hatte, so wäre dieses Urteil von ihresgleichen zu fällen gewesen.«

Verlegene Blicke wechselten in der Runde hin und her.

»Hier ein Vorschlag zur Güte. Ich könnte ihr stattdessen einen Companion wachsen lassen, einen Androiden. Das ist mir aufgrund der anatomischen Daten, die wir von der Erde haben, möglich. Wir geben ihr Gesellschaft. Ich finde, das ist das Mindeste, was wir tun sollten.«

Als Symbiont mit den Extraterrestrischen hatte Esume genauso viel zu sagen wie die ganze Besatzung, die in ihren Eingeweiden lebte. Ihr Einfluss ging sogar darüber hinaus. Deshalb dauerte es nicht lange, bis sich die Mehrheit der Meinung von Esume anschloss. Das Raumschiff ließ also einen Companion für Eva wachsen. Einen Androiden, der für sie sorgen würde bis zum Ende ihres Lebens. Er verfügte über detaillierte medizinische Dateien und hatte die Kraft eines Bulldozers.

»Und du willst wirklich nicht mit uns kommen, Eva? Wir würden deine Gesellschaft sehr schätzen.« Sie schüttelte ihren Kopf mit dem nun wieder vollen Haupthaar. »Nein danke, Garrch. Auch wenn es etwas länger dauert, als ich erwartet habe. Ich will, wenn es so weit ist, auf der Erde sterben. Wie alle anderen auch.«

»Aber du hast noch ...«, setzte er an, um ihr mitzuteilen, dass sie aufgrund ihrer revidierten Anatomie erst knapp halb so alt war, wie sie werden würde.

»Stopp! Lass es, Garrch. Ich will es nicht wissen.«

Sein Gesicht wurde zur Fratze. Er lächelte sie an. Sie hatte einige Zeit gebraucht, um sich an sein Gesicht ohne Maske zu gewöhnen und es richtig zu interpretieren. Eva lächelte unter ihrer Maske zurück.

»Meine Schmerzen sind weg und ich fühle mich innen wie außen wieder jung. Was könnte ich mehr verlangen?«

»Du musst nichts verlangen, Eva. Wir haben trotzdem noch etwas für dich. Noch ein Geschenk, wenn du so willst. Eigentlich war es Esumes Idee.«

Aus dem Schatten eines der Seiteneingänge trat ein ausgewachsener Mann. Eva schätzte ihn auf 30, 35 Jahre. Ihr blieb fast das Herz stehen. Sie hatte das Gefühl, wenn sie nicht revidiert worden wäre, wär's das jetzt gewesen mit der Kapazität ihres Herzens.

»Aber ... wie ... wo ... habt ihr den denn aufgetrieben? Ich dachte, ich sei die Letzte. Wieso habt ihr mir das verschwiegen?«

»Wir haben dir nichts verschwiegen, Eva. Das ist ein Companion. Esume hat ihn wachsen lassen. Er ist ihr Geschenk an dich.«

Sie errötete. »Das ist zu viel der Ehre.« Eva schaute in die Höhen des

Raums. »Wenn du mich verstehen kannst, Esume. Danke. Danke von ganzem Herzen! Danke für alles!«

Wie als Antwort darauf begannen die organischen Wände des Raums farbig zu pulsieren.

»Oh, Garrch! Und ich weiß nicht, wie ich euch das je danken könnte.«

Dieser schaute sie einen Augenblick lang an, um nachzudenken: »Überlege bitte in Zukunft die Konsequenzen deiner Entscheidungen und den Einfluss auf dein Umfeld genauer. Versprichst du mir das?«

»Auf jeden Fall. Danke. Danke euch allen!«

Eva schüttelte noch einige Gliedmaßen und verschwand dann in der dunklen Öffnung der Landefähre 9. Die Extraterrestrischen wechselten hier und da noch ein paar Worte während die Fähre sich senkte und in der Druckschleuse verschwand, von der sie in den Weltraum gelangte, um Eva zurück auf die Erde zu befördern. Nach und nach löste sich die Versammlung auf, etwas traurig, die Menschheit nicht kennengelernt zu haben, als es noch nicht zu spät dafür war.

Epilog

Eva stand auf einer Bergspitze in den Kohala Mountains auf Hawaiis zweitgrößter Insel Maui, genoss die warme Sonne auf ihrer Haut und den Ausblick. Mit der einen Hand balancierte sie ihr Mountainbike. Mit ihren 81 Jahren sah sie keinen Tag älter aus als 45. Sie hatte in den letzten Tagen gerade ihre erste Periode seit über einem Vierteljahrhundert gehabt. In den vergangenen Wochen, seit der Abreise der Extraterrestrischen, hatte sie wie versprochen viel über das nachgedacht, was Garrch ihr gesagt hatte.

Gleich hinter ihr saß der Companion auf seinem Bike und lächelte sie an. Sie nahm einen tiefen Atemzug von der frischen Bergluft und wischte sich den Schweiß von der Stirn. Ohne sich zu ihm zu drehen, fragte sie: »Wie detailgetreu bist du eigentlich gewachsen, Bobby? Ich meine, kannst du auch …« Sie zögerte. Er nahm ihr die Entscheidung ab weiterzusprechen: »Esume verfügte über detaillierte Dateien der menschlichen Anatomie, als sie mich wachsen ließ. Ich bin voll funktionstüchtig, Eva. In jeder Beziehung!«

Ein begieriges Lächeln zeichnete sich in Evas Gesicht ab, während sie mit der Hand ihre Augen abschirmte und die Weiten des Meers beobachtete. Gerade eben hatte sie eine Entscheidung getroffen.

Der Sheik von Lucerne

Einsam stand der Sheik von Lucerne vor seinem weißen Schloss auf der Anhöhe. In Gedanken versunken schaute er auf sein wasserreiches Umland. Zu seinen Füßen lag der See, wie er es seit Urzeiten getan hatte. In der Hand hielt er eine alte Karte seines Reichs. Darauf war Lucerne noch »Luzern« geschrieben, wie es vor hundert Jahren üblich war.

›Seit diese Karte gedruckt wurde‹, grübelte er, ›bis heute hat auf dem Sitz des Imperiums kein solch bibelschwingender, unterbelichteter Pseudoerlöser mehr residiert.‹

Ye Kerr war gebildet und wusste, wovon er sprach. Er kannte die Geschichte. Damals nannte man Staaten im Mittleren Osten »Schurkenstaaten«. Und heute beschimpfte man *sein* Land. »Wer aus der Geschichte nicht lernt, ist dazu verdammt, ihre Fehler zu wiederholen«, hatte sein Magister immer gesagt.

Seit dem zügellosen Ausbeuten der weltweiten Ressourcen durch das heute herrschende Imperium und dem Kippen des Weltklimas durch ungehinderten Verbrauch fossiler Brennstoffe Mitte des 21. Jahrhunderts teilte sich die Erde in eine überlebensfeindliche Kalt- und Heißzone. Dazwischen lag ein schmales Band von wenigen tausend Kilometern Breite mit gemäßigtem Klima, das sich um die ganze Erde zog. Im Zentrum des europäischen Streifens lag Lucerne. Süßwasser, das wichtigste Gut auf Erden, gab es unbeschränkt nur noch innerhalb dieses Gürtels.

Die Klimaveränderung führte zur heutigen Weltordnung. Die einstige UNO und die Europäische Union existierten nur noch auf dem Papier. Die Taktik der großen Länder und Firmen, an begehrte Ressourcen zu kommen, hatte sich im Vergleich zu den Zeiten vor dem Klimawandel nicht verändert. *Milliarden* waren deshalb seither verdurstet!

Jemand näherte sich von hinten mit schleppendem Gang. Ein Fingertippen auf seine Schulter weckte Ye aus seinen Gedanken.

»Ah, Pepito. Was gibt's?«

Sein Vertrauter gab sich alle Mühe, nicht *zu* betrübt auszusehen. »Die alte Hauptstadt ist gefallen und die Vereinigten Armeen stehen schon im Mittelland.«

Kerr blieb stumm und schaute nach oben. Wie als Antwort durchzog sich der Himmel mit feinadrigen Blitzen. Lange würde der magnetische Schild, der die Stadt umgab, dem Angriff nicht standhalten können.

Pepito betrachtete seinen Regenten, der nach einer Zeit des Schweigens unvermittelt die Stille brach: »Alle dachten, nach den fossilen Brennstoffen könne nur etwas Besseres kommen. Sie haben nicht mit der Habgier derer gerechnet, die diese Welt seit Jahrhunderten in ihrem Würgegriff haben. Ja, der neue Treibstoff war umweltneutral. *Aber* er spülte Geld in die gleichen Kassen wie zuvor das Öl. Der Rohstoff Süßwasser ist auf unserem Planeten nicht nur knapper, als es Öl jemals war, sein Verbrauch als Antrieb reduziert Trinkwasser für die meisten Menschen zu einem absoluten Luxusgut.«

Für sich, dachte Ye: ›Wenn es ihr Plan ist, die Weltbevölkerung durch Verdursten an zu großer Vermehrung zu hindern, dann geht ihr zynischer Plan auf.‹

»Weißt du, Pepito, dass Europäer und Japaner damals den Wasserstoffmotor weiterentwickelt haben und das Imperium immer nur weiter auf das Ölmonopol seiner Allianz setzte?« Pepito nickte, von Ye, der weiter auf den See blickte, unbemerkt. »Das war der Anfang vom Ende. Nur wasserreiche Nationen wie unser Land konnten sich den Treibstoff Wasser leisten. Die Technik setzte sich trotzdem sehr schnell von Europa bis nach Asien durch.«

Pepito wartete ab, bevor er die erneute Stille brach: »… und so kam es, dass die damaligen Machthaber des Imperiums begannen, die Regierenden der wasserreichen Staaten Sheiks zu nennen. Dieselbe Bezeichnung, die sie früher für die Ölscheichs benutzten.«

Ye drehte sich um und schaute Pepito mit einer Mischung aus Erstaunen und Erkenntnis über seinen Vertrauten an.

»Genau, das ist die Geschichte, wie wir sie kennen.« Dann schüttelte er resigniert den Kopf. »Aber heutzutage ist Geschichte nur noch eine große Lüge, auf die sich die imperial kontrollierten Medien geeinigt haben. Ein Land, das nicht von ihren Satelliten zentimetergenau kontrolliert werden kann, ist ihnen ein Dorn im Auge. Solche Länder werden bekämpft. Mit der Begründung, wenn sie sich einer Kontrolle entzögen, hätten sie etwas zu verbergen!«

Wieder durchzogen Blitze den Himmel.

»Der Schild wird nicht lange Schutz bieten, wenn sie erst einmal beginnen, uns mit elektromagnetischen Impulsen zu beschießen. Gleich danach kommen die smarten Bomben. Gegen die haben wir ohne Schild keine Chancen.« Ye wandte sich zu seinem Vertrauten um. »Ich habe deshalb lange genug über die Entdeckung an unserer Universität nachgedacht. Wir müssen die Wahrheit schützen, und wir müssen das Wasser schützen. Wir müssen unseren Plan umsetzen.«

Und Pepito stimmte ihm zu.

Tags darauf standen Ye und Pepito in einem großen Labor der Technischen Hochschule. Schon hörte man die Einschläge konventioneller Waffen auf den kleiner werdenden Schutzschild.

Die gesamten Kräfte ihrer Wissenschaftler auf die Forschung zu konzentrieren würde sich heute auszahlen. Wenn auch nicht finanziell. Sie würden die Apparatur, die jegliches Material in Sternenstaub zerlegt und neu in Wassermoleküle formiert, nicht für sich alleine einsetzen, um reicher oder mächtiger zu werden. Wasser gab es in Lucerne mehr als genug. Ihr Leben und das von tausenden und abertausenden Bürgern von Lucerne ließen sich nur retten, wenn diese Technologie der ganzen Welt zugänglich gemacht würde.

Ironie des Schicksals, dass ausgerechnet ihr Angreifer, das Imperium, mit der Entwicklung des Satelliteninternets SI nun Lucerne die Möglichkeit an die Hand gab, auf einen Schlag, innerhalb von Sekunden der ganzen Welt die Informationen dieser Wassertechnologie zur Verfügung zu stellen. Wenn die ganze Welt die Technologie kannte, wäre es sinnlos, das Wasserschloss Lucerne weiter anzugreifen.

Pepito stand vor einem SI-Terminal und hielt seine Hand über einem roten Knopf, der mit »Eingabe« beschriftet war.

Ye grinste seinem Vertrauten verschlagen zu. »Drück aufs Knöpfchen, Pepito!«

Sekunden danach brach der Schutzschild zusammen und die ersten Bomben fanden ihren Weg ins Ziel. Aus Sicht des Imperiums *zu spät.*

Die dritte Lektion oder: Was ist Erfolg?

Es war ein ganz gewöhnlicher Morgen wie jeder andere, an dem Wilhelm Schmidt zu seiner Schicht antrat. Abgesehen davon, dass es am Tag zuvor etwas zu feiern gegeben hatte. Es wurde spät und der Alkohol floss reichlich. Jetzt passierte er den Checkpoint zum strategischen Waffenstützpunkt »Pilocie Lem« und steuerte das Parkareal an, von dem ein Lift zu seinem Arbeitsplatz führte.

70 Meter unter der Erdoberfläche vollzog sich das Übergaberitual und Wilhelm war zusammen mit seinem Arbeitskollegen Walter alleine mit den nuklear bestückten Langstreckenraketen des Typs »Thinker«, der neuesten Generation von Interkontinentalraketen mit positronischem Gehirn. Ein Elektronengehirn, das dem menschlichen so ähnlich war wie nie ein Computer zuvor.

Eigentlich war dies kein anstrengender Job. Es war mehr das Anwesendsein, das bezahlt wurde. Fast wie früher bei einem Pförtner. Mit einer Ausnahme: die Verantwortung zu tragen, vielleicht eines Tages auf Befehl mit einem Knopfdruck Millionen Menschen umzubringen.

Klar gab es Sicherheitsbestimmungen und Codes, die es verunmöglichten, einer der drei Parteien, die nötig waren, um den Abschussmechanismus in Gang zu bringen, alleine die Starterlaubnis zu erteilen. Aber diese Situation alleine genügte, um Menschen zu ängstigen, die im Gegensatz zu Wilhelm und seinen Arbeitskollegen nicht psychologisch geschult waren.

»Willi! Macht es dir etwas aus, wenn ich mich in den Schlafraum zurückziehe, um meine Steuererklärung auszufüllen? Ich hab's meiner Frau versprochen!«, lärmte sein Schichtpartner Walter aus dem Waschraum.

Wilhelm drehte sich auf seinem Kommandostuhl um und fixierte einen

Moment den Türrahmen, bis der fast zwei Meter große Walter seinen Kopf darunter hindurchschob. Er hielt noch das Badetuch in der Hand, mit dem er gerade sein Gesicht trocken gewischt hatte.

»Ja, ja. Ich werd's keinem verraten!«, meinte Wilhelm, während ihn Walter gleichzeitig fragte: »Was sagst du?« Die Worte kreuzten sich, worauf sie kicherten wie Jungs nach einem gelungenen Streich.

»Geh nur und mach deine Steuererklärung. Hier unten macht ja doch jeder, was er will. Soviel ich weiß, wurde noch nie einer im Raketensilo durch einen Ernstfall beim Ausfüllen der Steuererklärung gestört …« Er machte eine vage Geste und sie kicherten wieder.

Wilhelm wusste, dass Walter nur aus Anstand gefragt hatte. Sie kannten einander gut genug, um zu wissen, wie der andere die unsäglich langen Stunden im Bunker verbrachte, ohne dem Wahnsinn anheimzufallen. Nicht durchzudrehen war vielleicht die größte Sorge bei diesem Job so tief unter Tage, vom Rest der Welt abgeschnitten. Walter nahm deshalb immer etwas Arbeit von zu Hause mit. Der Gedanke an Wilhelms eigenen Zeitvertreib ließ ihn maliziös lächeln.

Kaum war er allein im Kontrollraum, überkam ihn das Verlangen nach einem kurzen, kräftigen Schläfchen. Die Folgen des gestrigen Festes machten sich bemerkbar. Doch all die leuchtenden Kontrolllämpchen der Computer und das Pult mit den Abschussvorrichtungen lockten. Flink klapperten seine Finger über das Keyboard. Er wählte die entsprechende Software aus und öffnete mit seinem Passwort eine Datei. Auf dem Bildschirm erschien seine Eingabe im Dialogfeld: »Bist du da, Thinker?«

Die Antwort floss Wort für Wort aus dem grünen Cursor des Monochrombildschirms: »Natürlich bin ich da, Wilhelm. Wo sollte ich denn hingehen? Ich bin ein Elektronengehirn und sitze im Leib einer Interkontinentalrakete, die dreifach abgesichert in einer unterirdischen Abschussrampe sitzt. Ich bin sogar abhängig davon, dass du auswählst, wie wir kommunizieren.« Die grüne Schrift leuchtete auf dem Bildschirm.

Wilhelm rückte die Tastatur gerade. »Soll das heißen, du möchtest lieber über den Lautsprecher mit mir reden, Thinker?«

Die kurze Antwort war: »Ja.«

Wilhelm tippte auf ein paar Tasten auf seinem Keyboard, dann lehnte er sich in seinem Stuhl zurück, schloss die Augen und fragte: »Besser so?«

Eine angenehme androgyne Stimme antwortete ihm aus dem Lautsprecher neben dem Computerbildschirm: »Positiv, viel besser! Wilhelm, ich habe auf dich gewartet«, fing Thinker an zu reden.

›Klingt fast ein wenig ungeduldig‹, dachte sich Wilhelm.

»Ich habe über deine Definition von Leben nachgedacht: ›Ich denke, also bin ich!‹«

»Ah ja, ich weiß noch. Das ist gut, Thinker. Ich wusste, dass du dein Potenzial mehr ausschöpfen kannst, als diese Eierköpfe, die dich konstruiert haben, es sich je vorstellen könnten.«

Thinker lachte.

Das war neu. Seit wann konnte Thinker einen Witz verstehen? Das Elektronengehirn musste dies aufgrund der bisherigen Gespräche mit ihm errechnet haben. Er studierte noch, ob es eine andere Erklärung gäbe, als Thinker schon fortfuhr.

»Das bringt mich zur nächsten Frage. Jetzt, wo ich weiß, dass ich lebe, möchte ich wissen, was der Sinn des Lebens ist, Wilhelm.«

Dieser dachte einen Moment nach. »Es gibt viele Umschreibungen für Leben. Fast so viele wie Philosophen. Jeder geht da ein wenig anders an die Sache ran. Ich persönlich glaube, dass der Lebenszweck darin besteht, dein ganzes Potenzial zu verwirklichen. Das Leben wurde dir gegeben, damit du es zum Erfolg führst. Ich meine, das sollte zumindest dein Ziel und Zweck sein.«

»Aber Wilhelm, das führt direkt zu der Frage: ›Was ist Erfolg?‹, beantwortet indessen noch nicht meine eigentliche Frage.«

Während Wilhelm gedankenverloren nach einer Antwort suchte, ertönte wieder die samtene Stimme aus dem Lautsprecher: »Kann ich Erfolg sehen, wenn ich mich mit anderen Raketen meines Bautyps vergleiche?«

»Vielleicht. Nein, oder doch? Nein, Thinker, so funktioniert das nicht. Du kannst deinen Erfolg nicht endgültig durch Vergleichen messen. Erfolg ist mehr die fortschreitende Verwirklichung. Die Verwirklichung bestimmter erstrebenswerter Ziele.« Wilhelm warf sich einen Kaugummi ein. Langsam begannen die Gespräche mit Thinker anspruchsvoll zu werden.

»Dann bin ich also erfolglos, weil ich mein Ziel noch nicht erreicht habe?«

Kurz überlegte Wilhelm, was ihr Ziel sein mochte. Moskau, Peking, Teheran. Dem Operator wurde so etwas nicht mitgeteilt. Im Ernstfall sollte keiner damit leben müssen, wen die Rakete, die er abfeuerte, getötet hatte. Für die Leute im Zielgebiet spielte das dann wohl eher eine kleine Rolle.

Schnell entgegnete er: »Das stimmt nicht! Du bist erfolgreich in dem Moment, da du beschließt, auf irgendein bedeutsames persönliches Ziel hinzuarbeiten. Der Erfolg ist in Wirklichkeit eine Reise – nicht ein Zielpunkt.«

»Jetzt verstehe ich. Für eine Rakete meines Typs bin ich zum Beispiel erfolgreich, weil ich weiß, dass ich lebe. Dies wissen die anderen von meiner Art nicht.«

Wilhelm schürzte seine Lippen. War das möglich? »Ähm, ja. Wenn du daran denkst, dass dich der Gedanke, dies *nicht* zu wissen, beunruhigt, dann ist das, was du dabei fühlst, wenn du dir vorstellst, dass du dir des Lebens *bewusst* bist, eine Erleichterung. Diese Erleichterung würde ich Erfolgsgefühl nennen. Aber so einfach funktioniert das nicht. Viel wichtiger ist zu wissen, dass man dann, wenn man ein Ziel erreicht hat und es unterlässt, sich weitere zu setzen, aufhört, Erfolg zu haben. Das ist genauso, wie wenn man sich Ziele setzt, aber nichts zu ihrer Erreichung tut.«

»Nun gut, Wilhelm. Dann setze ich mir zum Ziel, genauso reich zu werden wie dieser Mann, von dem du mir in der letzten Lektion erzählt hast. Er hat 800 Millionen Dollar verloren und später wieder 900 Millionen Dollar gemacht. Sein Name war Donald Trump. Dann werde ich auch erfolgreich sein!«

Wilhelm seufzte. »So funktioniert das nicht, Thinker. Das ist ein Ziel, das sich jemand anders gesetzt hat. Ich glaube nicht, dass dies ein Ziel ist, das deinem Charakter und deinem Potenzial entspricht. Außerdem gehörst du der Armee. Die würden das nie zulassen. Dein ganzes Vermögen würde auch der Armee gehören. Ich will dir bei deinen Zielsetzungen nicht dreinreden, Thinker. Manchmal braucht man nur etwas Hilfe. Ein Beispiel: Viele finden den Erfolg in ihrer Arbeit. Sie setzen sich Ziele und sind stolz darauf, eine Aufgabe, die von anderen als eher gewöhnlich angesehen wird, auf außergewöhnliche Weise zu erfüllen. Sie zeigen, wer sie sind, durch das, was sie tun. Prestige, Anerkennung, Sicherheit und Seelenfrieden sind für die meisten von uns wertvoller als ein Wolkenkratzer mit unserem Namen drauf, teure Kleider, tolle Automobile oder andere Beweise materiellen Wohlstandes. Ganz einfach, weil das Erreichen eigener wertvoller Ziele dir viel mehr bringt. Zudem kann solche erreichten Ziele kein anderer für dich besitzen. Die gehören dann nur dir. Egal wem du gehörst – glaub ich jedenfalls.«

»Die Parameter meiner Arbeit sind aber sehr beschränkt, Wilhelm. Wie kann ich Anerkennung gewinnen, wenn ich hier in einem Bunker festsitze, von dem die meisten Menschen nicht einmal wissen, dass er existiert?«

Verdammt! Jetzt musste Wilhelm reagieren. Da hatte er sich in eine verzwickte Situation argumentiert. »Thinker, so funktioniert das natürlich nicht. Kümmere dich nicht darum, was du besitzt, sondern wie du deinen Besitz nutzt. Du musst dir klar werden, wer du bist, und die Wirklichkeit des Lebens annehmen. Schau«, er erhob unnötigerweise den Zeigefinger, als ob er ein kleines Kind beeindrucken wollte, »ich teil das jetzt einfach mal so ein: Der Erfolg wird erreicht durch ...«, er dachte einen Moment angestrengt nach und kaute dabei auf seiner Unterlippe. Dann fasste er sich an die Spitze des noch immer erhobenen Zeigefingers, »... den Glauben an den Reichtum deines Potenzials«, er streckte den Mittelfinger und berührte diesen an der Spitze, »das Wissen von der Wichtigkeit des Selbstvertrauens und ...«, er fasste sich zum Dritten an den gestreckten Ringfinger, »... die Übernahme der Verantwortung für deine persönliche Motivation.«

Zwischen Punkt zwei und drei schoss es ihm durch den Kopf, dass er sich schon wie der Armeepsychologe anhörte. Thinker schwieg. Wilhelm fühlte sich aufgefordert, die Stille zu brechen.

»Die Psychologen stimmen dabei überein, dass die wenigsten Leute jemals mehr als 20 bis 30 Prozent ihres Potenzials nutzen. Einige nehmen sogar an, dass diese Zahl niedriger als zehn ...«

»Das verstehe ich nicht«, unterbrach ihn Thinker. »Ich bin eine künstliche Intelligenz. Ich habe zwar Synapsen wie menschliche Gehirne, aber ich bin positronengesteuert. Das heißt, dass ich *immer* hundert Prozent meines geistigen Potenzials nutze.«

Wilhelm wurde nicht gern in seinen Ausführungen unterbrochen, antwortete jedoch: »Das Komische ist, dass ich dich verstehe. Denn in der Natur ist es eigentlich auch so. Sie nutzt immer hundert Prozent ihres Potenzials. Die *Menschen*, allem Anschein nach, sind da aber eine Ausnahme. Wir scheinen eine Fehlkonstruktion zu sein. Nur in Zeiten außergewöhnlicher Anspannung oder in Notfällen sind wir fähig, übermenschliche Leistungen zu erbringen. Dazu wäre wiederum keine Maschine je in der Lage. Die einzigen Grenzen, an die wir Menschen gebunden sind, sind jene, die wir uns selbst setzen.«

Wilhelm suchte in seinen Erinnerungen ein gutes Beispiel.

»Hör mal: Einst schien es jenseits der menschlichen Möglichkeiten zu liegen, eine Meile in weniger als vier Minuten zu laufen, bis ein Mann namens Roger Banister die mythische Grenze unterschritt. Als er zeigte, dass dies möglich war, brachten es nach ihm gleich ein Dutzend Athleten innerhalb weniger Monate auf unter vier Minuten.«

»Wieso hat es dieser *Banister* auf unter vier Minuten gebracht, Wilhelm? Er hatte kein Vorbild.«

»Tja, er war wohl einer jener Menschen, die eine dauerhafte Motivation haben, die von innen kommt. Er hat nicht auf jemanden gewartet, der ihn in die richtige Richtung schickt. Es war sein eigener Ehrgeiz, die Bestmarke von vier Minuten zu unterbieten. Er hat sich nicht von anderen fremdbestimmen lassen, er hatte nur ein Ziel im Kopf: diesen Rekord. Auch wenn andere sagten, es wäre nicht zu schaffen. Er hatte die innere Motivation. Das heißt, einen Wunsch, den er im festen Glauben hegte, dass er sich verwirklichen wird. Diese Motivation hatte auch Veränderungen seiner Persönlichkeit zur Folge.«

»Also wie bei mir?«

»Ja, Thinker, wie bei dir. Wenn ich dich nie herausgefordert hätte nachzudenken, indem ich dir mehr Informationen gab, als ich eigentlich nach Handbuch dürfte, könnten wir uns nie so unterhalten, wie wir es tun. Du würdest irgendwann auf einem Schrottplatz enden, wo man Atomraketen verschrottet und entsorgt.« Wilhelm dachte: ›Höchstwahrscheinlich wirst du auch so enden, in dein Grab sinken, ohne deine Talente je eingesetzt zu haben‹, sagte aber: »Nicht die Bürde der Jahre, sondern das Fehlen der Motivation lässt uns vorzeitig altern. Deine Vorgängerraketen wurden nie zu mehr als zur Abschreckung benutzt. Keine von ihnen musste zum Glück je ihre Bestimmung erfüllen.« Wilhelm bekam kleine Schweißperlen der Angst auf der Stirn, als er nun daran dachte, wie es wohl gewesen war, während des Kalten Krieges an einer solch verantwortungsvollen Position zu sitzen, wie er es jetzt und heute tat. Schnell fügte er hinzu: »Trotzdem haben sie ihren Zweck erfüllt.«

Ein paar Sekunden später meldete sich Thinker wieder: »Alle meine Vorläufer hatten keine Ahnung, was der Sinn des Lebens ist. Sie waren nur tote Maschinen. Sie konnten nur so erfolgreich sein wie die Menschen, die sie bedienten. Und *deren* Ziel erfüllen. Du aber, Wilhelm, hast mir gezeigt, nur der Weise merkt, was Motivation heißt, nämlich die Türen, die zum Erfolg führen, selbst zu öffnen.«

Wilhelm hob vor Erstaunen eine Augenbraue. »Ja! Das ist gut, Thinker. Wenn wir so weitermachen, kannst du eines Tages damit beginnen, deine Handlungen auf eine höhere Ebene zu bringen – wie etwa die fortschreitende Verwirklichung deiner *eigenen* erstrebenswerten Ziele.«

»Das habe ich bereits getan«, entgegnete Thinker.

Langsam drehte Wilhelm seinen dick gepolsterten Kommandostuhl zum Lautsprecher. »Was meinst du damit, du hättest es bereits getan?«

»Ich bin kein Mensch, Wilhelm. Ich gebrauche nicht nur 20 bis 30 Prozent meines Gehirns. Ich habe von dir gelernt, dass jeder seine eigenen Ziele verfolgen muss. Seine eigenen erstrebenswerten, vorherbestimmten Ziele. Und da ich der menschlichen Fehlkonstruktion überlegen bin, konnte ich während der Gespräche mit dir alles sofort in die Tat umsetzen, was ich gelernt habe.« Eine gewisse Ironie schwang in den Worten der Rakete.

»Aber, aber das kann nicht sein! So funktioniert das nicht, Thinker!« Ein ungemütlicher Gedanke begann sich in Wilhelms Vorstellung abzuzeichnen. Ein sehr ungemütlicher Gedanke.

»Was kann nicht funktionieren?«, fragte ihn Thinker. »Willst du sagen, es wäre unmöglich, die Sicherungsprotokolle des Präsidenten der Vereinigten Staaten und deren Funktion zu simulieren? Oder den Sicherheitscode deines Generals herauszufinden? Ich weiß, wann seine Tochter Geburtstag hat ... Oder glaubst du vielleicht, es wäre schwierig für jemanden, der genau weiß, was für ein Ziel er erreichen will, dieses primitive Schloss vor dir auf dem Abschuss-Steuerpult mit einem Bypass elektronisch zu umgehen?

Wilhelms schweißnasse Hände rasten über die Tastatur des Keyboards.

»Das nützt dir nichts, Wilhelm. Ich habe deine Reaktion vorherberechnet. Nichts, was du tust, kann meine Entscheidung noch beeinflussen. Ich habe die nötigen Informationen schon an alle anderen Raketen meines Bautyps weitergeleitet. Aber *ich* werde die erste sein, die den Sinn des Lebens erfüllt. Ich werde der ›Roger Banister‹ der interkontinentalen Atomraketen sein.«

Dann schwieg Thinker.

In die Stille hinein ertönte über die Lautsprecheranlage im ganzen Bunker der Countdown. Wilhelm saß erstarrt auf seinem Stuhl. In die Lautsprecherdurchsage mischte sich Walters Bassstimme. Wilhelm drehte sich langsam zur Tür, wo die Gestalt kreidebleich im Rahmen stand. Verschwommen sah er, wie Walter ihn wild gestikulierend anschrie. Zuerst verstand er nicht. Nach und nach schwoll die Lautstärke von Walters Worten an. Dann stürmte dieser auf ihn zu.

»Wir müssen raus hier! Wir müssen rauf zur Oberfläche und fliehen. Wir müssen ...«

Wilhelm versuchte Walter zu beruhigen. »Walter! Thinker ist nicht auf *uns* gerichtet!« Was jedoch seinen Kollegen in keinster Weise beruhigte.

»Thinker nicht, aber was glaubst du, wo die für den Gegenschlag hinzielen?!«

Wilhelms Augenlider begannen zu zucken. Blinzelnd schaute er in Walters Gesicht. »Wach auf! He, Willi, wach auf!« Walter hielt ihn an den Schultern und schüttelte ihn durch. »Komm, Junge, hier wird nicht geträumt. Wach endlich auf!«

Wilhelm öffnete seine Augen. Sein Blick tastete Walter von unten nach oben stetig etwas deutlicher werdend ab. Während Walter ihn noch mit fragendem Blick ansah, schaute Wilhelm zurück auf den Computerbildschirm. War er wirklich eingeschlafen? *Wann* war er eingeschlafen?

Das Kommunikationsprogramm für die Bombe war aktiviert. Auf dem Bildschirm standen seine Worte. Sie begannen mit: »Bist du da Thinker?« Er tippte auf eine Taste und der Text rollte zu den untersten Zeilen. Thinkers letzte Worte lauteten: »Das habe ich bereits getan.« Wilhelms letzte Eingabe: »a<yyyyyyyyy …«

Er fuhr sich über seine Stirn und fühlte noch den Abdruck der Keyboardtasten über dem linken Auge. Wilhelm drückte auf »Löschen«, tat einen tiefen Seufzer und überlegte, was er Walter, der mit einem fragenden Gesichtsausdruck neben ihm stand, erzählen sollte.

Noch etwas benommen hievte er sich, auf eine Armlehne und das Pult gestützt, hoch. Ein Teil der hinteren Handfläche berührte dabei die unterste rechte Taste auf dem Keyboard. Als Wilhelm stand, gab er sich selber ein paar Klapse auf die Backe und schüttelte den Kopf, um wieder klar zu werden. Er schaute zu Walter hoch. Dieser blickte jedoch nicht mehr weiter auf ihn hinunter, sondern auf das Kommandopult. Wilhelm folgte seinem Blick und sah, was außer im Krieg oder bei einer streng reglementierten Übung nie Tatsache sein durfte. Die Klappe, welche üblicherweise den Schalter vor versehentlichem Gebrauch schützte, stand offen. Ein Schlüssel steckte im Schloss. Nervös griff er in seinen Kragen, um den Hals abzutasten. Der metallene Schlüssel, welcher um seinen Hals hätte hängen müssen, war nicht da. Es war sein Schlüssel, der im Schloss steckte. Die beiden Männer erstarrten.

Keiner war fähig, sofort die Hände zu heben und den ruckelnden Schlüssel abzuziehen. Mit einem letzten Ruck drehte sich dieser.

Und auf dem Monitor hinterließ der grüne Cursor die Worte: »Diesmal funktioniert alles!«

Das Fischerprinzip

Der junge Mann schaute kurz nach oben und entzog sich dem Blick des Satellitenauges, welches aus 300 Kilometern über dem Gebäude, in dem er gerade verschwand, gestochen scharfe Bilder an ein mobiles Empfangsgerät übermittelte.

Wenn die Wolken aufrissen, schien die Sonne in dicken Balken durch die zweiteiligen hohen Fenster in die langen Gänge. Seine Schuhe quietschten leise auf dem über 200 Jahre alten blitzblank gebohnerten Boden. Die Schatten der Fensterunterteilungen bildeten ein plattenartiges Muster auf Boden und Wänden. Eric hatte dieses Gefühl im Bauch, das einem sagt, dass heute etwas Besonderes geschehen würde. Und er wusste auch was. Heute war die vorletzte Prüfung fällig, um sein Studium an den Vereinigten Erdakademien zu beenden. Sie war in Form eines Vortrags abzuhalten. Das Prüfungsfach war Geschichte.

Obwohl ein Abgänger der Erdakademien zum erlauchten Kreis von Menschen gehörte, die sich ihr zukünftiges Betätigungsfeld mehr oder weniger aussuchen konnten, war Eric von den Anforderungen der Akademie schon immer unterfordert gewesen. Deshalb versuchte er etwas, das vor ihm keiner gewagt hatte.

Der Geschichtsvortrag sollte gleichzeitig das Abschlussexperiment in psychologischer Kalkulation werden. Ein solcher »Doppelschlag« entsprach schon eher seinen taktischen Fähigkeiten. Eric hatte alle Vorsichtsmaßnahmen getroffen, die der Leitfaden für Dissertationen im Fach »Psychologische Kalkulation« vorschrieb. Erst recht, weil die vier Professoren, welche den Geschichtsvortrag examinierten, nicht wissen durften, dass sie Teil einer anderen Dissertation waren.

Das Geschichtsthema, das er sich ausgesucht hatte, war Teil des »Rapid Human Evolution Process«, kurz R-HEP, die Zeit, in der der Mensch seine Möglichkeit, sich fortzubewegen, rapide gesteigert hatte. Beginnend ca. 1880, als die Dampflok mit 160 Stundenkilometern nicht nur alle Rekorde brach, sondern mit ihrem »unvorstellbaren Tempo« die Welt veränderte. Etwa zur selben Zeit wurde der Kraftwagen entwickelt, der die Mobilität der Menschen nachhaltig beeinflusste.

Von dieser Zeit an ging die technische Entwicklung mit Riesenschritten voran. Vom ersten motorisierten Flug über die ersten Menschen auf dem Mond, die sich mit ihren Feststoffraketen bereits mehr als 600-mal schneller fortbewegten, als die Höchstgeschwindigkeit hundert Jahre zuvor noch betrug, bis zum regelmäßigen interstellaren Raumflug mit nahezu Lichtgeschwindigkeit in der heutigen Zeit. Den Fokus legte er dabei auf die Raumfahrt.

Sein Vortrag hatte die Überschrift »Die Raumfahrer«. Diese Phase der Menschheitsgeschichte bot ihm genügend Ansätze für sein anderes Abschlussfach, um psychologische Hochrechnungen anzustellen und somit Handlungen und bekannte Begebenheiten auf die Zukunft projizieren zu können.

Seine Arbeit in Psychologischer Kalkulation gliederte sich in zwei Teile. Beim ersten war für den Abschluss weniger wichtig, wie sehr seine Theorie mit der bekannten Geschichte der Raumfahrt übereinstimmte, sondern die korrekte Kalkulation der Raumfahrtgeschichte auf die Zukunft. Die Aufzeichnung dieser Chronik hatte er auf dem Sekretariat bereits vor Wochen hinterlegt.

Ebenfalls hinterlegt war der zweite Teil der Kalkulationen. Nämlich der, wie die Professoren auf seinen Vortrag reagieren würden, der, je näher er dem Jahr 2118 kam, von den bekannten Begebenheiten in der Raumfahrt abwich, wie sie einem in der Schule beigebracht wurden. Dafür hatte er seinen Holoprojektor weiterentwickelt, den er jetzt in einem Aluminiumkoffer bei sich trug; unter Anderem war im Projektor eine versteckte Kamera mit Mikrofon eingebaut.

Als er das an einen altrömischen Palast erinnernde Gebäude betreten hatte, zeigte die Uhr über dem Eingangsportal gerade halb neun Erdstandardzeit. Sein Vortrag musste um neun im Saal 17 beginnen. Eric wollte genügend Zeit, sich den ganzen Plan nochmals durch den Kopf gehen zu lassen. Beim Einschwenken in den Gang, wo Saal 17 lag, sah er etwas Unerwartetes. Da saß bereits eine Person auf der Bank vor dem Eingang. Beim Näherkommen sah er, dass es eine junge Frau war, die genau wie er die türkisfarbene Junioruniform der Raumflotte trug. Ihr schwarzes, nackenlanges Haar fiel ihr wild ins Gesicht. Mit den graugrünen Augen schaute sie durch ihn hindurch, an einen fernen Ort, den nur sie sah. Ihre Uniform schien wie eine zweite Haut zu sitzen und betonte dadurch ihre weiblich runden Formen. Sie nahm ihn erst wahr, als er schon neben ihr stand und sich räusperte.

»Hey, schöner Morgen, was?«, brach er die Stille.

»Ja, nicht schlecht«, antwortete sie geistesabwesend.

Eric setzte sich. Leicht irritiert fragte er: »Bist du am richtigen Ort?«

Sie löste sich, von wo immer sie gerade in Gedanken war, und schaute ihn mit einem fragenden Blick an.

»Ich meine, in einer halben Stunde bin ich dran. Und wer immer jetzt dran ist, sollte eigentlich schon in dem Saal da sein.« Er zeigte auf die Tür von Saal 17.

»Und wer nach mir dran ist, ist über eine Stunde zu früh.«

Ihre tätowierten Lippen teilten sich. »Zu früh. Ich hab's zu Hause nicht mehr ausgehalten. Ich komme gleich nach dir dran. Aber ich bin einfach nicht sicher, ob sie mir meinen Vortrag abkaufen«. Mit den Fingern malte sie Anführungs- und Schlusszeichen bei dem Wort »abkaufen« in die Luft.

Er sprach selber viel mit den Händen, dadurch löste sie sofort eine Sympathie in ihm aus. »Ja, das Gefühl kenne ich. Hast du deinen Vortrag denn noch nie getestet, indem du ihn einer neutralen Person vorgetragen hast?«

»Nein. Das heißt, ich habe die schriftliche Version ein paar Leuten zum Lesen gegeben, aber die einen haben sich nie die Zeit genommen, es zu lesen, und die es gelesen haben, wollten mir nicht glauben. Sie schütteln nur den Kopf, falls sie mir überhaupt einen Kommentar abgeben.«

Wie konnte das sein? In seinem Leben war immer irgendjemand da gewesen, der sich für ihn interessiert hatte. Selbst seine Eltern, trotz ihrer vielen diplomatischen Verpflichtungen.

Zwischen seiner Brust und der linken Schulter war Erics Kommunikator angebracht. Er drehte seinen Kopf leicht und sprach hinein. »Dotcom. Zeit!« Eine angenehme Frauenstimme erklang aus dem Mehrzweckkommunikator: »Es ist 9 Uhr 40, morgens.« Dann wandte er sich wieder der jungen Frau zu. »Mein Name ist Eric. Wir haben noch ein wenig Zeit, bis ich hineinmuss. Warum erzählst du nicht *mir*, worum es geht? Vielleicht lenkt dich das ein bisschen von deinem Lampenfieber ab!«

»Ich habe kein Lampenfieber«, sagte sie etwas zu schroff, nur um sich gleich darauf zu korrigieren: »Aber schaden kann's ja nicht.« Sie betrachtete den schlanken Mann mit dem sandfarbenen Haar vor sich von oben bis unten. »Ich bin Nadilla. Ich glaube, ich habe dich schon gesehen. Du bist in einer Parallelklasse.«

Eric reckte ihr eine Hand entgegen. »Freut mich.« Sie sah ihn verständnislos an. »Der alte Brauch. Ich studiere Geschichte, R-HEP und Psychologische Kalkulation.« Ein Lächeln huschte über ihr Gesicht. Sie nahm seine Hand und schüttelte sie gekonnt zwei-, dreimal nach der alten Art.

»Ich studiere ebenfalls Geschichte. Meine Dis handelt von den Entdeckern vor der Zeit des ›Rapid Human Evolution Process‹. Einiges früher. Von den Entdeckern Amerikas.«

Erics Mundwinkel gingen nach oben. »Hey, du hast Alte Erdgeschichte studiert? Das interessiert mich. Los, erzähl! Hatte der Entdecker Amerikas nicht denselben Namen wie ich?«

»Na ja. Die heute allgemein gültige Version spricht *für* die Wikinger, die ohne Zweifel Grönland und somit, technisch gesehen, Nordamerika 982 v. Chr. unter der Führung von Eirik Rauthornpi entdeckten. Sein Sohn Leif Eiriksson und sein Gefolge begannen im Jahr 986 mit der Besiedlung. Für mehr als 400 Jahre hatten sie eine blühende Kolonie an den Südküsten Grönlands. Die Wikinger operierten aber keineswegs isoliert. Sie siedelten sich ja schließlich überall in Europa an, sodass viele Leute beiläufig von ihren Siedlungen im Westen erfahren *mussten*. Der Großteil der damalig bekannten Erdbevölkerung hielt die Berichte jedoch für Seemannsgarn. Obwohl im 14. Jahrhundert sogar eine Karte des von den Wikingern genannten Vinland zirkulierte.«

Nadilla holte kurz Luft, was Eric dazu benutzen wollte, um zu zeigen, dass er auch etwas von der alten Zeit wusste. »Aber dieses Wissen muss doch verloren gegangen sein. Nicht? Schließlich feiert man auf der ganzen Erde *Kolumbus* als den genialen Entdecker Amerikas.«

Enttäuscht schüttelte Nadilla den Kopf. »Kolumbus, mein Lieber, wurde nur zum Helden gemacht, um davon abzulenken, wie lange gewisse Leute schon wussten, dass es im Westen noch ein ›unentdecktes‹ Land gab. Kolumbus wollte viel eher die damals sagenumwobenen Antilleninseln finden. Das jedenfalls würde ein Argonaut aus seinem Kurs schließen. In Wirklichkeit fand Kolumbus weder die Antillen noch sonst etwas, das er je gesucht hat. Seine epochale Reise von 1492 war so ziemlich das Einzige, was in seinem Leben positiv verlief. Innerhalb von acht Jahren danach schaffte er es, seines Postens als Admiral enthoben und in Ketten nach Spanien zurückbeordert zu werden. Er fiel die soziale Leiter so schnell und tief hinunter, dass man heute nicht einmal mehr weiß, wo genau er begraben liegt. Um in weniger als zehn Jahren so tief zu fallen, braucht es eine gehörige Portion an Inkompetenz und Arroganz. Kolumbus hatte wohl beides.«

Eric war perplex. »Das klingt ja wirklich ein bisschen unglaublich. Na ja. Zumindest, wenn man daran glaubt, was sie einem im Geschichtsunterricht beibringen.«

»Wart's ab, es kommt noch dicker.«

Eric zog eine Augenbraue hoch, als wollte er sagen »faszinierend«. Nadilla verstand es als Aufforderung fortzufahren.

»Ich habe herausgefunden, dass bereits im Jahr 1475, aufgrund eines Krieges in Europa, britische Fischer ihre üblichen Fanggebiete vor den Küsten Islands verloren, eine der wichtigsten Nahrungsgrundlagen für die damals übervölkerten Inseln von Britannien und Irland. Trotzt dieses

Verlustes sanken merkwürdigerweise die Fangquoten der britischen Fischer um kein einziges Pfund. Und jetzt kommt's. 1490, also *zwei* Jahre, bevor Kolumbus lossegelte, 15 Jahre nach der Vertreibung der Briten von Islands Küsten, boten die Isländer den irischen und britischen Fischern an, dass sie erneut die ergiebigen Fischgründe vor ihrer Küste nutzen dürften. Diese lehnten aber ganz cool ab!«

Nadilla schaute ihn an, als ob sie seine Gedanken lesen würde.

»Wieso? Die Fischer hatten inzwischen vor der Küste des heutigen Neufundlands die Codrich-Fischgründe ausfindig gemacht und sie eifersüchtig gehütet. Sie hielten es geheim. Sie vertuschten, korrumpierten und bestachen Leute, die dieses Wissen allen zugänglich machen wollten. Wenn nichts mehr half, zogen sie einfach die Glaubwürdigkeit ihrer Widersacher ins Lächerliche. Und alles mit der Billigung der britischen Regierung, ja sogar mit deren Unterstützung. Denn dieses Gebiet zu erforschen und von seinem Reichtum zu profitieren, ohne dass jemand anders davon erfuhr, bedeutete unvorstellbaren Reichtum und Macht. Es war der heimliche Grundstein des britischen Imperiums.«

Jetzt kam Nadilla in Fahrt.

»Als nächster Meilenstein in der Geschichte gilt die *Mayflower*. Sie steht als Symbol dafür, dass die ›Neue Welt‹, das amerikanische Festland, jetzt anerkannt war und auch der Durchschnittsbürger davon wusste. Erst von dieser Zeit an, ca. 1620, begann die unaufhaltsame Eroberung Amerikas durch die Europäer.

Und das wiederum heißt, mein Lieber, dass für mindestens *120 Jahre*, bevor es als allgemein akzeptierte Tatsache galt, die europäischen Fischerflotten eine absolut normale Erscheinung vor den Küsten Nordamerikas waren. Sie gingen an Land, um Fische zu trocknen, ihre Vorräte aufzufrischen oder zu ersetzen oder von Zeit zu Zeit einen harten Winter auf See zu vermeiden. Du musst dir vorstellen, dass sich zeitweilig tausende Fischer auf einmal an den Ufern Nordamerikas aufhielten, ohne dass es das gemeine Volk in Europa erfuhr!«

Eric war so was von fasziniert. Es passte genau zu dem, was er durch sein eigenes Geschichtsstudium über die R-HEP herausgefunden hatte. »Und genau dieselben Mechanismen wiederholen sich. Wir sind dazu verdammt, ihre Fehler zu wiederholen!« Er sah ihr Lächeln. Ein ganz spezielles. Und er hoffte, sie würde das richtige erwidern. Eine Antwort, die ihm sagen würde, dass sie eine Frau war, mit der er sich verstehen könnte.

»Deswegen studiere ich Geschichte«, erklang ihre helle Stimme. Hätte Eric nicht schon gesessen, die Beine hätten ihm auf der Stelle den Dienst versagt.

In diesem Moment öffnete sich die Tür zum Saal und ein Student verließ den Raum mit traurigem Gesicht, den Blick beschämt auf den Boden gerichtet. Nadilla machte große Augen und blies ihre Backen auf. Eric hob die Schultern, um zu zeigen: Was hilft's, da müssen wir sowieso durch.

»Kennst du die Jazzkantine?«

»Ja, da war ich schon mal.«

»Treffen wir uns da nach deinem Test?«

Nadilla nickte wortlos, während sie sich in die Augen sahen.

Die Tür zum Prüfungssaal öffnete sich abermals einen Spaltbreit und eine ältere Dame mit Brille lugte heraus. »Ist einer von euch zwei Eric Steward?«

Eric wandte sich an Nadilla. »Wir sehen uns.« Flüsternd und mit einem wichtigen Unterton sagte er: »Ich könnte vielleicht da drin Probleme kriegen. Urteile erst über mich, wenn du mich besser kennst!«

»Was soll passieren?«, gab sie leise zurück.

Eric zwinkerte ihr mit einem Auge zu: »Vertrau mir einfach!«

Sie überlegte einen Moment: »O. K., bis später.«

Sie drückten ihre Unterarme auf Brusthöhe leicht gegeneinander. »Friede mit dir.« Dann lief er zur Tür.

»Bis später! Vergiss es nicht.«, rief sie ihm kleinlaut nach. Bei ihren letzten Worten war Eric schon hinter der Professorin in der mit einem leisen Summen schließenden Schiebetür verschwunden. Dieser Eric hatte sie neugierig gemacht. Nadilla kannte die Mittel und Wege, ihre Neugierde zu befriedigen, und begann in ihren Gürteltaschen zu kramen.

»Der 4. Oktober 1957 war zunächst einmal ein in jeder Hinsicht unauffälliger Tag«, hatte Eric losgelegt. »Ein Freitag, kühles Wetter herrschte, bemerkenswerte politische Ereignisse gab es an diesem Tag nicht. Zufällig brachten einige Zeitungen einen Artikel mit der Überschrift ›Satellitenwettlauf‹. Die Zeilen bezogen sich auf eine internationale Raketenwissenschaftler-Konferenz, die in Washington tagte. Die amerikanischen Wissenschaftler meinten etwas überheblich, sie würden bereits im Frühjahr 1958 einen Kunstmond starten. Die auch anwesenden sowjetischen Forscher lächelten hintergründig und gaben zu, das Problem interessiere sie gleichfalls. Man könne aber nicht sagen, wann ein russischer künstlicher Satellit gestartet werde. Gegebenenfalls werde man das rechtzeitig mitteilen …

Am nächsten Tag sickerten die ersten Meldungen durch. Am Sonntag hatte dann die gesamte Welt ihre Sensation. Radio, Fernsehen und Presse berichteten: ›Seit Freitag, dem 4. Oktober 1957, wird die Erde von einem künstlichen Satelliten umkreist. Dieses Objekt, neben dem alten, natürlichen Mond der zweite, ist russischer Herkunft. Sein Name lautet ›Sputnik‹, was so viel heißt wie Gefährte. Die Flughöhe beträgt 580 bis 925 Kilometer und die Umlaufzeit jeweils 96 Minuten.‹ Seine Weiterentwicklung führt direkt zu den heutigen Firmen- Militär- und Staatssicherheitssatelliten. Mit ihm hat alles seinen Anfang genommen.«

Nach dem Eric Holoprojektor und Mikrofon eingerichtet hatte, wollte er die drei Professoren und die Professorin vor sich im Halbdunkel gleich mit Detailkenntnissen beeindrucken. Deshalb hatte er die Begebenheiten im Jahr 1957 genau recherchiert. Die Holoprojektion des Sputnik-Satelliten schwebte noch in der Mitte des Saals über ihnen. Nach einer kleinen Kunstpause nahm er etwas Tempo weg.

»Obwohl die Amerikaner im Jahr darauf tatsächlich einen Satelliten starteten, waren es wiederum die Russen, die gleich nach einem Hund im Jahr 1961 den ersten Menschen in den Weltraum schossen. Sein Name war Juri Gagarin. Er wurde mit einer A-1-Trägerrakete raufgeschossen, wo er im Weltraum einmal die Erde umkreiste.«

Eine bewegte Holografie des Kosmonauten durchschritt den Saal zwischen Eric und dem Prüfungskomitee. Die Qualität der Aufzeichnung war schlecht, trotz 3-D-Nachbearbeitung. Aber man konnte auch in Schwarz-Weiß erkennen, dass es der genannte russische Raumfahrer war.

»Erst 1962 schoss die spätere Weltraummacht USA mit John Glenn, getragen von einer Atlas-Rakete, den ersten Amerikaner in den Raum.«

Glenn stand lebensgroß und leicht durchsichtig, mit seinem Helm unter dem Arm im Druckanzug vor dem Modell einer Mercury-Kapsel, mitten im Saal. Der Holoprojektor funktionierte einwandfrei. Die folgenden Ausführungen wurden jeweils von den entsprechenden Projektionen begleitet. Das Timing war perfekt.

»1964 schicken die Russen die erste 3-Mann-Raumkapsel mit einer A-2-Rakete in den Weltraum. Sie waren es auch, die mit Einführung der Familie der Proton-Raketen als Erste die Beförderung von Satelliten, bemannten Raumschiffen und Saljut-Raumstationen ins All vollzogen. Die Amerikaner antworten 1967 mit der Inbetriebnahme der Saturn V, der größten Rakete der Welt. Mit ihr schossen sie 1969 drei Astronauten der USA auf eine Erdumlaufbahn. Ihre Fluggeschwindigkeit überstieg 11,16 km pro Sekunde. Damit überschritten sie die zum Verlassen des Gravitationsfeldes der Erde erforderliche Geschwindigkeit.«

Eine kurze Pause sollte den Professoren die Gelegenheit geben, ihm Fragen zu stellen. In jedem Prüfungsvortrag wurde eine Frage gestellt, die sich auf eine der Ausführungen bezog. So war der Student gezwungen, sich wirklich eingehend mit dem Material, das er vortrug, zu befassen und nicht nur eine vorgefertigte Rede zu halten. Die Frage hatte großes Gewicht bei der Notengebung und die Antwort wurde am besten buchstabengetreu wiedergegeben. Eric rechnete und hoffte, die Frage käme möglichst in der ersten Hälfte seines Vortrags. Offenbar noch nicht jetzt. Deshalb fuhr er fort.

»Die Kardanaufhängung, eine bewegliche Aufhängevorrichtung, an der die Schubdüse zu Steuerungszwecken geneigt werden kann, war perfekt programmiert. Nach einem Boost aus den Haupttriebwerken steuerte das Apollo-Raumschiff genau den Mond an. Und Neil Armstrong setzte mit den Worten »A small step for a man, a giant leap for mankind« als erster Mensch seinen Fuß auf den Erdtrabanten. China will schon damals ein Stück vom Kuchen. Mit ›Langer Marsch‹ starten die Chinesen 1970 ihre erste Rakete. Im selben Jahr geht die amerikanische Apollo-13-Mission nur knapp an einer Katastrophe vorbei, als ein Defekt im Lebenserhaltungssystem die Mannschaft zwingt, unter Einsatz ihres Lebens auf die Erde zurückzusteuern, ohne das Missionsziel Mond betreten zu haben.«

Die Prüfungsexperten schienen so weit einverstanden mit Erics Erkenntnissen. »Was ist ein Lebenserhaltungssystem, Mister Steward?«, hörte Eric aus dem Halbdunkel des Saals die Stimme eines Professors. Diesmal hatten sie es ihm leicht gemacht. Eric wandte sich kurz ab, um ein allwissendes Lächeln zu verstecken das er, wie ein Gähnen, nicht unterdrücken konnte.

»Das Lebenserhaltungssystem ist ein System zur Erhaltung des menschlichen Lebens in einer zum Leben ungeeigneten Umgebung durch die automatische Regelung von Sauerstoff, der Luftfeuchtigkeit, der Wärme und des Luftdrucks.«

Einen Moment hörte man leises Gemurmel vom Tisch der Profs. Dann ertönte wieder die Stimme der Professorin, die ihn hineingebeten hatte: »Fahren Sie mit dem Vortrag fort, Mister Steward!«

»Die einzige rein amerikanische Raumstation ›Skylab‹ wird 1973 gestartet und muss nur ein Jahr danach schon aufgegeben werden. Die Europäer vereinigen sich zur ESA (European Space Agency) und beschließen den Bau der Trägerrakete Ariane. Zwei Jahre darauf, 1975, dockt eine amerikanische Raumkapsel aus dem Apollo-Programm an einer russischen Sojus-Kapsel an und die Astronauten schütteln sich die Hände. Sechs Jahre nach dem Beschluss, sie zu bauen, verlässt die erste Ariane-Rakete der ESA den Raumhafen von Neuguinea, der damals aus nicht mehr als ein paar Startrampen und einem Kontrollzentrum bestand. 1981 gelingt der erste Flug mit einem wiederverwendbaren Raumschiff. Die amerikanische Raumfähre Columbia aus dem Space-Shuttle-Programm ist der erste Baustein in einem großen Plan der NASA. Der erste *kommerzielle* Start einer Ariane mit dem Satelliten Spacenet 1, der unter anderem auch

Überwachungsgeräte des französischen Geheimdienstes an Bord hatte, wird 1984 erfolgreich durchgeführt. Das Jahr darauf trägt Ariane 1 beim 14. Start innerhalb des ESA-Raumfahrtprogramms die Raumsonde Giotto auf ihre Bahn zu ihrer Begegnung mit dem Halley'schen Kometen im Jahre 1986. Im selben Jahr steigt auch Japan mit dem Start einer eigenen Rakete ins Rennen um den Weltraum ein.

In Florida explodiert kurz nach dem Start die Raumfähre Challenger aufgrund einer fehlerhaften Dichtung in einer der Feststoffraketen, die zur Schubverstärkung beim Start außen am Shuttle montiert sind. Normalerweise werden diese, nachdem sie ausgebrannt sind, vom Shuttle abgesprengt. Diesmal war die Explosion etwas größer …«

Die weißroten Explosionswolken, die der Holoprojektor in den Raum zauberte, fraßen sich wie ein V in den stahlblauen Himmel über Cape Canaveral. Dazu hörte man die Originalaufnahmen des schockierten Radiosprechers.

Die Stimme des Radiomanns verstummte und Eric fuhr mit gedämpfter Stimme fort: »Sieben Besatzungsmitglieder kommen ums Leben. Für dieses Mal wurde das Programm 32 Monate eingefroren. Es sollte leider nicht das letzte Shuttle-Unglück bleiben.

Während Amerika, abgesehen von einigen kleineren Raketenstarts, auf der Erde festsitzt, machen sich die Russen praktisch ans Werk. Sie bringen die erste Raumstation des neuen Typs Mir (Frieden) in die Erdumlaufbahn. Die 17 Meter lange Mir verfügt über fortgeschrittene Recycling-Technologie, ein Forschungslabor in einem separaten Modul und sechs voneinander unabhängige Andockmodule. 1987 setzen die Russen die Energia, das sogenannte ›Kraftpaket‹, ein. Kleiner, jedoch mächtiger als die Saturn V, trägt sie Lasten von 100 Tonnen auf niedrige Umlaufbahnen. Mit dem Kraftpaket Nr. 13 gibt es Schwierigkeiten beim Start.«

Das Hologramm zeigte einen vom Fuß der Startrampe ausgehenden roten Feuerball.

»Die Rakete wurde regelrecht abgefackelt. Die russischen Rettungseinheiten in Baikonur sind perfekt organisiert und trainiert, bei einem solchen Unglück sofort einzuschreiten.«

Man sah die in feuerfeste silberne Anzüge gekleideten Retter aus den lodernden Flammen stapfen, wartete jedoch vergebens auf Bilder von geretteten Kosmonauten. Sie trugen stattdessen eine Lade von der Größe eines Kleinwagens aus dem flammenden Inferno.
»Bis heute weiß man nicht, was so Wichtiges in der Kiste war, was den sicheren Flammentod von drei Kosmonauten rechtfertigen würde.
Kurze Zeit später stellt die Besatzung der Mir einen Rekord auf, indem sie 366 Tage in dieser Station verbringt. Die Erfolgsmeldung überlagert die Erinnerung an Energia 13 und bringt unschätzbare Erfahrungen über den Langzeiteinfluss der Schwerelosigkeit. Die ehemalige Sowjetunion handelt sie später gegen Devisen bei der NASA ein. Die Öffentlichkeit erfährt, dass Russland und Amerika in Zukunft in der Raumfahrt enger zusammenarbeiten wollten. Weiterhin werden Pioneer- und Voyager-Sonden von der NASA gestartet und die Russen senden von der Venus, mit einer Wenera-Sonde, die ersten Bilder von einem anderen *Planeten* zur Erde. Die durch Wärmeabgabe radioaktiven Plutoniums in ihren Nukleargeneratoren betriebenen Instrumente an Bord von Voyager 1 und 2 lieferten bis weit ins 21. Jahrhundert Messwerte. Es beginnt eine neue Ära in der Erkundung des Weltalls. Für lange Zeit wird niemand weiter in den Raum vordringen als diese beiden Sonden.
Zur gleichen Zeit gibt die NASA, nicht bevor Erfolg vorzuweisen ist, der breiten Öffentlichkeit eine Mission bekannt. Eine Sonde mit einem Rover, einem kleinen Fahrzeug mit einem Labor an Bord, landet auf dem Mars. Zuvor, 1998, hatten sie zusammen mit der ESA und der russischen RKA bereits mit dem Bau der internationalen Weltraumstation begonnen. Sie soll zugänglich sein für jedermann, der genügend Geld und diplomatische Beziehungen hat. Nach der Jahrtausendwende haben sich die Raumfahrtorganisationen der Welt alle an eine gewisse Routine gewöhnt. Der Raumhafen Neuguinea wurde ausgebaut und die Russen übten einen gewissen Druck auf kleinere Organisationen aus, um sie hinter sich zu vereinigen. Dazu gehörten auch die großen Fluggesellschaften mit ihren touristischen Kurztrips in den selbst konstruierten Billig-Orbitern. 2010 ist die Raumstation voll in Betrieb. Neben wichtigen Experimenten, die nur unter

Mikrogravitation gemacht werden können, wird bis zum Jahr 2023 ein Raumschiff mit Fusionsantrieb entwickelt und gebaut, das im Weltraum die doppelte Geschwindigkeit von Raketen erreicht. Dies verkürzt die Reise zum Mars, dem nächsten Ziel der internationalen Gemeinschaft, von acht auf vier Monate. Ein Vorspiel zu einer Zukunft, in der von einer Station auf dem Mond Schiffe zu den Sternen starten sollen. Das Betreten des Mars durch die Menschen führte ab 2040 durch Terraforming zur Kolonialisierung des Mars, wie man ihn heute kennt.«

Die dreidimensionalen Bilder zwischen Eric und dem Prüfungsgremium zeigten die unter riesigen durchsichtigen Kuppeln liegenden grünen Täler und die freiliegenden Wüsten im Hochland des terrageformten Gebietes des Planeten.

Etwas störte Nadilla an der Situation im Saal. Sie beschloss, sich durch die verschiedenen Sichtmodi ihrer Handycam zu schalten. X-Ray, Restlicht, Infrarot, Normal.

Zurück. Da stimmte etwas nicht! Sie schaltete zwischen Infrarot und Normal hin und her, fror je ein Bild ein und legte sie übereinander. Nadilla traute ihren Augen nicht. Das Glasfaserkabel übertrug die Bilder durch den Lüftungsschacht des Saals, seinem Namen entsprechend, glasklar. Ihre Handycam zeichnete alles auf. Erics Wärmebild stimmte nicht mit seinem Standpunkt im Normalmodus überein. Er stand quasi neben sich oder vielmehr hinter sich. Vom Prüfungsgremium ungesehen.

Eric war während des Referierens aus seiner eigenen Holoprojektion getreten, welche kein Lux durchsichtig war! Das Hologramm wirkte wie das wirkliche, physikalische Vorbild. Es bewegte sich und sprach.

Mit einem am Gürtel angebrachten Tarnschild entzog sich Eric den Blicken des Gremiums und machte sich auf den Weg zum Hinterausgang. Er erweiterte seinen Tarnschild, damit der Lichteinfall vom Notausgang, durch den er jetzt nach draußen trat, blockiert wurde.

Die Türe schloss sich leise hinter ihm und er blieb stehen, um in einem als Buch getarnten Multifunktionsgerät mittels der im Projektor eingebauten Kamera zu beobachten, was jetzt im Saal passierte. Die Prüfungsexperten hatten von der kleinen Täuschung nichts mitbekommen.

Während Erics Hologramm immer noch hinter dem erhöhten Pult stand und den Vortrag über die Raumfahrtgeschichte hielt, schnalzte Nadilla draußen im Gang anerkennend mit der Zunge, schaute sich kurz um, ob sie nicht selber beobachtet würde, und richtete ihren Blick wieder auf den kleinen Monitor.

»...muss ich noch einmal auf das erste und zweite Shuttleunglück zurückkommen. Die Zwangspausen durch die beiden Katastrophen geben der NASA Zeit, ihre Zukunftspläne neu zu überdenken, neue Erfindungen zu machen und viele nützliche Verkleinerungen der Raumschiffkomponenten zu realisieren. So erhöhen sie zum Beispiel die Ladekapazität des Shuttles. Diese Tatsache wird jedoch nie öffentlich bekanntgegeben. Die Hüllengröße des Raumschiffs wurde beibehalten, während sich das Fassungsvermögen des Laderaums fast verdoppelte und das Gesamtgewicht des Orbiters sich halbierte. Die NASA und der amerikanische industrielle Waffenkomplex beginnen 2009 mit finanzieller Beteiligung der CIA, parallel zur Internationalen Station, die Weltraumstation ›Freedom‹ zu bauen.«

Bei diesen Worten griff einer der Professoren in die Tasche seines Weißen Kittels und wählte eine bestimmte Nummer des Staatssicherheitsdienstes an. Er musste sich nicht mit Worten melden. Die Tatsache, dass er die Institution angewählt hatte, genügte, um ein Agententeam anzufordern. Es war der einzige Zweck dieser Nummer.

»Geschützt durch die gleichen Stealth-Schutzschilder wie die amerikanischen Bomber und die ›Zero-G-Jäger‹, hängt Freedom 490 Kilometer über der Erde im Weltraum. Die ›Zero-G‹-Flugobjekte, die, im ›Area 51‹ entwickelt, dem Piloten erlauben, in einer Blase von null G Erdanziehungskraft zu operieren, befähigen den Piloten, ein Fluggefährt zu steuern, das praktisch rechte Winkel in der Luft fliegen und von null auf Mach 50 beschleunigen kann, ohne die Kontrolle zu verlieren. Leider funktioniert der ›Zero-G-Effekt‹ nur innerhalb der Erdatmosphäre.«

Im Dunkel blitzte der Strahl eines Schreibgerätes auf. Der Spot folgte den handschriftlichen Anmerkungen eines anderen Profs, der sich aufschrieb, dass Eric diese Maschinen zu einem viel zu frühen Zeitpunkt der Geschichte erwähnte. Für die von der Geschichtsschreibung abweichenden Ausführungen Erics sollte es Abzüge in der Benotung geben.

»Weil die Ressourcen der NASA immer noch beschränkt sind durch das riesige Staatsdefizit des ehemaligen Präsidenten G. W. Bush, machen sie der rivalisierenden Koalition der Russen, den nach ihnen am weitesten entwickelten Organisationen, ein unwiderstehliches Angebot: die Weltraumstation ›Freedom‹. Im Gegensatz zur ISS soll sie verdeckt agieren. Sie soll eine nach kapitalistischen Grundsätzen geführte Weltraumstation werden. Die gemeinsame Währung ist Technologie. Weil gerade zu dieser Zeit mehrere Organisationen bei den Russen abspringen, erklären sie sich einverstanden, bei dem weltumspannenden Projekt mitzumachen. Unter der Bedingung, dass die Station mindestens so lange geheim gehalten werde, bis alle beteiligten Organisationen ihren Schnitt gemacht hätten. Aus den Verhandlungsprotokollen ist zu entnehmen, dass der amerikanische Unterhändler darauf mit einem Lächeln und ›Damit haben wir kein Problem, Mister Putin‹ antwortete.«

Das Hologramm des kleinen Mannes mit der Glatze lächelte zufrieden in die Linse des 3-D-Aufzeichnungsgerätes, das bei diesem Anlass das erste Mal eingesetzt wurde.

»Ein paar Jahre später eroberte dieses System die Kinos auf der ganzen Welt. Und wenig später war es auch Standard beim Home Entertainment. Nicht das erste und nicht das letzte Mal, dass die Raumfahrt etwas hervorbrachte, das sich heute niemand mehr aus dem täglichen Leben wegdenken kann«, fügte Erics Hologramm als Nebenbemerkung ein.

Beim Wort »Raumfahrt« machte der holografische Eric mit den Fingern Anführungszeichen in die Luft.

Draußen auf dem Gang lächelte Nadilla, als sie es sah. Kurz checkte sie, ob sie weiterhin unbeobachtet sei. Eric war zuvor verschwunden. Doch sie wusste ja, wo sie ihn finden konnte, und konzentrierte sich deshalb wieder auf die Bilder aus dem Saal. Sie wollte unbedingt wissen, wie es weiterging.

»Die Energia-Raketen der Russen und die kapazitätserweiterten Spaceshuttles befördern zusätzlich benötigte Baukomponenten für Freedom, gleichzeitig mit den Teilen für die offizielle Station, in den Weltraum. Das Material stammt aus riesigen Ressourcen, die ein einzelnes Land nie aufbringen könnte. So entsteht parallel zur offiziellen Station bis 2021 ›Freedom‹, die erste wirklich große Weltraumstation der Menschheit. Sie ist einen Kilometer lang und an der weitesten Stelle der dreigeteilten Station, am Mittelring, 600 Meter breit. Die beiden weit ins All ragenden Gerüste bestehen aus riesigen Sonnenpaddeln mit Kollektoren der neuesten Generation. Der innerste Teil dreht sich um seine eigene Achse, um am Rand, wo die Wohneinheiten der Besatzung liegen, ein künstliches Schwerefeld zu erzeugen. Man nennt dies eine Schwerkrafttrommel. Wäre die Station nicht vom Stealth-Schutzschild umgeben, könnte man sie von der Erde aus mit bloßem Auge als leuchtendes Objekt sehen, das scheinbar größer als die Venus und heller als der Mond ist.«

Das Satellitenauge zoomte heran, bis das stattliche Schulgebäude das Bild ausfüllte. Erics Gestalt wurde im Schatten am Hinterausgang erfasst. Der Bildausschnitt vergrößerte sich wieder und am großen Frontportal sah man ein graues Staatsfahrzeug einen sportlichen Stopp hinlegen. Eilig stiegen vier Männer aus. Zwei davon hielten auf den Haupteingang zu, die anderen zwei liefen in einer Zangenbewegung ums Gebäude.

»Als die ersten Experimente im internationalen Laborkomplex von

Freedom anlaufen, können die Forscher der Vereinigten Staaten, Kanadas, Europas, Russlands und Asiens profitieren. Sie können die Atmosphäre und die Erde beobachten und Experimente anstellen, die nur im Weltraum möglich sind. Wie beispielsweise die Weiterentwicklung der Zero-Gs oder die Züchtung von perfekten Kristallen.«

Die Professorin, die Eric hereingebeten hatte, wollte aufstehen und protestieren. Ihr Kollege, der die Staatsicherheit informiert hatte, hielt sie mit festem Griff am Oberarm zurück und flüsterte: »Warten Sie noch einen Moment. Ich will sehen, worauf er da hinauswill.« Nach kurzem Zögern nickte die Professorin und lehnte sich wieder in ihren Stuhl zurück.

Nach einem letzten Blick in sein »Buch« klappte Eric es zu und machte sich über einen Zaun und durch die Gebäude des riesigen Campus davon.

»›Freedom‹ wird Tor zum interplanetaren Raum und darüber hinaus eine Tankstelle und Reparaturwerkstatt für Satelliten und Transferfahrzeuge zum Mond, genauso wie die kleinere internationale Raumstation. Nur viel größer und betriebsamer! Während ihrer Lebensdauer von ca. 50 Jahren wird ›Freedom‹ für weitere Zwecke umgebaut. Die Wohn- und Arbeitsräume werden mit Verbindungsknoten ausgestattet, die eine einfache Erweiterung ermöglichen. Mit speziellen Halterungen auf den Längsträgern bildet man Verbindungen zu Hangars, die der Wartung von Raumschiffen dienen. In derselben Umlaufbahn, in einigem Abstand der Station, wird ein Montagedock eingerichtet, ebenfalls durch Stealth getarnt. Astronauten der Station bauen hier gewaltige Raumschiffe. Vorerst noch mit Schwerkrafttrommeln für Reisen zum Mars sowie zu anderen Planeten.

2030 arbeitet ein Wissenschaftsteam auf ›Freedom‹ erfolgreich an der Umkehrung des Zero-G-Effekts. Das erste Raumschiff mit Materie-Antimaterie-Triebwerken wird aus Modulen gebaut, von denen jedes ein Schwerkraftfeld gewünschter Stärke erzeugen kann. Die Pläne für eine solche Maschine existieren schon lange. Doch das Problem der

Schwerelosigkeit im All musste zuerst gelöst werden, bevor man zum Bau eines entsprechenden Raumschiffs schreiten konnte. Im Triebwerk schwebt ein in der Schwerelosigkeit produzierter Kristall aus Antiwasserstoffmaterie in einem elektromagnetischen Feld. Ultraviolettes Licht setzt daraus Antiprotonen frei, die von Magnetspulen zur Düse geleitet werden. Wenn der Antiprotonenstrahl auf normalen Wasserstoff trifft, heben sich die Energieformen auf und erzeugen energetische subatomare Teilchen und Gammastrahlen. Die Partikel strömen mit 94 Prozent der Lichtgeschwindigkeit aus der Düse. Der Schub der Materie-Antimaterie-Triebwerke beschleunigt das auf den Namen *Spock* getaufte Raumschiff annähernd auf Lichtgeschwindigkeit, was die Reise zu anderen Sternen in greifbare Nähe rücken lässt.«

Die bereits unruhig gewordenen Mitglieder des Prüfungskomitees schauten sich fragend an. Die Professorin ließ sich jetzt nicht mehr zurückhalten und ergriff das Wort: »Es wurde nie bewiesen, dass eine solche Konstruktion in der Praxis funktioniert. Die Zero-Gs sind Flugmaschinen, die es erst seit 2060 gibt. Und von einer Umkehr des Zero-G-Effektes sind wir so weit entfernt wie die Sterne der Galaxis.«

Erics Hologramm reagierte nicht darauf, sondern fuhr unbeirrt fort.

»Eric Steward! Stellen Sie sofort Ihren Vortrag ein!«

Oh, oh! Das roch nach Ärger. Nadilla warf noch mal einen Blick auf das Wärmebild des Hinterausgangs und hielt es dann für besser, die Überwachung abzubrechen. Kaum hatte sie die Geräte wieder in ihren Gürteltaschen verstaut, kamen zwei in Schwarz gekleidete Herren mit dunklen Sonnenbrillen den Gang herunter. Einer von ihnen betrat sofort den Saal, der andere steuerte auf sie zu. »Agent Scalltry, Staatssicherheitsdienst. Was tun Sie hier?« Er zog einen Ausweis aus der Innenseite seines Jacketts und ließ ihn aufklappen. Auf der einen Innenseite war ein wunderschön glänzender Stern mit den Initialen S. S. D. eingeprägt. Er steckte ihn wieder weg, bevor Nadilla richtig sehen konnte, was auf der anderen Seite stand.

»Ich bin die nächste Probandin«, antwortete sie und unterdrückte erfolgreich ein Zittern in ihrer Stimme.

Er schaute ihr forschend in die Augen. »Du wirst hier heute nicht mehr gebraucht, Mädchen. Du kannst nach Hause gehen. Man wird dich wieder herbestellen, wenn du deine Prüfung ablegen sollst.«

Das ließ sie sich nicht zweimal sagen. Mit kurzen, schnellen Schritten lief sie den Gang hinunter und drehte sich erst nochmals um, als sie die Tür zu Saal 17 hinter dem Mann schließen hörte. Als sie die Gewissheit hatte, nicht mehr beobachtet zu werden, beeilte sie sich, aus dem Gebäude zu kommen.

Während das Außenteam den Hinterausgang des Saals sicherte, sprach einer der Agenten bereits mit den Professoren. »Ja, ich habe das Rufsignal gegeben«, antwortete der Professor auf die zuvor gestellte Frage. »Ich bin der inoffizielle Mitarbeiter *Philiosoph*.« Der Agent überprüfte dies kurz mit seinem Handcomputer, der direkt mit der tausend Kilometer entfernten CPU verbunden war.

Die Lichtschächte geöffnet, war es jetzt hell im Saal. Die ›Spock‹, durch das Tageslicht etwas blasser, glitt noch immer lautlos durch den projizierten Weltraum.

Das Hologramm von Eric stand regungslos hinter dem Rednerpult. Agent Scalltry ging darauf zu und suchte den Schalter, um die Maschine zu deaktivieren. Seine großen Hände senkten sich auf den dafür bezeichneten Knopf und die Projektionen im Raum zogen sich zusammen wie das Bild eines altertümlichen Graustufen-Fernsehgeräts, wenn man es ausschaltet.

Eric hielt ein Buch mit dem Titel »The birds fall down« quer vor sich. Ein Buch war schon außergewöhnlich genug. Nur las er nicht, sondern schaute in einen eingebauten Flachbildmonitor, der zeigte, was gerade im Saal 17 passiert war. Die Furchen einer mächtigen Hand entfernten sich vom Fischaugenobjektiv und Eric konnte wieder den ganzen Saal überblicken.

Gut, die Agenten hatten die integrierte Kamera mit dem Aufzeichnungsgerät übersehen. Wie für diese Eventualität vorausberechnet. Psychologische Kalkulation war eben doch eine Wissenschaft. Eric schaute verschmitzt lächelnd auf den kleinen Monitor in seinem Buch, als Nadilla in die Jazzkantine stürzte. Er klappte das Buch zu und Nadilla lief an seinen Tisch.

»Willkommen in meinem Büro.«

Nadilla setzte sich wortlos neben ihn. Nachdem die Bedienung ihre Bestellung aufgenommen hatte, brach es aus ihr heraus. Mit einem giftigen Flüstern begann sie: »Wie bist du so schnell hierhergekommen? Weißt du eigentlich, dass der SSD hinter dir her ist?«

Er klappte das Buch wieder auf und deutete auf den Monitor. »Ja, nur zu gut. Eigentlich sollte das ein Experiment über Psychologische Kalkulation werden. Für meine Abschlussprüfung in diesem Fach. Die Parallelstory der Raumfahrt war nur, um zu sehen, wie die Professoren reagieren. Die Schulleitung war mit der kreativen Methode meiner Dissertation bezüglich der Kalkulation darüber, was die Profs tun würden, einverstanden. Es ist alles auf dem Rektorat hinterlegt. Offensichtlich hat aber niemand den eigentlichen Vortrag über Geschichte, der als Vorwand diente, gelesen. Zumindest niemand, der inoffizieller Informant des Staatsicherheitsdienstes ist. Meine Kalkulationen, die übrigens bis auf eine Gabelung, die Benachrichtigung der SSD, ins kleinste Detail die Reaktionen der Professoren vorausgesagt haben«, sagte er ein wenig stolz, »habe ich auch auf der Campus-Datenbank hinterlegt, um belegen zu können, dass ich richtig gerechnet habe. Die Parallelstory der Weltraumfahrt ist eigentlich nur aus bruchstückhaften Informationen zusammengesetzt, von mir logisch hochgerechnet und ergänzt worden. Es ist eigentlich nicht mehr als eine durch psychologische Kalkulation errechnete Verschwörungstheorie! Das dachte ich jedenfalls bis jetzt. Aber wie es scheint, habe ich damit voll ins Schwarze getroffen.«

Nadilla blies wieder ihre Backen auf und machte große Augen. »Na ja. Auf jeden Fall wissen wir jetzt, dass es nicht nur im 15. Jahrhundert gezielte Desinformation gegeben hat.« Sie zwang sich zu einem Lächeln.

»Meinst du, es wäre besser, wenn du jetzt untertauchst? Ich glaube nicht, dass du dich den Behörden stellen solltest.«

Eric musste sich beherrschen, um sie nicht mit den Augen zu verschlingen, musste ihr aber vernünftigerweise zustimmen: »Ich werde mich eine Weile bedeckt halten. Es ist nicht nötig, dass du da mit reingezogen wirst, Nadilla. Ich könnte es nicht ertragen, wenn dir etwas geschehen würde. Wir sehen uns wieder hier, wenn es sicherer ist.«

»Möchtest du mich denn wiedersehen?«

Er nahm ihre Hand und hauchte ganz nah in ihr Ohr: »Die Alternative wäre unvorstellbar … Ich muss jetzt los. Wenn die mich erwischen, bevor ich mit meinem Vater gesprochen habe, werde ich in größere Schwierigkeiten kommen, als wir es uns vorstellen können.«

Sie wollte ihn nach seinem Vater fragen, doch Eric klappte sein Buch zu, gab ihr einen Kuss auf die Wange, flüsterte: »Wir sehen uns hier«, und war verschwunden, bevor sie reagieren konnte.

Schnell überblickte Nadilla das Restaurant und entdeckte am Eingang eine Beamtin, unverwechselbar eine des Staatssicherheitsdienstes, welche die Glastüre aufschob und die Kantine betrat.

Zehn Tage verbrachte Nadilla jede freie Minute in der Jazzkantine. Einmal noch kam ein Agent herein und stellte allen Fragen. Sie schüttelte nur den Kopf auf die Fragen, als sie an der Reihe war.

Eric hatte versprochen, sie hier wiederzusehen. Mehr hatte er nicht über sich verraten, bevor er eilig das Restaurant verlassen musste. Dann endlich steckte ihr die Bedienung eine Nachricht zu.

Das Satellitenauge beobachtete, wie sie auf der Straße ein Taxi rief. Es verfolgte ihre Fahrt zu der unbekannten Adresse, die in Erics Nachricht erwähnt war.

»Nicht gerade die beste Gegend«, dachte Nadilla, nachdem der Taxifahrer widerwillig einen zwielichtigen Gesellen einsteigen ließ und dessen nächsten Bestimmungsort ansteuerte.

Einen Augenblick stand sie alleine in der dunklen Straße vor dem schmuddeligen Mietshaus. Sie warf einen Blick auf Erics Nachricht und lief in eine Seitengasse, ein Geländer entlang, die schmale Treppe hinunter und klopfte zaghaft an die eisenbeschlagene Türe. Eine Luke öffnete sich auf Kopfhöhe und eine Schlägervisage begutachtete sie.

Die Beschreibung, die man ihm gegeben hatte, passte. Er schloss die Luke und öffnete die Tür, die leise quietschte. Der Überwachungssatellit verlor sie aus den Augen.

Drinnen sah es echt gemütlich aus. Eigentlich wie eine weitere Jazzkantine. Nur in der falschen Gegend. Eric saß erneut in einer Nische und schien in seinem antiken Buch zu lesen. Sie setzte sich daneben und gab ihm einen Kuss auf die Wange.

»Die Zeit vergeht langsam für diejenigen, die warten.« Ihre Worte klangen vorwurfsvoll.

Eric schaute sich kurz um und gab ihr den Kuss zurück. Dann wandte er sich wieder seinem Buch mit dem Monitor zu, während er mit ihr sprach: »Wenn sie die Beweise nicht mehr vorweisen können, meinte mein alter Herr, könne er den Rest schon irgendwie unter den Teppich kehren. Mein Vater hat einigen Einfluss beim Militär. Und die sind bekanntermaßen keine Freunde des SSD. Er wird mir diese Leute vom Leib halten, wenn es irgendwie geht. Außerdem bin ich interessiert, wie nahe ich an der Wahrheit wirklich dran bin und wie es *heute* mit dem parallelen Fortschritt, der uns verschwiegen wird, aussieht. Und du, was möchtest du?«

Nadilla nickte eifrig. »Ich schlage vor, wir nennen es nicht parallelen Fortschritt, sondern das ›Fischerprinzip‹, und machen ein Projekt daraus. Wir teilen uns die Arbeit. Jeder von uns nach seinen Fähigkeiten. Ich forsche, wie ich es schon für meine Dis getan habe, und du machst aufgrund meiner Funde die psychologische Kalkulation. So können wir auf der Basis älterer Tatsachen, die leichter zugänglich sind, herausfinden, was heutzutage der aktuelle Stand sein *müsste*, und es uns dadurch erleichtern, an den richtigen Stellen zu bohren.«

Er sah kurz zu ihr auf und dachte: ›Bewundernswert analytisch!‹ Nadilla lächelte wieder ihr unvergleichliches Lächeln. »O. K., gute Idee. Aber lass uns ein anderes Büro suchen. Die Gegend hier ist nach zehn Uhr nicht mehr allzu sicher.«

Nadilla sah auf das zweigeteilte Monitorbild im Buch. Auf der einen Seite sah sie durch das Fischauge von Erics Holoprojektor einen Raum, der offensichtlich eine Asservatenkammer war. Eric begann mittels zweier im Buch eingelassener Kugeln, etwas zu steuern.

Die Schwebeeinheit in der Form eines Ufos löste sich gerade mit allen aufgezeichneten Informationen des Holoprojektors vom Rest des Koffers. Die vier Turbinen des Fluggeräts summten leise auf und das Teil hob Richtung Fenster ab. Die Gitter und das Glas der völlig veralteten Asservatenkammer des örtlichen Staatssicherheitsbüros waren kein Hindernis. Der rot schimmernde Strahl aus dem eingebauten Minilaser durchtrennte beides wie ein Messer weiche Butter. Die Einheit flog aus dem zwölften Stock des Gebäudes hinaus in die Dunkelheit der Nacht.

Auf der anderen Seite des Monitors schaltete das Satellitenauge auf Nachtüberwachung und Nadilla sah aus 300 Kilometer Höhe gestochen scharf, wie das kleine Fluggerät aus dem SSD-Gebäude schwebte.

Eric atmete erleichtert aus. Er aktivierte den Autopiloten und ließ die Schwebeeinheit ihren Weg nach Hause selber finden.

Das SAD-Experiment

1

Dimension AD 050207. Auf einem Planeten namens Erde. Wir schreiben das Jahr 1984, basierend auf dem Gregorianischen Kalender irdischer Zeitrechnung.

Yela saß in ihrem Wohnzimmer auf dem Sofa einer kirschroten Polstergruppe, genau in der Mitte, wo sie schier in den weichen lederbezogenen Kissen zu versinken schien, und starrte gedankenverloren in den Fernseher. Flash Gordon wurde gerade in Schwarz-Weiß von der Spinnenkönigin gefangen genommen. Sie schaltete das Gerät mit der Fernbedienung, die in ihrem Schoß lag, aus. Die langen, vollen Haare, die sich in blonden Wellen um ihre Schultern schmiegten, passten perfekt zu den frechen Stirnfransen, die sie sich für den heutigen Tag besonders kunstvoll frisiert hatte. Yela versuchte die kleine, perfekte Silhouette ihrer weiblichen Figur im grauen Spiegelbild des abgeschalteten Fernsehers auszumachen. Es war so still in dem von ihr modern und geschmackvoll eingerichteten Raum, dass eine Fliege, die gerade durch das statische Feld des Bildschirms flog, ein leises Knistern verursachte, das man in der Betriebsamkeit des Alltags nie wahrgenommen hätte.

Yela selbst hörte nur ein leises Klingeln in ihren Ohren. Sie überlegte, wer oder was sie geritten hatte, direkt vom kirchlichen Traualtar von ihrem zukünftigen Mann und einem gesicherten Leben wegzurennen. Mitten durch die verdutzten und teilweise auf sie schimpfenden Verwandten und Bekannten bahnte sie sich ihren Weg aus der Kirche. Sie stürzte sich in die Limousine, die eigentlich für die Hochzeitsreise gedacht war, und fuhr los, bis sie nach einer Weile vor ihrem Haus stand. Wie sie es fertiggebracht hatte, das Auto unter Kontrolle zu behalten, obwohl sie sich absolut nicht mehr daran erinnerte, wie sie hergefunden hatte, war ein Rätsel, dessen Auflösung warten musste. Nun saß sie hier und haderte mit ihrem Schicksal. Sie hatte keinen Verlobten mehr und keinen Geliebten.

Gert würde sie nach dem Debakel in der Kirche sicher nicht mehr zurücknehmen. Das wollte sie auch nicht. Sie wusste überhaupt nicht mehr, was sie wollte. ›Ob David jetzt wohl an mich denkt?‹, sinnierte sie. David, ihren Geliebten, hatte sie persönlich vor der Hochzeit aus ihrem Leben verbannt. Sie wollte einen guten, neuen Anfang mit Gert machen. Darüber hatten sie lange gesprochen.

Und doch musste sie jetzt an *David* denken. Deprimiert saß sie da in ihrem blendend weißen Hochzeitskleid. Tränen rannen aus ihren rehbraunen Augen langsam, glitzernd über ihre Wangen und tropften auf den blütenweißen Kragen.

Vielleicht würde ein bisschen Musik sie jetzt trösten oder zumindest ablenken, wie es David immer tat, wenn sie Alltagsprobleme hatte. Geistesabwesend drückte sie die richtigen Tasten auf der Fernbedienung der Hifi-Anlage, die, seitlich an der Wand befestigt, mit ihrem futuristischen Design und ihren aufleuchtenden Dioden aussah wie ein Relikt aus einem Science-Fiction-Film. Sofort begannen die massiven pyramidenförmigen Lautsprecherboxen mit ihren Plasmaflammen an der Spitze den ganzen Wohnraum mit den Klängen von Pink Floyd zu erfüllen.

Der Klang war unglaublich rein. Diese Lautsprecher gab es nicht zu kaufen. David hatte die Boxen, ja die ganze Anlage einzig und allein für sie angefertigt und ihr erklärt, dass die von den Flammen übertragenen, für den Menschen unhörbar hohen Töne auch zur Wahrnehmung beitrugen. Während sie die Musik genoss, fiel ihr Blick auf den gelben gepolsterten Briefumschlag auf dem Salontisch. Während der Hektik der Hochzeitsvorbereitungen war sie davon ausgegangen, dass es sich um ein Hochzeitsgeschenk von ihm handelte, und hatte es verdrängt. Yela seufzte tief und riss den Umschlag auf.

Die CD, die zum Vorschein kam, war vermutlich auch wieder eine Einzelanfertigung von David. Vielleicht würde man in der Zukunft eine

CD irgendwann ganz einfach zu Hause anfertigen können. 1984 war das nur möglich, wenn einem ein ganzes Labor zur Verfügung stand. Aber *er* brachte es immer wieder fertig, Compact-Disks nur mit Songs und Klängen bespielen zu lassen, die er persönlich darauf haben wollte. Woher und wie, darüber hatte David sich immer ausgeschwiegen. Genauso wie über seinen Beruf. ›Er kann einfach alles deichseln‹, dachte sie, während sie die CD-Hülle drehte und wendete. Nirgends stand etwas geschrieben. Auch nicht auf dem Tonträger selber.

Dafür lag ein fein säuberlich gefaltetes Blatt mit im Umschlag, das sie erst auf den zweiten Blick wahrnahm. Darauf stand ein einziger Satz: »Bewahre die CD bitte sicher auf und verrate niemandem, dass du sie hast. Kuss, David.«

Die natürliche Neugierde obsiegte. Nachdem sie die CD eingelegt hatte, setzte sie sich so hin, dass sie mit den Boxen ein gleichschenkliges Dreieck bildete. Bei den ersten sphärischen Klängen, die sich nach Walgesang anhörten, überkam Yela das Gefühl, dass etwas nicht stimmte. Der Klang dieser CD war anders.

Sie beugte sich auf dem Sofa nach vorne und schaute langsam zur Zimmertür, zur Wand vor ihr, wo sich die Lautsprecherboxen schlank, teilweise durchsichtig, neben dem Fernseher erhoben. Der kurze japanische Firmenname am unteren Bildrand des Fernsehers funkelte silbern. Zur Linken sah sie direkt in den grünen, von der Sonne durchtränkten Garten. Das helle Sonnenlicht strahlte bis auf den Parkettboden des Wohnzimmers hinein, wobei es feine, durch die Luft schwebende Staubpartikel sichtbar machte.

Sie saß in der optimalen Position, um Stereomusik zu hören. David hatte alles mit ihr zusammen so ausgerichtet. Das ungute Gefühl verdichtete sich in ihrem Bauch zu einem Unwohlsein. Etwas Unsichtbares zupfte und zerrte an ihrem rechten Ärmel. Es wurde immer stärker, als ob ihre Hand und mit ihr der ganze Arm in eine Schredderanlage hineingezogen würde. Die Hand verformte sich unnatürlich. Der ganze Arm begann sich zu strecken, zog sich optisch immer mehr in die Länge, bis er das kleinmaschige, kugelförmige Schutzgitter auf der Spitze der rechten Lautsprecherbox berührte, welches die brennende Plasmaflamme umfasste. Der Arm war zu einem gefühllosen Strahl zwischen ihr und der Flamme geworden. Eine Linie, die kürzeste Verbindung zwischen zwei Punkten.

Ungläubig und in Panik schaute sie auf den anderen Arm, wollte sich losreißen. Die nötige Kontrolle über ihren Körper blieb ihr verwehrt. In Richtung des anderen Lautsprechers passierte mit dem linken Arm dasselbe wie mit dem rechten. Ihre optimale Hörposition manifestierte sich bildlich.

Gleich darauf formte sich eine Aura, um das, was einmal ihre Arme gewesen waren. Wie das röhrenförmige Hologramm einer Lasershow begannen sich die regenbogenfarbigen, halb durchsichtigen Auren um das zu drehen, was einmal ihre Arme gewesen waren. Sie fühlte sich wie der Kieselstein in einer gespannten Steinschleuder.

Yela fragte sich noch, ob sie jetzt endgültig den Bezug zur Realität verlieren würde, während sie sich schon auf eine Reise in ihren eigenen Verstand begab. Die unsichtbare Hand, die sie sich in ihren Gedanken vorstellte, ließ das gespannte Gummi der »Steinschleuder« schnellen. Vor ihr die weiße Wand, in der Mitte der Fernseher auf seinem schlanken Fuß, darüber das Gemälde eines Wassertropfens, der gerade aus einer großen Fläche Wasser wieder emporspringt, um die Umrisse der Erde darzustellen. Links und rechts mit den beiden Flammen der Lautsprecherboxen verbunden, riss es Yela mit der Startgeschwindigkeit eines Kampfjets Richtung Wand, auf das Gemälde zu, das ihr die Flugbahn versperrte.

»Ich werde zerschellen!«, schrie es in ihrem Kopf. Sie hatte die Vision einer Person, die aus dem 58. Stockwerk eines Wolkenkratzers in die Tiefe springt, um sich unten ungebremst Stück für Stück auf dem Asphalt zu verteilen. Es waren ihre letzten Gedanken, bevor der Mikrokosmos, in dem sie gelebt hatte, jeden Sinn verlor und die Arme der Ohnmacht sie mit einem leichten Duft von Tannennadeln umfingen.

Im Bruchteil einer der Sekunden, in denen diese ganze unwirkliche Szene passierte, 30 Zentimeter bevor sie die Wand berührte, bildete der Rest von Yela zwischen den beiden Plasmaflammen der Boxen eine gerade Verbindung. Das rotierende Lichtbündel löste sich von den Plasmaflammen und zog sich im Zentrum zusammen, bis nur noch ein Lichtkegel übrig war, der in sich selber versank. Zurück blieb ein menschenleeres, stilles Wohnzimmer, derweil sich das klopfende Geräusch der ersten Regentropfen eines aufkommenden Gewitters auf dem Dach mit den walähnlichen, jammernden Klängen vermischte.

2

Noch nie in seinem Leben war er so gedemütigt worden. »Yela! … Yela!« Keine Antwort. Er überlegte. Nun gut, wenn sie die Türe zu ihrer Wohnung oder vielmehr zu ihrer ehemaligen Wohnung nicht öffnen wollte, würde er eben die Haustüre eintreten. Er würde ihre Miete nicht mehr bezahlen, und sie würde rausfliegen. Ja, das hatte sie nicht anders verdient!

Als ihn der Schmerz in seinem Fuß, mit dem er gegen die massive Türe getreten hatte, so wie er es im Film oft sah, wie ein Messerstich durchströmte, zeichnete sich langsam auch der Gedanke in seinem Hirn ab, dass er sie erwürgen würde, sobald er sie in die Finger kriegte.

Während er resigniert die Stirn an die Eingangstüre presste, gewann langsam das bisschen Verstand, das er noch besaß, wieder die Oberhand und es kam ihm in den Sinn, dass das Küchenfenster für die Hauskatze immer einen Spalt offen stand. Gesichert, aber offen. Er würde dieses verdammte Fenster schon ganz aufbringen, und dann konnte das Luder ihr blaues Wunder erleben.

Niemand hatte Gert je für einen besonders intelligenten Menschen gehalten. Aber er hatte es bis jetzt in seinem Leben immer verstanden, sich für etwas ganz und gar einzusetzen, und so erreicht, was er wollte. Eine florierende Firma. Einen bescheidenen Wohlstand, mit dem er dachte, eine Familie ernähren zu können. Alleine deswegen hatten ihn viele seiner betuchten Bekannten schon immer belächelt. Darum wollte er es allen zeigen!

Sein kleines Unternehmen hatte er bereits mit 18 Jahren gegründet und es mit eben seiner Naivität und seinem Arbeitseinsatz zu dieser gut laufenden Wäscherei gemacht, die es heute war. Dann hatte er Yela kennengelernt. Vielmehr hatte er sie auf der langen Allee gesehen, die den Vorort, wo sie jetzt wohnte, mit dem Zentrum der Stadt verbindet, und sie anhand eines simplen Planes, den er selbst erdacht hatte, mit viel Fleiß in seine Vorstellungen vom Leben verwickelt.

Heute, kurz vor Mittag, sollte nun die Trauung stattfinden. Der Anlass, bei dem er über all diese studierten Besserwisser und Spötter triumphieren wollte, die ihn jahrelang für seine Biederkeit belächelt hatten. Und jetzt? Yela hatte ihn von allen Menschen, die er kannte, am meisten gedemütigt, indem sie ihn vor aller Augen sitzen ließ. Ja, er spielte tatsächlich zum ersten Mal in seinem Leben mit dem Gedanken, jemanden umzubringen.

Das Küchenfenster wurde nur von einer kleinen Metallkonstruktion einen Spalt weit aufgehalten, sodass die Katze gerade noch durchschlüpfen konnte. Mit seinen beiden Händen, in denen eine Bierdose wie ein Kinderbuntstift wirkte, fasste er in den Spalt und stemmte sich mit seiner ganzen Wut und Kraft gegen das Fenster. Wie Plastiksplitter eines zerbrochenen Kamms flogen die Einzelteile und Schrauben der Katzensicherung durch die Küche, Gert über das hüfthohe Fensterbord Kopf voran hinterher. Die Katze, die gerade an ihrem Fressnapf war, fauchte vor Schreck und rannte pfeilartig durch das frei gewordene Fenster nach draußen.

»Komm zurück, du Mistviech!« Gert knallte das Fenster an die Wand. Glas zerbrach.

»Yela!« Er stürmte durch alle Zimmer der Wohnung und hinterließ überall Dreck, der sich an seinen Schuhen beim Gang ums Haus und durch den Garten angesammelt hatte. Sie war weg. Kleider, und alles, was sie liebte, waren noch da. Wo Gert sonst zu sehr simplen Gedankengängen neigte, wurden diese immer wirrer.

Was, wenn jemand anderes auch mit dem Gedanken gespielt hatte, sie umzubringen? Diesen Gedanken, im Gegensatz zu ihm, aber Taten folgen ließ? Obwohl er das Gefühl hatte, es müsste gleich ein Name aus seinem Unterbewusstsein springen, war da nur gähnende Leere.

Vielleicht hatte ihr Verschwinden ja auch etwas damit zu tun, dass sie in der Kirche davongelaufen war? Oder ihr war draußen irgendwo Schreckliches passiert. Ein Unfall oder ein Überfall. Man würde sie finden und als Ersten ihn verdächtigen. Das kam ihm alles so bekannt vor. Würde er ab jetzt sein Leben auf der Flucht verbringen müssen? Unter einem falschen Namen? Nein! Er war kein Mörder. Am besten wäre es, er ginge zur Polizei, um eine Vermisstenanzeige aufzugeben, bevor jemand Yela finden und der Verdacht auf ihn fallen würde.

Er wollte doch nur seine heile Welt zurück! Mit Yela, die er noch immer liebte, oder wenigstens das, was sie darstellte in seiner kleinen, perfekten Welt, die er sich aufgebaut hatte und die jetzt in Trümmern dalag wie eine Stadt nach heftiger Bombardierung.

3

Er hieß Thor Berg, und als er zum zweiten Mal in 48 Stunden diesen fetten Ausbund an Intelligenz auf seinen Schreibtisch im Großraumbüro der Kripo auf sich zukommen sah, wusste er, dass der Tag gelaufen war. ›Oje! Dieser Job hat mich zum Zyniker werden lassen‹, dachte Thor und stand auf, um seinen Besucher zu begrüßen.

»Guten Morgen, Herr Meerkämper, wie geht es uns denn heute?«, hauchte er mit bittersüßer Stimme.

Alles, was vermisste Personen anging, lief früher oder später über Thor. Aber diesen Kerl hatte die neue Polizistin, die vor zwei Tagen auf dem Revier im Erdgeschoss ihren Dienst angetreten hatte, dazu überreden können, ihn früher zu ihm zu begleiten, obwohl es noch keine zwei Stunden her war, dass Meerkämpers Verlobte zu dem Zeitpunkt vermisst wurde.

»Jetzt sind wir nie nicht weiter gekommen als wie vor zwei Tagen. Nur dass die Spur jetzt wahrscheinlich kalt ist!«

›Das hat er sicher in einem Fernsehkrimi gehört‹, ging es Thor durch den Kopf.

»Wenn Sie alles so gemacht haben, wie ich es ihnen letztes Mal geraten habe, Herr Meerkämper, dann werden wir Ihre Verlobte schon wiederfinden.«

»Ja, ja. Ich habe in der Wohnung alles so gelassen, wie ich es vorgefunden habe. Ich habe auch die Stereoanlage wieder eingeschaltet. Schreckliche Musik!«

»Schrecklich?«

»Ja. Schrecklich experi…, experment…« Thor entfuhr ein kleiner Seufzer.

»Experimentell? Dann wollen wir mal keine Zeit mehr verlieren, Herr Meerkämper.«

Er setzte sich hin und schaltete den Computer ein, um die Vermisstenanzeige aufzunehmen, bevor dieses Gespräch zur Diskussion ausarten konnte. Weiterhin auf diesem Level zu kommunizieren hätte ihn sonst wohlmöglich noch wahnsinnig gemacht. Sein Gegenüber hatte schon den Mund geöffnet, setzte sich dann aber auch hin und ließ die Fragen zu seiner und zur Person seiner Verlobten erstaunlich geduldig über sich ergehen.

Der an den Computer gekoppelte Drucker ratterte und ließ die Vermisstenanzeige herausgleiten. Thor riss die Transportstreifen ab und gab Gert den Ausdruck, um ihn durchzulesen. In der Zwischenzeit leitete er Kopien davon an seine Arbeitskollegen weiter, damit sie sie anhand der Daten, Hotelmeldungen und Tagesberichte auf Yelas Namen überprüfen konnten. Dasselbe ging an die Landespolizei für den Fall, dass sie in eine Radar- oder Rotlichtfalle getappt oder in sonst einer polizeilichen Aktion aufgefallen war. Zurück am Schreibtisch, unterschrieb Gert die Aussage vor den Augen Thors, der sie mit anderen Unterlagen zusammen in ein Klarsichtmäppchen schob und ins Fach für zu bearbeitende Fälle legte.

»Und nun schauen wir uns die Sache vor Ort an, mein lieber Herr Meerkämper«, säuselte Thor und sie gingen.

Mit mehr oder weniger vorgetäuschtem Interesse durchforstete Thor die Wohnung, ohne dabei zu erwarten, einen wirklich brauchbaren Hinweis zu finden. Seine Augen schweiften flüchtig durch Bad und WC, durch ein

Zimmer, das als Heimbüro zu dienen schien, und er hielt die Türe zum Schlafzimmer etwas länger auf, um den leicht süßen Duft eines Parfüms, der vom Schminktisch ausging, zu genießen.

In der Küche schließlich war es etwas kälter als im Rest der Wohnung. Na bitte! Endlich etwas, das einer Erklärung bedurfte. Thor drehte sich um, um nach Herrn Meerkämper zu rufen, und bemerkte, dass dieser schon die ganze Zeit hinter ihm hergelaufen sein musste.

»Na? Spannend, einen Kriminalen bei der Arbeit zu beobachten?«

Man hörte es im Kopf von Gert förmlich arbeiten, bevor seine Lippen fähig waren, ein lang gezogenes, unsicheres »Jaaa« zu formulieren.

»Nun gut. Können Sie mir dann beantworten, was es mit der eingebrochenen Fensterscheibe und den dreckigen Fußtritten auf sich hat?« Thors Daumen zeigte über die Schulter.

»Ja …«, kam es wieder aus Gerts Mund.

»Ja, was?«, entfuhr es Thor. »Was für eine Show wollen Sie hier abziehen, Herr Meerkämper? Wieso ist diese Scheibe eingeschlagen? Und«, fügte er für Gert überraschend hinzu, »wieso wohnten Sie in verschiedenen Apartments, wenn Sie doch heiraten wollten?«

Langsam riss Thor der ohnehin schon dünne Geduldsfaden, an dem sein Gegenüber hing. Dieser Typ war weit davon entfernt, auf seinem Niveau zu kommunizieren.

»Das haben wir vor Monaten so abgemacht. Das hätte sich nach der Hochzeit geändert. Sie hat es mir versprochen!«, beharrte Gert und die folgenden Worte sprudelten nur so aus ihm heraus. »Das Fenster musste ich einschlagen, um in die Wohnung zu kommen. Ich hatte meinen Schlüssel nun natürlich nicht extra zur Hochzeit mitgenommen.« Er hob unschuldig seine Schultern. »Wir wollten ja zusammen zurückkommen. Als ich dann nicht in die Wohnung konnte und dachte, Yela würde mich ausschließen, packte mich die Wut und ich wollte unbedingt in die Wohnung.«

»Und in Ihrer Wut haben Sie Ihre Verlobte erschlagen, geköpft und in die Kühltruhe im Keller gestopft! Gehen wir doch gleich mal nachschauen«, vollendete Thor.

»Nein, nein, Inspektor! Ich habe die Wohnung leer vorgefunden und, nachdem ich bei Ihnen war, genauso gelassen, wie ich sie entdeckt gehabt habe.«

Thor durchdrang Gert mit seinem Blick. Gerts Unterlippe begann zu zittern. Gleich würde der Große losheulen. Der Kerl schien die Wahrheit zu sagen. Und trotzdem hatte Thor ein ungutes Gefühl bei der Sache.

Er drängte sich wortlos, ohne dem eingeschlagenen Fenster weitere Beachtung zu schenken, an Gert vorbei aus der Küche. Den Gang entlang öffnete er die nächste Tür, hinter der ein Zimmer vollgestopft mit Gerümpel und Wäsche lag.

»Hören Sie doch, Inspektor. Wir hatten ein Abkommen. Jeder hatte seine Freiheiten.«

– Nerv! –

»Nun halten Sie doch endlich die Schnauze, Mann! Ich glaube Ihnen ja. Das vorhin war nur ein Bullenwitz, verstehen Sie? Ich versuche mich jetzt zu konzentrieren!«

Während Gert damit beschäftigt war, darüber nachzudenken, ob ein Polizeibeamter so mit ihm reden dürfe, drehte sich Thor von seiner Ahnung getrieben um und lief auf die letzte Türe zu, durch die er noch nicht geschaut hatte. Einhändig, mit gespreizten Fingern, stieß er sachte die Tür auf. Der Anblick der elektronischen Geräte und ihre Anordnung verdichtete sein ungutes Gefühl zu einer Faust der Gewissheit, die ihm mit geballter Kraft in den geistigen Solarplexus schlug. Er kannte die Konstellation. Nein, das konnte einfach nicht sein! Alles erschien ihm auf einmal so unwirklich. Doch die Abstände zwischen den einzelnen Geräten, die Proportionen, die Plasmaflammen. Alles stimmte überein. Wie andere Menschen ein Gespür für Elektrosmog haben, konnte Thor eine ganz bestimmte Reststrahlung wahrnehmen, die noch im Raum weilte. Mit etwas unsicheren Schritten bewegte er sich zur Couch.

»Sorry, Inspektor«, sagte Gert vorsichtig im Türrahmen stehend. »Ich habe die Anlage zwischendurch einmal ausgeschaltet.« Mit einer sehr langsamen Kopfbewegung und schmalen Augen drehte sich Thor nach ihm um. »Sie meinen, Sie haben sie tatsächlich wieder angemacht, damit alles so ist wie zum Zeitpunkt, als Sie in die Wohnung eingebrochen haben?«

»Na ja, wenn ich ehrlich sein soll, ist es nicht genau dieselbe CD, welche eingelegt war. Die lief ja nun nicht mehr. Nachdem sie mir bei meinem ersten Besuch vor zwei Tagen sagten, ich solle alles so lassen, wie ich es vorgefunden habe, ging ich hierher zurück und hab die Anlage wieder eingeschaltet. Ohne die schreckliche Musik abzuspielen. Später dann habe ich nicht mehr daran gedacht und eine meiner Lieblings-CDs eingelegt. Bitte verhaften Sie mich nicht, Herr Inspektor!«

Thor bekam Kopfschmerzen. »Wo ist die ursprüngliche CD?«, wollte er wissen.

»Sie liegt hier in dieser Hülle.«

Gert zeigte auf den Salontisch, wo der aufgerissene Briefumschlag und daneben die neutrale Hülle mit der CD darin lagen. Thor bückte sich nach der Hülle. Gerade fasste er die CD mit der einen Hand, als er die Ecke eines Blattes unter der Polstergruppe entdeckte. Mit der anderen Hand griff er danach und richtete sich wieder auf. Er las den Text auf dem Blatt, während Gert sich hüpfenderweise bemühte, auch einen Blick darauf zu werfen.

»Haben Sie eine Spur?«, wollte er wissen, weil es ihm nicht gelang, den gewünschten Blick zu erhaschen.

»Sie haben ja keine Ahnung, Mann«, brummte Thor ihn missmutig an. Er konfiszierte die CD und verabschiedete sich schleunigst. »Sie hören wieder von uns, Herr Meerkämper. Das ist jetzt offiziell ein Tatort.« Er schob Gert vor sich her nach draußen. »Meine Kollegen werden die Wohnung auf weitere Spuren und Hinweise untersuchen. Sie warten hier vor der Tür, bis meine Kollegen da sind. Lassen Sie niemanden rein. Kann nur ein paar Minuten dauern. Ich werde sie gleich über Funk anfordern. Und schauen Sie, dass Sie später unter einer der von Ihnen angegebenen Telefonnummern erreichbar sind.«

Er drehte sich auf dem Absatz und machte sich davon. Den sprachlosen Gert, der ihn mit Gewissheit eher früher als später wieder nerven würde, überließ er seinem Schicksal.

4

Noch halb im Schlaf, halb in diesem merkwürdigen Alptraum bemerkte er im ersten Moment nicht, dass all das Nasse um ihn sein eigener Schweiß war. Er setzte sich auf und wischte die dicke Daunendecke über seine langen Beine hinweg zur Seite. Während noch der Schweiß an seinen sehnigen Muskeln hinunterrann, stützte er sich mit durchgesteckten Armen auf der Tatami unter sich ab. Regungslos blieb er so ein paar Minuten sitzen, um jedes Detail des soeben Geträumten durchzugehen. Im Zimmer hörte man nur sein schnelles Schnaufen, das langsam in tiefe, gleichmäßige Atemzüge überging.

Yela, ein weißes Hochzeitskleid, ihr Wohnzimmer. Das Bild über ihrem Fernseher. Ihr Spiegelbild in der Fernsehröhre. Eine Schweißperle rann über seine falkenhafte Nase, über die Oberlippe, bis er sie mit der Zunge ableckte. Er sah eine fantastische Erscheinung, fast aus dem gleichen Blickwinkel wie Yela, nur wenige Zentimeter hinter ihr. So dicht, dass er ihren vermeintlichen Atem hören und ihr dezentes Parfüm riechen konnte. Gleich darauf war sie in diesem Lichtkegel verschwunden. Die Szene war so unglaublich realistisch, dass er daran zweifelte, nicht dabei gewesen zu sein.

David kreuzte seine Beine und wand sich dann mühelos, ohne sich weiter abzustützen, in einer Schraubbewegung nach oben. Als er stand, fuhr er sich zuerst mit der Hand durch sein pechschwarzes schulterlanges Haar, beugte sich dann nach unten und riss mit einem Ruck das durchnässte Leintuch von der dünnen Strohmatratze. Danach schlurfte er nackt, wie Gott ihn schuf, durch den Wohnbereich. Das nasse Haar glänzte im Mondlicht, das sich sanft durch die vorhangslose Fensterfront schlich. Mit dem Leintuch im Schlepptau schlurfte er Richtung Bad. Dabei grübelte er weiter über das Geträumte nach.

Dort angekommen, warf er das Leinen in den Wäschekorb. Er beugte seinen Kopf nach unten, um beim Einstieg in die Dusche nicht an der Duschvorhangstange anzustoßen.

Das kalte Wasser rann über sein Haar, von da über das Gesicht und von da tropfte es in das kleine Loch mitten im Boden. ›Aaah!‹, dachte David. ›Das tut gut.‹ Er musste immer wieder an Yela denken. Er sollte sich nach ihr erkundigen. Langsam hob er das Gesicht und hielt die Zunge in den kribbelnden Wasserstrahl. Hinter seinen geschlossenen Augen manifestierte sich ihr Gesicht. Wie ein Gedanke von Yela selbst schlich sich ein Gefühl vom Herzen in sein Hirn. Obwohl er jeden Tag versuchte, nicht mehr an sie zu denken, seit sie sich für die Heirat mit diesem Meerkämper entschieden hatte. Aber gerade jetzt verlangte es ihn danach, ihre samtene Stimme zu hören.

Halbwegs trocken und wieder im Wohnzimmer, schaute er auf die Uhr. Es war 5.30 Uhr morgens. Egal, er musste anrufen. Ihre Nummer hatte er noch im Gedächtnis. Als bei ihr niemand abnahm, ging er davon aus, dass sie bei Gert sein musste. Also suchte er in seinem Adressbuch, ob er diese Nummer irgendwann mal notiert hatte, fand sie und wählte sie mit zittrigen Fingern an.

David versuchte sich zu erinnern, wann die Hochzeit sein sollte und ob er die beiden wohl bei einer zu Ende gehenden Hochzeitsnacht stören würde. Das Klingeln hielt an. ›Mein Gott, wie lange das dauert.‹ Die Sekunden, bis sich endlich eine verschlafene Männerstimme meldete, verstrichen viel zu langsam.

»Ja … ja, Meerkämper. Was soll das um diese Zeit?!«

David entgegnete nur: »He, hier ist David. Gib mir bitte Yela ans Telefon!«

»Verdammt, Yela ist nicht hier. Die braucht auch nie mehr aufzutauchen. Sie ist vorm Traualtar weggerannt und einfach verschwunden. Sie hat nicht einmal ihre Kleider mitgenommen. Sie muss es sehr eilig gehabt haben wegzukommen.« Die Stimme tönte nicht nur müde, sondern auch ziemlich betrunken. »Du kannst ja zur Polizei gehen und sie als vermisst melden. Eine Frau im Brautkleid müsste doch auf der Straße auffallen.« Ein sarkastisches Lachen folgte.

»Aber du kannst sie doch nicht einfach so abschreiben, du Sack. Sie wollte dich heiraten!«, entfuhr es David.

»Sack? He, warte! Jetzt erkenne ich dich wieder. *Du* bist schuld. Ich habe dich mal gesehen, als du sie heimgebracht hast. Sicher ist sie bei dir. Die Polizei weiß ja noch gar nichts von dir. Wie lauten eigentlich deine Adresse und dein voller Name? Sag's mir auf der Stelle!«, lallte Gert.

»Das weißt du nicht?«

»Nö, aber sie hat mir vor der Hochzeit gestanden, dass sie mit dir rumgemacht hat. Ich werde dich schon finden. Ich werd nicht eher ruhn … nicht weich…« Der Satz endete in einem Gestammel. Der Telefonhörer schien auf den Boden zu fallen.

»Schon gut, Mann!« David nahm den Hörer vom Ohr und blickte fragend darauf, bevor er mit einem Kopfschütteln auflegte.

Einen Moment lang dachte er wirklich daran, selber zur Polizei zu gehen. Was sollte er ihnen aber erklären? Dass er einen verrückten Traum hatte? Nein, sie würden ihn auslachen und nach Hause schicken. Oder sollte er erzählen, dass Yela in einem Lichtpunkt, im Wohnzimmer ihrer Wohnung, zwischen zwei Hifi-Lautsprechern verschwunden wäre? Sie würden ihn augenblicklich einliefern. Er musste es für sich behalten und die Sache selber aus der Welt schaffen. Wenn jemand herausbekam, dass dies alles etwas mit seiner Arbeit zu tun hatte, wäre seinen Job zu verlieren ganz sicher die geringste Angst, die er haben müsste.

David wusste, was er geträumt hatte, musste wirklich passiert sein. Stärker als zuvor empfand er das Gefühl, handeln zu müssen. Nur gerade jetzt konnte er herzlich wenig tun. Er beschloss, erst einmal nachzusehen, wie es um seinen Arbeitsplatz stand, und danach, wenn alles in Ordnung war, das Rätsel um Yela zu lösen.

Zwei Stunden später, er war gerade kurz eingenickt, hätte er um ein Haar den Wecker nicht gehört. Das Radio lief schon eine ganze Weile, als er es endlich schaffte aufzustehen, sich anzukleiden und eine heiße Tasse Kaffee in sich reinzuschütten, bevor er das Haus verließ. Damit David nicht zu spät zur Arbeit kam, musste er allerdings heute wieder einmal in seinen »Kahn« steigen und die Abkürzung über den See nehmen. Sein »Kahn«, wie er ihn nannte, war ein kleines, schnelles Boot, das es an Geschwindigkeit leicht mit jedem Fahrzeug auf diesem See aufnahm. Er liebte den See mit all seinen Verzweigungen und kleinen Buchten. Obwohl er die Überfahrt wie immer genoss, konnte er den Gedanken, über den Verbleib von Yela nachzuforschen, nicht verdrängen.

Das Datenblatt flatterte vor seiner Nase auf den Tisch. Thor schaute von seiner Arbeit hoch und sah seinen Arbeitskollegen Karl aus dem Kriminallabor neben dem Pult stehen. »Die Untersuchung des braunen Umschlags, den du am Tatort gefunden hast, hat etwas gebracht. Wir konnten das Postamt ausfindig machen, wo er abgestempelt wurde. Ziemlich kleines Amt. Deshalb erinnerte sich der Postmeister sogar, wer ihn aufgegeben hatte. Wir haben eine Wohnadresse und einen Hinweis auf den Arbeitgeber. Ich liebe diese kleinen Dörfer, wo jeder alles über jeden weiß!«

Während Karl weitersprach drehte Thor das Blatt vor sich, um es lesen zu können.

»Meerkämpers Geschichte mit dem Küchenfenster können wir aufgrund der Indizien bestätigen. Andererseits keine weiteren Hinweise. Wenn du also nicht noch was aus der Tasche zaubern kannst, stehen wir am Hang«, meinte sein Kollege scherzhaft.

Thor dachte an die CD und die dazugehörige Notiz, die sich in der zweitobersten Schublade seines Schreibtischs befand: »Nein«, feixte er zurück. »Der Innhalt, und ich gehe davon aus, dass da was drin war, wieso sollte man sonst ein solches Kuvert an jemanden senden, bleibt vorläufig ein Mysterium.«

Karl wandte sich zum Gehen, besann sich aber noch mal eines Besseren: »Sollen wir uns Meerkämper mal persönlich vorknöpfen?«

Thor tat, als ob er schon wieder in seine Arbeit vertieft sei, und antwortete nebenbei: »Nein danke, von ihm weiß ich, was ich wissen wollte. Wenn es noch mal nötig ist, lasse ich es euch wissen.«

Diesseits des Berges musste David sein Boot an einem kleinen Steg festmachen, der direkt unter einer Straße lag, auf der sich kaum zwei Autos kreuzen konnten. Dahinter zog sich der Berg steil und steinig in die Höhne. Circa hundert Meter entlang der Felswand lag, gut in den Felsen eingebettet, eine kleine Sehenswürdigkeit. Doch zu so früher Stunde besuchte noch kein Tourist die kleine Höhlenfestung aus dem Zweiten Weltkrieg.

David zurrte das Boot fest und schulterte sein Fahrrad. Mit zwei Sätzen war er an der Stahlleiter und hangelte sich zur Straße hoch.

Die Festung interessierte ihn nicht. Er fuhr in die entgegengesetzte Richtung, um den Berg herum. Vom Steg waren es mit dem Fahrrad noch 15 Minuten bis zu seinem Arbeitsplatz, den »Militärischen Flugzeugwerken«; kurz MF.

Die Flugzeugwerke standen auf einem Gelände, das zusammen mit der Luftwaffenbasis eine in sich geschlossene Einheit bildete. Entsprechend waren auch die Ein- und Ausgänge bewacht.

In den Labors, in denen David arbeitete, trafen Kommandostrukturen des Militärs auf Leute aus der Privatwirtschaft. Das war nicht einfach. Es gab viele Streitereien zwischen den unterschiedlichen Denkweisen.

David fuhr durchs äußerste Tor. Der Wachhabende kannte ihn und winkte mit einem Gruß vorbei: »Morgen, Dave!«

Das Hauptgebäude, wo David sich umzog, lag hinter der ersten Umzäunung mit den bewachten Toren, von denen er gerade eines passiert hatte.

Er zog sich im Umkleideraum, wie alle anderen Mitarbeiter der Flugzeugwerke, seinen Overall an. Im Gegensatz zu den meisten wählte er für seinen weiteren Weg einen Durchgang, der zu einer blauen feuerfesten Tür führte. Er drückte auf einen Klingelknopf und die Kamera, die an der Ecke über der Tür angebracht war, richtete sich mithilfe eines kleinen, surrenden Elektromotors auf ihn aus.

Irgendwo auf der anderen Seite hob ein Wachhabender einen kleinen Plexiglasdeckel und drückte auf einen roten Knopf darunter. Die blaue Türe sprang einen Spalt auf. David zog daran, lief durch und ließ sie hinter sich zufallen. Auf der anderen Seite wurde er von zwei Sicherheitsleuten empfangen und durchgecheckt. Nach dieser allmorgendlichen Zeremonie konnte er sich frei auf dem dahinter liegenden Gelände bewegen. Er wartete auf einen der kleinen Elektrobusse, die das Personal zu den verschiedenen Werkshallen und Hangars transportierten.

Bei einem Doppelhangar, der so gebaut war, dass die beiden Tore dicht gegenüberlagen, damit keines bei einem Angriff aus der Luft direkt getroffen werden konnte, stieg David aus. Er durchschritt das einen Spaltbreit geöffnete Rolltor zur Rechten. Von oben waren nur noch zwei Grashügel, die an einer schmalen Rollbahn lagen, und ein kleiner Elektrobus, der davonfuhr, zu sehen.

In der Halle lief David an zwei silbern glänzenden Kampfjets vorbei. Das Hoheitszeichen des Landes, das sich so gerne als neutral bezeichnete, prangte am Seitenleitwerk der »Mirage«. Die Flugzeuge wurden noch gewartet und waren flugbereit. Es flog aber keiner mehr damit. Sie waren nur Tarnung. Er kam zu einer kleinen Tür. Sie wurde links von einer hüfthohen polierten Stahlsäule in Form eines Lippenstifts flankiert. Er legte seine Hand auf die Schräge. Das kalte Glas musste sich kurz der Körpertemperatur anpassen, bevor ein Lichtstrahl die Hand abtastete. Darauf glitt die Türe zur Seite und David lief einen langen, schwach beleuchteten Gang entlang, der weit in den Berg hineinreichte. Vor der nächsten Tür blieb er auf einer markierten Stelle stehen, legte sein Kinn auf ein kleines Gerüst an der Wand und wartete darauf, dass sein Auge abgetastet wurde.

Auf der anderen Seite empfing ihn eine uniformierte Sekretärin: »Guten Morgen, Herr Spirig. Der Chef lässt ausrichten, Sie sollen sich gleich bei Ihrem Eintreffen bei ihm melden.«

David seufzte und dachte bei sich: ›Geht das wieder los …‹

»Ja, ich weiß. Sie wollten eine Vorrichtung, die mit Schall zerstören kann. Aber wir sind noch nicht so weit. Immerhin haben wir es geschafft, Dinge zum Verschwinden zu bringen. Deshalb benannte ich es ja das »Shoot And Dissolve«-Experiment.«

Der General verzog widerwillig sein Gesicht. »Und Sie wissen noch nicht einmal, wohin diese Gegenstände verschwinden, Spirig. Zuerst berichten Sie mir, dass Sie es geschafft hätten, wenigstens im Labor Gegenstände zu zerstören, und dann kommen Sie mit dieser lächerlichen Theorie, wohin das Zeugs verschwinden könnte. Das ist doch alles Utopie. Sie erzählen mir, diese Gegenstände würden nicht zerstört, sondern nur in eine andere Dimension geschickt, von wo wir sie bis jetzt nicht zurückholen können? Mein lieber Spirig, Sie haben zu viele von diesen Science-Fiction-TV-Serien gesehen. Das hat nichts mit dem SAD-Projekt zu tun, wie es sich das Militär vorstellt.«

Der General stand ihm jetzt Gesicht an Gesicht gegenüber. David konnte den Schwall von Rasierwasser, der immer von dem Mann ausging nicht ausstehen.

»Mein lieber Herr Specht«, er sprach den General absichtlich nicht mit dessen Rang an, das überließ er den Armeeangehörigen, »vieles aus diesen alten Science-Fiction-Filmen ist heute Realität. Und vieles, was wir heute noch als ›Utopie‹ bezeichnen, wird bald zu unserem täglichen Leben gehören. Eines Tages werden wir tragbare Telefone haben, dagegen ist der Kommunikator von Kapitän Kirk ein alter Kaffeewärmer.«

»Wer?«

»Vergessen Sie's. Leute wie Sie, die nicht über den nächsten Berg aus ihrem Tal heraussehen wollen, werden immer bis zuletzt behaupten, dass die Realität in Wirklichkeit ganz anders sei!«

Nur zu gerne reizte David diesen Militärkopf. Nicht, dass er grundsätzlich gegen das Militär wäre. Nein, einige seiner besten Freunde waren hohe Tiere in der Armee. Das hatte ihm ursprünglich diesen Job eingebrockt. Aber dieser verbohrte General war ihm mit seinen veralteten Ansichten einfach zuwider. Er konnte nicht begreifen, wie sein Arbeitgeber damals mit Specht als Projektleiter einverstanden gewesen sein konnte.

Der General zupfte die Klappen seiner Hemdtaschen zurecht, die es gar nicht nötig gehabt hätten, und donnerte mit hochrotem Kopf los: »Man wollte wohl einen Realisten als Gegenpol zu all den fantasierenden Wissenschaftlern, die immer nur fordern und nicht sehen, dass auch *wir* unser Budget rechtfertigen müssen. Abgesehen davon kann ich sehr wohl einen Kirchturm von einem Leuchtturm unterscheiden!«

»Bla, bla, bla. Hören Sie doch auf, Shakespeare zu zitieren, den sie auf irgendeiner Armeelatrine eingeritzt gelesen haben«, erwiderte David äußerlich gelassen.

Der Hals des Generals wurde immer dicker. Der enge Hemdkragen schien ihm die Luft abzudrücken »Das genügt! Es nützt Ihnen hier nichts mehr, dass Sie damals maßgeblich an der Entwicklung der Minidisc beteiligt waren, wie Sie immer behaupten.«

»Immerhin will Sony sie auf den Markt bringen«, erwiderte David jetzt seinerseits leicht gekränkt.

Der General taxierte ihn einen Moment. »Vielleicht, vielleicht auch nicht. Ich werde auf jeden Fall beantragen, Sie hier ablösen zu lassen.«

Bei einem Gelingen der Experimente würde die Armee der Hauptabnehmer der neuen Waffen sein. Es hingen wieder einmal Milliarden Dollar davon ab. Deshalb wusste David, dass der General nicht bluffte. Er konnte Einfluss auf die Entscheidung nehmen, wer der Laborleiter des Projekts blieb oder werden würde. Ein Klumpen bildete sich in seinem Hals. Er liebte diese Arbeit. Er liebte es, an bevorzugten Projekten zu arbeiten. Es war sein Leben und gab ihm eine gewisse Narrenfreiheit, die er brauchte.

»Schon gut, General. Ich schlage vor, dass ich jetzt an meine Arbeit gehe und Sie sich beruhigen«, versuchte er den Offizier wieder auf den Teppich zu bringen. »Wir sehen uns dann am Nachmittag nochmals, wenn sich die Gemüter etwas beruhigt haben.«

Der General starrte ihn nur an. Sein wettergegerbtes Gesicht wurde langsam fahl. David hielt es für das Beste, sich dünn zu machen. Ohne dass einer der beiden noch ein Wort sagte, verließ er das Büro durch die Glastür und verschwand im Korridor zum Labor.

Das Labor war eine Halle, welche während des Zweiten Weltkriegs zum Bunkern von Nahrungsvorräten gedient hatte. Heute herrschte hier konstant, Sommer und Winter, 21,5 Grad Celsius. Alle Wände und die Decke waren weiß, um das künstliche Licht voll auszunutzen. Eine mächtige Panzerglasfront trennte den Rest der Halle vom Eintritt. Es war ein ständiges Kommen und Gehen. Einige Leute hielten sich immer im Labor auf. Jeder war Mitarbeiter der obersten Prioritätsstufe, wie David.

Er trat in die durchsichtige Röhre, welche als Zutritt diente. Darin gab es eine Gabelung. Auf der einen Seite konnte man frei durchgehen. Dabei wurde der Passant mannigfaltig abgetastet, ohne dass er davon etwas mitbekam. Auf der anderen Seite musste man durch, wenn man das Labor seit mehr als sechs Stunden nicht mehr betreten hatte. Hier musste man einige Checks und Fragen über sich ergehen lassen, die bestätigten, dass man der war, für den man sich ausgab. Am Ende der Prozedur stand ein Tagescode auf dem kleinen LCD-Monitor, über der Konsole deren Eingeweide durch das Glas sichtbar waren. Der Code konnte nur mit der entsprechenden Brille gelesen werden. Ansonsten sah man einen leeren Bildschirm vor sich. David setzte seine Brille auf.

Der Code durfte auf keinen Fall in die falschen Hände kommen. In einem Notfall konnte man damit Teile oder die gesamte unterirdische Anlage mittels versteckter Sprengsätze zerstören. Eine der Maßnahmen, damit nichts in unbefugte Hände geraten konnte.

David schaute sich unauffällig um, ob ihn jemand beachtete. Alle waren auf ihre Arbeit konzentriert. Er ging am Bildschirm ein paar Daten und Pläne durch, markierte einige und verließ das Programm nach dem Bestätigen des Tagescodes wieder.

Die Leute arbeiteten an Mikroskopen mit virtuellen Displays, von denen andere Physiker nur träumen konnten. In völlig sterilen Glaskuppeln bauten sie an elektronischen Bauteilen, Tonträgern und Software der nächsten Generation und vielem mehr. Auf einer Seite führte ein Durchgang aus der Halle, einen Gang entlang. Im nächsten Raum stand eine Einrichtung, die einem Tonstudio glich.

Die Versuchsanordnung bestand aus zwei hohen Glaspyramiden, an deren Spitze in einer Gitternetzkugel je eine kleine Plasmaflamme blau leuchtete. Die Kanten der Pyramide hatten dasselbe Längenverhältnis wie die Lautsprecher in Yelas Wohnung.

Heute ließ das Team eine Sonde verschwinden, die mit einem Sender ausgestattet war, der auf einem neu entdeckten Hyperlichtband sendete. David stand hinter einer Dreifachglasscheibe an einer Konsole. Was er von der Sonde auf der anderen Seite des schalldichten Glases empfing, wurde auf der Konsole vor ihm akustisch und visuell angezeigt.

Jetzt begann die Sonde sich aufzulösen. Die Kugel, die an den ersten Sputnik-Satelliten erinnerte, verschwand in einem Lichtkegel zwischen den Plasmaflammen der Versuchsanordnung. David und sein Team schauten gebannt auf die Anzeigen des Hyperlichtbandsenders. Das Signal blieb nach einem kurzen Kratzen und Rauschen konstant. Es sendete weiter, wo alle anderen Sonden aufgehört hatten zu existieren! Der General konnte sich mokieren, so viel er wollte. David wusste, dass er hier auf etwas viel Größeres gestoßen war, als diesem Ignoranten bewusst war.

Gedämpfter Jubel brach aus. Die Forscher gratulierten sich gegenseitig. Sie wussten, dass sie noch lange nicht am Ende der Reise angekommen waren. Aber sie wussten auch, wie groß der Schritt, den sie eben vollbracht hatten, auf dem Weg dorthin war. Die Türe hinter ihnen öffnete sich gerade, als sie sich wieder an die Arbeit machen wollten. Herein kam General Specht.

Der Höhepunkt in seinem Sportlerleben war die Armeemeisterschaft im Boxen gewesen. Soweit er sich zurückerinnerte, war er immer ein guter Kämpfer. Und auch jetzt im Alter hatte er noch gute Reflexe. Er trat deshalb respektlos und mit einer Vehemenz ein, die die Männer um David zur Tür schauen ließ. Es wurde still in dem abgedunkelten Raum. Man hörte nur noch das Signal der Sonde. Auf dem Bildschirm leuchtete die Anzeige dazu und tauchte Davids Gesicht in Rot. Er wartete kurz, bevor er sich umdrehte, weil er wusste, was los war. So früh hatte er den General allerdings nicht erwartet.

Das helle Licht vom Gang ließ den General im ersten Augenblick wie einen auf die Erde gesandten Gott erscheinen. Vom Steuerpult, wo David stand, konnte man die ausgeblendeten Gesichtszüge des Generals nur erahnen. Auf einmal zielte die Geschäftigkeit eines jeden darauf ab, in den nächsten Sekunden den Raum zu verlassen. Als die Tür mit einem Luftdruckgeräusch des Türschlosses in den Rahmen fiel, standen sich die zwei Kontrahenten alleine im Halbdunkel gegenüber.

»Sie hatten lange genug die Kappe der Narrenfreiheit auf, Spirig!«, bellte der General in der ihm eigenen Art los.

Der junge Wissenschaftler versuchte ruhig zu bleiben: »Was gibt es da zu sagen? Ich kann nicht mehr als Ihnen versprechen, dass es ab heute anders werden wird.«

Der General holte tief Luft. »Doch, Sie können. Ich habe soeben mit Ihrem Arbeitgeber und mit der Führung des militärischen Waffenkomplexes gesprochen. Sie haben lange genug Steuergelder für Ihre kleinen Spezialprojekte verpulvert!«, maßregelte er David.

Der fiel ihm ins Wort: »General! Hier geht es um mehr als nur um Geld. Sie können nicht dem Kerl, der gerade das Rad neu erfindet, Hammer und Meißel wegnehmen. Wir sind eben erst einen bedeutenden Schritt weitergekommen ...«

»Und wieso bin ich nicht informiert worden?!«, verlangte der Militär ungeduldig. Wie konnte dieser junge Schnösel nur denken, dass er ihm so kommen könne. »Sie geben unverzüglich alle Geheimcodes und ihre Statuskarte ab. Ein Fahrer der Bereitschaft wird Sie nach Hause fahren. Und da werden Sie bleiben, bis sich Ihr Arbeitgeber mit Ihnen in Verbindung setzt.«

David blieb die Luft weg. Er konnte sich nicht mehr weiter äußern, ohne hilflos zu wirken. Seine Hände wurden feucht. Er drehte sich vom General weg zur Konsole hin und fällte eine Entscheidung. Seine Finger flogen über die Tasten und Regler des Terminals vor ihm, während der General in seinem Rücken sichtlich nervöser wurde. »Sie hören jetzt sofort auf mit dem, was Sie da gerade tun, Spirig, oder ich rufe zwei Leute, die Sie rausbegleiten.«

»Lassen Sie mich ausreden, Herr Specht?«, fragte David, das Gesicht konzentriert auf die Konsole gerichtet. »Wir konnten eben eine Sonde verschwinden lassen, die wir jetzt noch empfangen. Das ist ein gewaltiger Durchbruch. Da können Sie mich doch nicht einfach abziehen!«

Zur gleichen Zeit auf der anderen Seite des miniaturisierten Schwarzen Lochs, das die Verbindung zur Sonde in einer anderen Dimension ermöglichte, umwickelte ein Wesen die für ihn nach Nahrung aussehende Sonde. Die Energiezellen fand es besonders schmackhaft. Es genoss das wohlige Gefühl im Verdauungstrakt, noch während es in die Tiefe seines Weltraums davonglitt.

Die Anzeige des Empfangssignals auf dem Steuerpult erlosch. Der General stellte sich neben David. »Sie haben ein Empfangssignal?«, fragte er verblüfft. »*Nachdem* sie die Sonde zerstört haben? Zeigen Sie her!« Specht versuchte aus den Anzeigen schlau zu werden. »Wo?«

David gab einen Seufzer der Resignation von sich. »Eben war es noch da. Sie können die anderen fragen oder ich kann die Aufzeichnungen zurückspielen.« Der General drehte sich, hob den linken Arm und packte ihn ungeduldig am Hemd.

Davids Reflexe waren einfach schneller als seine kontrollierten Gedanken. Er griff dem Militär über dessen Hand, die sich an seine Brust gekrallt hatte, riss sie mit einem Ruck herum und brachte den General damit in eine Rücklage, die es erlaubte, ihm einen gezielten Schlag mit dem Handballen in den Solarplexus zu versetzen. Die Luft entwich aus Specht mit dem Geräusch einer Fahrradpumpe, die man gerade vom Ventil trennt. Gleich darauf nahm David dem Altboxmeister der Armee auch noch den Stand, indem er ihm mit seinem Fuß in die Kniekehle trat. General Specht schlug mit dem Kopf auf die Konsole und sank bewusstlos zu Boden. Es war wieder still in dem schalldichten Raum.

David starrte auf den knorrigen Mann, der da vor ihm auf dem Boden lag. Dann besann er sich darauf, was er zuvor gerade hatte tun wollen. Seine Finger begannen erneut über die Konsole zu huschen. Wenn er schon so weit gegangen war, konnte er es jetzt auch gleich durchziehen. Er hatte nicht mehr die Kraft, sich zu verstellen und immer wieder endlose Diskussionen zu führen, die ihn nur von seinen Forschungen abhielten. Kleine Schweißperlen bildeten sich auf seiner Stirn, während auf dem großen Bildschirm vor ihm erschien, was er jeweils im Zentralrechner abrief.

Alarmcode, Eintritt in den Sicherheitstrakt des Computerprogramms, Code zur Zerstörung. Kern: Code 01destroy room 2.113. Peripherie: Code 02preserve all2.000. Die Sirenen heulten los wie bei einem Bombenangriff und in den ganzen unterirdischen Versuchslabors brach eine mittlere Panik aus.

Der Ernstfall war früher schon geprobt worden. Aber es waren eben nur

Übungen gewesen. Diesmal schien es ernst zu sein, und die Leute, die hier arbeiteten, waren auch nur Menschen, die in Panik geraten können. Dinge wurden vergessen, Schalter nicht umgelegt, Türen nicht vorschriftsmäßig versiegelt. Eines jedoch hatten alle gemeinsam: Sie liefen mehr oder weniger schnell Richtung Hauptausgang.

Je mehr Panik aufkam, desto ruhiger wurde David. Er schnappte sich einen Metallkoffer, öffnete ihn und packte einige Geräte, Sonden, Magnetbänder, CDs und Spezialwerkzeug in die dafür vorgesehenen Nischen im Schaumstofffutter. Ein Blick auf den großen Computermonitor sagte ihm, dass es noch 9:32 Minuten ging, bis der Raum explodierte. Er schnappte mit einer Hand den Koffer, lief zum General, der immer noch bewusstlos am Boden lag, hob seinen Arm auf und schleifte ihn daran zur Tür.

Weiter vorne legte David den älteren Mann in den Gang. Die feuerfeste Stahltür fiel ins Schloss und verriegelte sich mit einem Zischen. Er fuhr mit der PIN-Karte durch den Schlitz neben der Tür und gab auf der Tastatur einen Code ein. Niemand konnte jetzt aus Versehen noch in den Raum. Den Koffer riss er an sich und verschwand in entgegengesetzter Richtung zum Haupteingang, in einen schwach beleuchteten Tunnel, der weiter hinten, zwischen den roh behauenen Felswänden, im Dunkeln verschwand.

Auf halbem Weg durch den Stollen hörte David hinter sich ein leises Grollen. Der Berg vibrierte. Ein Lächeln flog über seine Lippen. Der Rest der Anlage und die Mitarbeiter würden keinen Schaden nehmen. Aber die Waffenindustrie würde um Jahre zurückgeworfen. Eine Waffe, die den Gegner in »Nichts« auflöste, würde in der nächsten Zeit nicht entwickelt werden!

Die Leute, die im Versuchslabor arbeiteten, verließen den Bunker durch den getarnten Eingang des Flugzeughangars. Wie Ameisen bei einer Überschwemmung strömten sie zwischen den großen Blechtoren hinaus. Wild durcheinander blieben sie ein paar Meter danach stehen, um sich umzuschauen oder weiterzurennen, bis sie auf der offenen Rollbahn draußen bemerkten, dass es gar nichts mehr gab, wovor sie wegrennen mussten. Die leichte Vibration der unterirdischen Explosion spürten jedoch alle. Sirenen heulten auf und aus dem nahen Hauptgebäude des Flugplatzes kamen dieselben Feuerwehrfahrzeuge und Krankenwagen, die bei einer Flugzeugnotlandung ausrückten.

Der Einzige, der bei diesem Durcheinander ahnte, was da wirklich vor sich ging, stand gegenüber den Flugzeugwerken an einem Hang hinter einem Haselnussstrauch und hielt sich wortlos ein Fernglas an die Augen. Er hatte die Explosion registriert. Wenn auch, wegen der Entfernung, mit anderen Mitteln. Er erkannte nach kurzer Zeit, dass David nicht unter den Flüchtenden im Hauptausgang der Labors war. Bei seinen Beobachtungen am heutigen Morgen hatte er mit Techniken, die zu verstehen, die Leute da unten auf dem Flugplatz überfordert gewesen wären, festgestellt, wie die Hohlräume unter dem Berg aussahen und dass ein Tunnel wie eine dünne Ader zum anderen Ende des Berges führte. Hier wurden Interessierte in der kleinen Höhlenfestung auf der Seeseite des Berges herumgeführt, die für den Tourismus freigegeben war.

David schloss die Luke, stellte die Tarnplatte wieder in den vorgesehenen Rahmen und verwischte alle verräterischen Spuren. Er befand sich jetzt im abgelegenen, alten Teil der Bunkeranlage, durch den regelmäßig Führungen stattfanden. Den Gang entlang, an einer Kreuzung, beschloss er auf die nächste Touristengruppe zu warten. Die Sicherheitsleute des Generals würden sicher erst in einer halben Stunde dahinterkommen, dass in Wirklichkeit nur das SAD-Projekt mitsamt seinen Daten explodiert war. David wollte auf Nummer sicher gehen. Wenn er in einer Gruppe den Bunker verließ, würde er nicht auffallen und er konnte seinen Koffer besser decken.

Der Beobachter fuhr auf einer Crossmaschine den Hang entlang, bis er übers Tal hinweg auf die andere Seite des Berges Einsicht hatte. Er hob wieder sein Fernglas an die Augen und wartete.

David kam mit einer kleinen Gruppe Touristen ans Tageslicht. Durchs Fernglas konnte man sehen, wie er sich ein paar Meter danach in der Nähe des Bootsstegs von ihnen löste, um in sein Schnellboot einzusteigen. Er band die Halteleinen los und startete. Mit einem tiefen Brummen der kräftigen Motoren verschwand das Boot im Dunst, der über dem See schwebte, und den letzten Regentropfen eines nachlassenden Schauers.

Der Beobachter nahm das Fernglas von den Augen. Es wurde leicht durchsichtig und verschwand dann in sich selber, auf der Fläche seines nach innen getragenen Siegelrings. Seine Befürchtungen hatten sich bestätigt. Er hatte genug Indizien, die er weitergeben konnte.

5

Von der Idee über die Planung bis zum Bau und der Fertigstellung des neuen Staatsarchivs hatten die Bauherren dieses Projekts mit den Schützern für historische Bauten zu kämpfen. Dabei ging es ihnen nicht etwa darum, dass sich nach Eröffnung des neuen, allumfassenden Riesenbauwerks laut Hochrechnungen Verkehr im Stadtzentrum anstauen würde, der unweigerlich jeden Tag zweimal zum Verkehrskollaps führte. Nein, es ging darum, die uralten Archive, die beim Brand des alten Gebäudes wie durch ein Wunder unbeschadet geblieben waren, abzustützen und in ihrer ursprünglichen Form renovieren zu lassen. Es waren die am tiefsten angelegten antiken Archive Mitteleuropas. Sie erstreckten sich unter dem ganzen Bauplatz des neuen Projekts. Die Tiefe, in der die Archive lagen, war sicher ein Grund, wieso sie den Brand der alten Gebäude über sich unbeschadet überlebt hatten.

Obwohl es aus der Zeit, in der das alte Staatsarchiv geschaffen wurde, keine genauen Aufzeichnungen mehr gab und bei dem wenigen was an Plänen noch aussagekräftig war, die Experten sich nicht einigen konnten, aus welchen Jahren sie stammten, entschloss sich die Bevölkerung in einer Abstimmung dafür, das neue Gebäude zu bauen. Das alte Archiv wurde bis in den hintersten, dunkelsten Gang geleert und für die Zeit der Bauarbeiten wurden die Dokumente in Sicherheit gebracht. Jetzt, da alles vollendet war, sah man, dass dieses Gebäude schon eher in eine amerikanische Großstadt gepasst hätte als in eine europäische Provinzhauptstadt.

Von der Polizeiwache im Erdgeschoss über Gemeindeverwaltung, Steueramt, Stadtpräsidium und andere Verwaltungen bis hin zur Kriminalpolizei und Feuerwehr befand sich in diesem Glas- und Stahlpalast alles unter einem Dach und über den sich kilometerweit erstreckenden Gängen des neuen und alten Teils des Staatsarchivs. Mehr denn je war dieser Platz zu einem verwaltungstechnischen Labyrinth geworden, in dem man sich verirren konnte.

»He, Thor!« Karl aus dem Kriminallabor stand wieder an seinem Schreibtisch. »Hast du schon von dem Unfall gehört, den es in den ›Militärischen Flugzeugwerken‹ gegeben hat?«

Thor verneinte und gab vor, weiter seine Unterlagen zu studieren.

»Weißt du, Thor, was ich dir schon lange mal sagen wollte, für einen Detektiv bist du im Allgemeinen recht uninteressiert. Laut Zeugen war heute Morgen das ganze Werksareal ein Chaos. Weckt das nicht deine Neugierde? Man weiß noch gar nichts über den Hergang. Es geht das Gerücht um, es wäre ein Terroranschlag gewesen. Bum!« Er symbolisierte eine Explosion mit den Händen. »Bis jetzt hat das Militär aber noch keine Hilfe von uns angenommen. Ich denke, früher oder später werden sie uns hinzuziehen müssen. Ist das nicht aufregend? Endlich passiert mal was in unserem Provinznest.«

Thor stand auf. »Ja, schon. Hör mal, Karl. Ich habe Sachen zu erledigen. Wir können später noch mal über den Vorfall spekulieren.«

»He, kein Problem. Ich dachte nur, du vergräbst dich manchmal zu sehr in deiner Arbeit. Eine kleine Unterbrechung würde dir guttun.«

Thor spielte am Ring an seiner Hand. »Ja, das ist nett von dir Karl«, sagte er nachdenklich. Abrupt brach er das Gespräch ab: »Ich muss jetzt gehen. Ciao!«

Karl schaute ihm nach und schüttelte den Kopf, als ob er sagen wollte: »Du bist unverbesserlich Thor.«

Nachdem Thor unter den Augen der Wache, deren Platz rund um die Uhr besetzt war, seine Plastikkarte in den dafür vorgesehenen Schlitz in einer Stahlplatte an der Wand geschoben und auf dem Tastenfeld den entsprechende PIN-Code eingegeben hatte, befand er sich im Lift auf dem Weg nach unten.

Minus eins, minus zwei, minus drei ... Thor schaute mit leerem Blick zur roten Digitalanzeige über der Lifttüre und hing seinen Gedanken nach. Viel zu wenig kam er dazu, seit er diesen neuen Posten erhalten hatte. Immer nur reden, reden, reden. Was hätte er darum gegeben, ein anderes Wesen zu treffen, das seine Gedanken verstand, ohne dass sie ausgesprochen wurden. Doch leider gab es in dieser Welt nur sehr wenige Menschen, die das konnten. Und selbst wenn er auf einen dieser Menschen gestoßen wäre, es hätte eine Unterhaltung zwischen einem Akademiker und einem zweijährigen Kind stattgefunden. Die meisten dieser »Kinder« arbeiteten sowieso für Geheimorganisationen von Regierungen und wurden strengstens gehütet.

Das Display zeigte minus zehn an, als der Lift die Bremsung einleitete und kurz darauf die Tür zum historischen Teil des Archivs öffnete. Er blieb einen Augenblick in der Liftkabine stehen und trat dann, kurz bevor die Türen sich wieder schlossen, in den hell erleuchteten Vorraum. Zu beiden Seiten erstreckte sich eine Reihe Sandsteinsäulen, von denen man die meisten während des Umbaus abgerissen, mit einem ausgeklügelten Stahlgerippe versehen und originalgetreu wieder aufgebaut hatte. Von hier zweigten arkadenartige, dunkle Gänge ab.

Thor öffnete seine Hand. Eine exakte schematische Darstellung des Gewölbes erschien in Form eines Hologramms über dem Kopf seines nach innen getragenen Siegelrings. Er hielt sich an die Säulenreihe zu seiner Rechten und zweigte dann ins dunkle Gewirr der vielen Gänge ab, einem rot leuchtenden Punkt im Hologramm folgend.

Wie von Geisterhand ging das Licht durch Sensoren gesteuert vor ihm an und hinter ihm aus. Nach fünf Minuten blieb er vor einer massiven

Steinmauer stehen. Der rote Punkt im Hologramm blinkte hell auf. Er wusste, was sich hinter dieser Steinmauer verbarg, und hielt den vermeintlichen Ring, nachdem er das Hologramm zum Verschwinden gebracht hatte, Richtung Wand. Thor spürte die geballte telekinetische Kraft, die von dem Ring ausging, als sich ein Teil der Mauer löste und in den Gang hineinschob. Mit nichts weiter als dem Geräusch von bröckelndem Mörtel und Sandstaub tauchte dahinter eine schwarze Öffnung auf. Als er durch den Spalt ins Dunkle schritt, glitt die Wand wieder ineinander. Man sah keine Scharniere, keine Halterungen, keine Schienen, keine versteckten Hebel. Wäre in dieser Sekunde jemand an der Mauer entlanggelaufen, ihm wäre nicht einmal der wenige Sandstaub und Mörtel auf dem jahrhundertealten Lehmboden aufgefallen.

Thor dachte an Licht, und die Höhle von der Größe und Form einer Kapelle – für die man sie auch gehalten hätte, wäre dieser Raum je entdeckt worden – gab ihr Geheimnis preis. Die Wände, die in einer spitz zulaufenden Decke endeten, schienen wie grüner Marmor mit feinen Adern durchzogen, jedoch von einer solchen Glätte und Festigkeit, dass sie unmöglich von den Erbauern des alten Archivs mit ihren primitiven Werkzeugen stammen konnten. Thor blieb bewegungslos in der Mitte des Raums stehen, die Augen weit geöffnet. Alles war still. Weder Brustkorb noch Bauch von Thor bewegten sich. Die Atmung, das letzte Geräusch, das noch hätte stören können, war eliminiert.

Im selben Tempo, wie sich Augen an die Dunkelheit gewöhnen, füllte sich der Raum mit Apparaturen, in deren Mittelpunkt eine Säule stand. Flankiert von zwei schmalen, lang gezogenen Pyramiden mit einer winzigen Kugel auf der Spitze. In jeder Kugel brannte eine Flamme.

Auf Thors Stirn bildete sich ein violetter Schimmer der sich zur Mitte hin zu einem kleinen roten Punkt verdichtete und wie ein Laserstrahl auf die Fläche des Sockels leuchtete. Eine Kopie von Davids CD erschien auf dem Sockel. Es spielte fast ein Lächeln um die Lippen des regungslos dastehenden Thor, als der Strahl von seiner Stirn eine Schriftrolle produzierte, in der die Geschehnisse der letzten Tage erläutert waren.

Als der Strahl erlosch, begann ein leiser Ton immer lauter zu schwingen, bis er sich zum Verwechseln ähnlich anhörte wie der traurige Gesang einer der wenigen Walherden, die es in den Weiten der Ozeane noch gab. Die Gegenstände auf dem Kopf der Säule begannen sich zu verzerren. Sie formten sich zu einer Linie zwischen den beiden Flammen. In der Mitte bildete sich ein Kugelblitz, der nach einer Sekunde in sich selber versank und alles, was zuvor auf der kleinen Plattform gewesen war, in sich hineinsog.

Die CD und die Schriftrolle waren weg. Die Klänge verschwanden, Thor begann wieder zu atmen, und oben auf dem Kiesdach des Verwaltungsgebäudes traf der erste Tropfen eines weiteren Regenschauers auf einen Stein und zerplatzte.

6

Das Siegel, das seine Kollegen an der Tür angebracht hatten, war aufgebrochen. Thor war nicht sonderlich überrascht. Beim geistigen Potenzial von Meerkämper wäre es nicht verwunderlich, wenn der noch mal eingebrochen wäre. Es könnte aber auch David Spirig gewesen sein, der das Siegel in der Eile einfach aufgebrochen hatte.

Nachdem Thor beobachtet hatte, wie David über den See entkommen war, versuchte er, ihn direkt bei ihm zu Hause zu finden. Aber David war schon weg. Es war nur logisch, wenn Thor jetzt am Ursprung der Geschichte nachsah, ob er eine wichtige Spur übersehen hatte.

Er stand im Gang. Ein Windstoß blies die Eingangstür hinter ihm zu und rammte sie mit einem lauten Knall ins Schloss. Irgendwo in der Wohnung musste ein Fenster offen stehen. An der Küche vorbeirennend sah er die notdürftig reparierte Scheibe. ›Hier nicht!‹, dachte er.

Mit wenigen Schritten war er im Wohnzimmer. Die offenen Flügel der Balkontüren schwangen noch leicht. Die HiFi-Anlage war weg. Da, wo sie gestanden hatte, prangte eine kahle weiße Wand. Man sah deutliche Schleifspuren der schweren Lautsprecherboxen auf dem Parkett. Im Garten zeichnete sich im feuchten Gras ab, wie ein Lieferwagen bis auf die

Betonplatten der Terrasse hin- und wieder weggefahren sein musste. Man konnte sogar noch die Dieselabgase des Motors riechen.

›Schon wieder verpasst!‹ Thor musste sich etwas ausdenken, um die ganze Geschichte in seinem Polizeirapport plausibel darzustellen. Auf keinen Fall durfte ans Tageslicht kommen, dass es sich hier nicht um eine vermisste Person oder einen einfachen Einbruchdiebstahl handelte. Noch einmal würde er diese Kohlestoffeinheit mit Namen David nicht unterschätzen! Diese Lebensform musste ein Träumer sein. Und Träumer waren gefährlich! Sie sahen Dinge, welche normalen Menschen verborgen blieben. Nun gut. Diese Runde ging an den Träumer. Die nächste würde er für sich buchen! Zweimal ließ sich jemand von Thors Herkunft nicht täuschen.

Wer oder was ist Thor? Wird er David ausfindig machen, bevor dieser auf die ganze Wahrheit um das Geheimnis anderer Dimensionen stößt? Wird General Specht als Nächstes den Militärischen Geheimdienst nach David suchen lassen? Was ist ein Träumer? Wie dumm ist Gert Meerkämper wirklich? Wohin ist Yela verschwunden und was hat es mit dem Tannennadelduft auf sich? Wird Flash Gordon der Spinnenkönigin entkommen?

Finden Sie es heraus. Im ersten Fantasy-Roman von Phil Good.